MEMORY HOUSE
记忆坊文化

他心之罪

(全二册) 上

CRIMES OF THE HEART

寒烈 著

江苏凤凰文艺出版社

图书在版编目（CIP）数据

他心之罪：全二册 / 寒烈著. -- 南京：江苏凤凰文艺出版社，2025.1. -- ISBN 978-7-5594-9073-5

Ⅰ．I247.5

中国国家版本馆CIP数据核字第20243EJ623号

他心之罪：全二册

寒烈 著

责任编辑	白　涵
策　　划	北京记忆坊文化
特约策划	莫桃桃
封面设计	小贾设计
版式设计	段文婷
出版发行	江苏凤凰文艺出版社
	南京市中央路165号，邮编：210009
网　　址	http://www.jswenyi.com
印　　刷	三河市国新印装有限公司
开　　本	880mm×1230mm 1/32
印　　张	14
字　　数	396千字
版　　次	2025年1月第1版
印　　次	2025年1月第1次印刷
书　　号	ISBN 978-7-5594-9073-5
定　　价	72.00元（全二册）

江苏凤凰文艺版图书凡印刷、装订错误，可向出版社调换，联系电话 025-83280257

目录

001 楔子 烙印

005 第一卷 明暗

113 第二卷 徘徊

楔子

CRIMES OF THE
HEART

烙印

偌大的室内游泳池上方，米白色帆布遮阳棚向左右折叠收拢，露出玻璃天顶，天光云影透过玻璃洒落在泳池微微荡漾的水面上，泛起粼粼金光。天空有飞鸟掠过，在水面投下一抹迅捷的倒影，稍纵即逝。

出水口不紧不慢地哗哗向泳池内注水，水面逐渐没过池壁上一点五米线的标志。

司楠与容见迟面对面，紧紧贴合彼此，恒温二十摄氏度的池水浸透了他们的牛仔裤，湿冷的寒意沿着牛仔裤的纤维向上蔓延。初春时节给人带来温暖的毛衣这会儿吸收水分，变成了沉重冰冷的负担，像一双无情的手拖拽着瑟瑟发抖的司楠，誓要将她拖进深渊。

容见迟用下巴蹭了蹭她的额角:"司楠!看着我!我们会逃出去的!"

司楠的鼻尖顶在容见迟的颈窝,他温热干净的气息传来,在这生死攸关的危急时刻,她倏忽镇定下来。

不,他们并不是一对拥抱着彼此在泳池里载沉载浮的情侣。

他们的双手被反剪至身后用尼龙捆扎带紧紧绑住,随后又遭绳索捆得结结实实,迫使两人面对面无法转身帮对方解开捆扎带。他们的双脚同样被绑缚在一起,绳索一端死死地系在一个保险箱上。

保险箱被推入游泳池时,在泳池底部的瓷砖上砸出一个蛛网状的裂纹浅坑,而他们就像是被困在蛛网中间苦苦挣扎的猎物,无处逃生。

池水已漫至司楠的口鼻处,她不得不勉强借着容见迟努力朝上的身体,迫使自己的头部尽量多地露出水面,深吸一口气,然后沉在水面下,以帮助容见迟保持体力。

容见迟反拧在背后、捆扎带几乎嵌进皮肉里的双手拼命地来回扭动,想要挣脱束缚。尼龙材质的捆扎带内侧的棱状锯齿磨破他手腕的皮肤,血从伤口溢出,又很快被泳池里的水稀释。

最初的疼痛过去,容见迟感觉不到皮肉被捆扎带的锯齿来回牵拉撕扯的刺痛,求生的渴望和害怕失去司楠的恐惧占据了他所有的注意力。

时间一点点流逝,司楠被池水彻底淹没,她的头发漂浮在水面上,随着水波轻轻荡漾,像一团自有生命力的海藻。

她整个人沉在水面下,竭力屏住呼吸。

她的肺仿佛要炸开,憋得生疼,耳朵因用力憋气,耳膜鼓出,血液流动和心跳的声音忽然变得异常清晰。

她不敢动,她害怕自己一挣扎,就会影响容见迟仅存的体力。

她与他,至少有一个人得活着,去揭露骇人听闻的罪行。

肺部挤压出最后一点氧气,司楠的口鼻处逸出象征着维持她生命所需的最后一线气泡,满是次氯酸钠消毒剂味道的池水灌入她的嘴里。

司楠无力地向后仰头,阳光穿透玻璃墙直直射入水中,落在她眼睛里,如同色彩斑斓的印象派画作,印在她视野的最后一线余光里。

吾命休矣!

司楠在失去意识前,思绪飘散:早知如此,早晨就该和容见迟去吃那碗桃花刀鱼馄饨……

第一卷

CRIMES OF THE HEART

明暗

在浓得仿佛化不开的墨色一样的黑夜中,高速平稳飞驰的列车如同一道刺破夜幕的电光,奔向远方。

列车上大部分乘客已向旅途的劳累投降,安然进入梦乡,仅有少数人仍了无睡意,戴着耳机观看电影。

容见迟半躺在商务车厢的座椅上,静谧的车厢内灯光微暗,与车窗外暗沉一片的夜色一起,令他放纵自己,神思迢遥。

只可惜这份安静并没有维持多久,就忽然被两个精神抖擞的顽童打破。

一个七八岁的男孩和一个比他略小的女孩拉开门,从后面一节头等车厢蹿进来,在空间相对更宽松舒适的商务车厢内追逐嬉闹。男孩在前头奔跑,女孩在后面追打。男孩不断碰撞拍打座椅靠背,将舱内乘客放在身前的抱枕扫落在地,制造障碍,间或回头冲女孩做鬼脸,嘴里还不停嚷嚷:"抓不着!抓不着!气死你!"

女孩因追不上他,频频跺足尖叫,声音尖细刺耳,将整节商务舱的乘客通通吵醒。

有乘客揭下覆盖在眼睛上的眼罩,怒视两个打破静谧夜晚的不速之客,眉心紧蹙。

另有不堪其扰的女乘客伸手按服务铃,并低声劝阻:"小朋友,不要吵,没看到大家都在休息吗?"

那男孩笑嘻嘻地看向她:"要你管!多管闲事多吃屁!"

说完一伸手,猛地抓起女乘客搁在座椅小桌板上的书,大力往她的脸上砸去。

女乘客吓了一跳,本能地一闪,厚重的精装书越过她的肩膀,哐一声落在列车车窗上。

闻铃赶来的乘务员恰好看见这一幕,连忙上前一把攥住男孩打算继续抓起其他东西扔的手:"小朋友,这样做太危险了。你爸爸妈妈呢?"

男孩嘴里一边咒骂着"丑女人放开我",一边拿脚朝乘务员腿上狠踢,试图挣脱她。女孩也冲上来,撕扯乘务员的制服,胡乱地嚷着:"巫婆放开我哥哥!"

商务车厢里男孩女孩的吼叫终于引来了他们的家长。

一对衣着体面的夫妻拉开车厢门,一前一后跨进商务车厢。穿斜纹软呢绲黑色缎边、配山茶花扣子的外套,底下搭一条黑色及膝郁金香裙,足蹬红底高跟鞋的贵妇见乘务员拽住男孩的手不放,发出一声刺耳的尖叫,不管三七二十一就大声质问:"你抓着我儿子做什么?"

乘务员有些无奈,想开口解释,不料那男孩忽然低下头,往她手背上狠狠咬去。这一口咬得又深又狠,乘务员毫无防备,吃痛之下不由得松开了手,男孩立刻跑到贵妇身后,一手抱住她的手臂,一手往乘务员的方向一指，恶人先告状："妈妈，她欺负我！"

小女孩有样学样，快步跑到母亲身边，半躲在她身后，一叉腰，朝乘务员吐口水："老巫婆！"

贵妇柳眉倒竖，气势汹汹："你一个大人，怎么好意思欺负我们家两个孩子？！道歉！我要求你向我的孩子道歉！"

乘务员捧着被咬得见了血的手，委屈地抿紧嘴唇。

"你不用道歉，我们都看到了当时的情形，可以替你做证。"差点被书砸到脸的女乘客声援乘务员。

"妈妈，她刚才也欺负我！"男孩朝女乘客的方向瞟一眼，随即往母亲身后一缩，一副害怕极了的样子，与先前小霸王的情状判若两人。

"我要你们立刻、马上道歉！"

自打进了商务车厢便一直半垂着头看手机的男人听见妻子这句话，才微微抬眼，略带着点不耐烦地催促："行了！走吧！宝宝、贝贝找到就好。"

"她不道歉，这事没完！"贵妇不依不饶，趋身站在乘务员面前，涂着闪钻指甲油的手往乘务员脸上直点，"你这是什么服务态度，啊？你知不知道我老公是谁？他一个投诉，能让你在铁路系统混不下去！"

被扰了清净、一直默不作声的容见迟再也看不下去，轻笑一声，自座椅上站起身来。

他长得颀长劲瘦，可一旦站在那里，车厢顶部的灯光打在他身上，影子长长地投在柔软的地毯上，没来由地便带着一点让人生畏的压迫感。

他取下金丝边眼镜，捏一捏眉心，复又戴上："你都不知道你老公是谁，别人又怎么会知道？"

容见迟的声音低沉有力，冷淡又显微微疲惫，透出一丝沙哑。

他望向穿伦敦萨维尔街手工定制西服、戴玫瑰金世界时间三问报时腕表、对妻子的所作所为持放任态度的男人："不过，有一点我倒是可以肯定——这个时间还在关注纳斯达克指数，显示你从事金融行业，颇有经济实力。旅程工作之余，一直在与'宝宝'私信聊天……"

男人一愣，下意识看了一眼自己的手机。

"鉴于你的妻子儿女都在这列火车上，想必'宝宝'是你婚外恋的对象。"容见迟转而朝贵妇露出一点似笑非笑的表情，"你和你老公少年相识，相恋于微时，你陪他走过最艰苦的时光，又替他生儿育女，在老家照管孩子，伺候公婆，自认为在家中的地位无可撼动。现在你有钱购置通身的名牌，保养得宜，然而曾经事事亲力亲为还是留下无法掩饰的痕迹，再盛气凌人也改变不了你骨子里的卑微。"

贵妇闻言张大了嘴："你、你……"

容见迟目光微垂，透过眼镜看向两个躲在母亲身后的顽童："你们的爸爸对你们失望透顶，在外已有其他子女，受他悉心栽培。"

两个孩子虽然听不懂他在说什么，但总觉得这个看起来像老师的人好可怕，不由得有些瑟缩。

贵妇慢慢转过头，望向捏紧手机始终一言不发的丈夫："赵大志，你说话啊！"

"啊，对了……"容见迟示意乘务员到一边处理被咬的伤口，"以你们的经济能力，和你丈夫对你们的满心不耐烦，恨不得能早点摆脱你们母子三人的急切心理，不搭乘更方便快捷的飞机，反而选择时间较长的火车，可见你母子三人已被列入航空黑名单，不得不选择火车出行。经你们如此一闹，想来上铁路黑名单指日可待。"

贵妇张口结舌地后退了半步，想避开他的身影，旋即色厉内荏地嚷起来："坐商务车厢就可以仗着人多势众欺负女人、小孩？我要向媒体曝光你们！"她又转向丈夫，拔高嗓门，"赵大志！你是不是男人？你就看着他们欺负你的老婆孩子？"

男人闭一闭眼睛，脸上浮现出浓重的无奈与厌弃："乔秀娥，你还嫌不够丢人？！"

"你嫌我丢人？"贵妇不可置信地瞪大眼睛，手朝身后容见迟的方向一戳，"这个男的说你在外面有女人、有孩子，你都不替自己辩解一句？"

男人隐忍着："别人信口开河，你就信以为真？乔秀娥，你能不能不要听风就是雨？"

贵妇忽然伸手去抢他的手机："既然不是真的，那你把你的手机给我看！这几年你一直不让我碰你的手机，强调里面有重要的商业资料，怕我不当心删除或发送出去……"

男人闪身，避开妻子的手："你疯够了吗？疯够了就带孩子回座位上！看看你都把他们教成什么样了？"

贵妇尖声高嚷："赵大志，你有本事做，没本事承认吗？"

躲在她身后的男童趁父母不备，溜到父亲身后，一脚蹬上无人的座椅，一伸手将父亲举过肩膀的手机夺了下来，接着邀功似的朝母亲晃一晃："妈妈，手机！"

男人一愣神，面色黑如锅底，一把抢回自己的手机，随即反手一巴掌抽向男孩。

男孩大抵平时从未挨过打，一巴掌打在脸上，整个人大头朝下地从座椅上栽下来摔在地毯上，足足呆怔数秒，才蓦然号哭起来，尖锐刺耳的哭声令在座的乘客不堪其扰。

贵妇见儿子被打，从喉咙深处发出一声咆哮，以与她丰腴富贵的外形完全不符的迅猛速度冲向丈夫，十指箕张，朝他的脸上挠去，嘴里不断怒喊："赵大志，你没良心！我和你拼了！"

男人一边护着头脸，一边又要护着手机，全然不是妻子的对手，连连后退之余，不断言语攻击："乔秀娥，你脑子有毛病！"

贵妇毫不留情地追打，两人撕扯着走出商务车厢，谁都不记得两个惹了祸的孩子。男童见没人理会他，把眼泪一收，和妹妹一前一后跟着父母离开。

从头到尾看足一场闹剧的商务车厢的几名乘客一时间因事情突如

其来的转折而面面相觑。

险些被砸个正着的女乘客取过车厢里的急救包,一边为乘务员处理伤口,一边忍不住问坐回座椅上的容见迟:"你怎么会知道她老公的事?"

众人早被那一家四口吵闹得毫无睡意,此时便齐齐望向脸色平静如常的容见迟。

容见迟被包括乘务员在内的六双眼睛齐刷刷注视,伸出右手转动戴在左手小指上的戒指,随后微笑,朝车厢光可鉴人的玻璃窗一指:"猜的。"

所有人不由得回头向他示意的方向看去。

车厢外暗沉的夜色与车窗干净明亮的玻璃在车厢内柔和光线的作用下,形成一面面可视度极佳的镜子。站在过道中间,两臂半搭在左右座椅的椅背上,一手拿着手机,拍摄下整个过程的胖胖中年男乘客的手机屏幕清晰地自车窗上映出来。

众人恍然大悟。

胖胖男乘客对容见迟竖起大拇指,往他跟前的座位上大马金刀地一坐:"厉害!年轻人有两下子嘛!来来来,你猜猜我是什么职业?"

车厢内的气氛一下子就轻松活跃起来,连被咬了一口、无比委屈的乘务员见此,都露出笑意。

火车到站,容见迟拎着自己甚少的行李走下火车。身后有略沉重杂沓的脚步声接近,他放慢速度,微微侧头,看见一旁的火车车窗上映出同车厢的胖胖男乘客,正准备伸手拍他。

容见迟回首:"任大哥。"

胖胖的任重山戴着粗金链子的手落在他的肩膀上:"小容,有空来我的娱乐城玩!我准备最好的酒菜招待你!"

容见迟点点头,并无赘言。

"我就喜欢你这干脆利落劲!"任重山大手一挥,"随时欢迎!

011

来了直接报我的名字!"

随后又风风火火地同容见迟道别,夹着他那只鳄鱼皮夹包,大步流星地往出站检票口而去。

不远处的站台上,一对夫妻正堵在车门口高声争执,女方毫无形象地撕扯抓挠,男方有所顾忌地推挡避让,两个孩子茫然无措地跟在他们身边,有乘务员试图让女方冷静,先下车再说,然而并不成功。

不少已下车的乘客不明所以,七嘴八舌地围观,有人拿出手机来拍摄视频,场面显得有些混乱。

容见迟微微垂睫,敛去所有情绪,走向出口。

即便是深夜,火车站到达层照样人流如织,随着火车进站,乘客们自出站检票口鱼贯而出,朝不同的出口拥去,如同鱼群,巡游徘徊,相遇离开。

两名身穿灰色制服的清洁女工手持扫帚、簸箕,在出站的人潮之间小心翼翼地穿行,将地上的垃圾杂物和偶有被随意丢弃的火车票尽快清扫干净,以保证地面整洁。

其中一个清洁工生得又高又瘦,略显枯黄的头发绾在脑后,笼着黑色发网,以咖啡色蝴蝶夹固定,露出饱满的额头。

她皮肤微黑,十分沉默,多数时候半低着头,很难教人看清她脸上的表情。

与她搭班的工友招呼她到一旁的角落里,喝口水歇息片刻,她有些犹豫。

"万一被组长看见……"

矮她一个头的大姐笑起来,露出洁白的牙齿,大力一拍她的手臂:"你怕她做什么?又不是不干活,喝水呀,难道让我们渴死啊?小楠你就是面皮太薄,让她去说好了,又不是她给你发工资!"

小楠有些不好意思,赧颜一笑:"我才来不久,还要林姐你多带带我。"

话虽如此，小楠仍只略站片刻，正了正灰色工作服的领口，将微微歪到一旁的黑色塑料纽扣移回到正中，便又回到岗位上，继续清洁工作。

"这么老实，再多做几天，腰骨就会给你颜色看。"林大姐摇头。

小楠小心地避开拥挤的人群，在靠近出口容易有杂物掉落堆积的地方默默扫地，偶尔停下来，拄着扫帚柄，望向出口处熙熙攘攘的人群。

有嘈杂的打闹叫嚷声由远而近，往出口这边来，引起一阵骚动，惹得等待刷身份证出站的乘客在排队等候的同时，不由得朝噪声的方向引颈观看。

附近的保安一看情势不对，立刻上前阻止女方越来越激烈的尖叫怒骂，可是显然并不成功，这位从火车上吵到站台，又从站台吵到出站口的女士战斗力爆表，不但嘴上骂人的功夫了得，胖胖的身躯也有着惊人的爆发力，并且还有两个尖叫着的孩童东打一拳西踹一脚地为她助阵，一时间一个中等身材的寻常保安竟然不是她的对手。

保安不得不拿起对讲机呼叫增援。

不明就里的看客围了一层又一层，大包小包地挨挨挤挤，也有戴着棒球帽的乘客看腻了这荒唐的一幕，嘴里说着"借过"，从人堆里往外挤。

拎着旅行包已经快要排到出站口的容见迟，眼镜片后的眸光一凛，扫向与棒球帽擦肩而过朝反方向走去的一对情侣，又瞥了一眼看似认真扫地，实则一直在观望整场热闹的年轻清洁工，浓眉微蹙。

长途旅行带来的疲惫使容见迟耐心告罄，在身材瘦小的棒球帽准备从相邻的另一个闸机刷证件出站时，他突然伸手一把抓住棒球帽的手腕顺势反拧到背后。

棒球帽一惊，自然不肯屈服，拼命挣扎的同时，开始高声嚷嚷：

"干什么？我什么都没做！平白无故打人了！"

还未出站的旅客们又被这边的响动吸引，人群里有人"嘿"了一声："今儿可真热闹！"

容见迟一边在背后扭紧了棒球帽的手腕往上提，一边扬声提醒前来增援保安的火车站派出所的民警："拦住十点钟方向穿米色卫衣的情侣！"

赶来增援的民警眼疾手快地控制住一对正打算分头走的情侣，两人挣扎之余不断为自己叫屈，高声污蔑警察打人了，场面混乱不堪。

容见迟敛了敛睫，大声提醒围观的旅客："大家检查一下随身物品，看看有没有谁的东西被偷了。"

现场看热闹的旅客闻言一惊，纷纷检查自己的背包、衣兜，不消片刻，人群里便又起了骚动。

"我的手机不见了！"

"我的手机也丢了！"

"有小偷！"

派出所民警在被控制住的一男一女的身上搜出五部手机和两个皮夹来。

"那是我的手机！"

"还有我的！"

"该死的小偷！"

容见迟扭着瘦小的棒球帽往民警的方向走去，同时交代保安："五号闸机旁那个保洁，也控制起来。"

当保安走向小楠按住她的肩膀时，全程挂着扫帚看热闹的小楠的脸上缓缓浮现出难以置信的表情。

深夜十一点的火车站派出所灯火通明，门一开一合间，空气里浮动着丝丝缕缕方便面和关东煮的味道，与千家万户大多已沉入梦乡的外头是截然不同的世界。

派出所大厅里，面对被搜出的手机和皮夹，以及怒目以对的失主，两男一女的盗窃团伙对自己在火车站内偷盗手机等财物的事实供认不讳，由派出所拘留等待进一步处理，失主们做好笔录陆续离开派出所。

在此期间，小楠一直被按坐在派出所的长椅上，无人理会，但也不被允许离开。

小楠老老实实地坐在那里，尽量不东张西望，只是难免被半夜了仍人来人往的派出所内的热闹景象所吸引。

将有着重要文件的笔记本电脑遗忘在火车上的出差客、在火车站内与同行老人失散了的中年夫妇、被宰客黑车中途赶下车导致行李在后备厢和黑车一道跑得无影无踪只能前来报警的女乘客……天南海北的人在这个夜晚由于这样那样的原因会聚到这里，焦虑的、急躁的、愤怒的情绪仿佛化为实质，蔓延开来。

小楠看着与老人走失的中年夫妇互相大声指责对方没有照看好半失智的老人，一个埋怨"怎么不管好老娘，别让她到处乱跑，现在好了吧？跑丢了找也找不到"，另一个反驳"是你老娘又不是我老娘！你自己都不顾好，反倒叫我一眼不眨地盯着她？我又不是保姆"。

一对中年人从相互指责逐渐变为互揭对方的老底，丈夫怒陈妻子不善待老人，妻子嘲讽丈夫不顾家庭，小楠看得目瞪口呆，派出所值班民警不得不高声制止两人之间的这场闹剧："你们还想不想找到老人了？！要吵回家吵去！赶紧想一想，在哪里与老人走失的，老人穿什么颜色样式的衣服，身上有什么特征。"

中年夫妇这才偃旗息鼓，东一句西一句地回忆老人的穿着和特征，夫妻二人提供的信息竟然还互相矛盾，男人说老娘穿一件紫色上衣、黑裤子，女人说是紫绛红的呢子外套和一条蓝灰纹的粗布裤子，谁也说服不了谁。最离谱的是，两夫妻的手机里竟然没有一张老人的照片。

小楠看得叹为观止。

小楠在观察这红尘百态的时候，做完询问笔录的容见迟也在观察小楠。

在火车站抓获的盗窃团伙的三名嫌犯均表示不认识被带来的女保洁,调取的站内监控也显示她和三个小偷之间没有任何眼神或者肢体上的接触交流,基本可以排除她是盗窃团伙成员的可能性。

被控制住带往派出所的路上,小楠相当配合,并不挣扎反抗,坐下来之后非常安静,当三个小偷被带往审讯室时,她甚至露出了一点看戏的神情。

她虽然不知道自己为什么会被带回派出所,但是笃定自己与此无关。容见迟想,这女孩子像是一只误入游乐场的野猫,对一切都怀有一种克制的好奇,尽管很想凑近了观察,却又努力让自己不动声色。

容见迟很期待看到她被民警要求交出所持有物品时的表情。

在小楠被晾了将近一小时之久后,一片嘈杂扰攘的派出所终于慢慢安静了下来,忙于处理手头工作的民警终于想起了小楠,指了指孤零零坐在接待大厅长椅上的她:"跟我来。"

年轻的民警将小楠带进一间办公室,并叫了一位女警到场。

"交出来吧。"民警表情严肃,右手手心向上一摊,对小楠说道。

小楠轻叹一口气,没有抗拒,解开灰色工作服的第一粒纽扣,然后捏松背面的卡扣,取下一元硬币大、表面呈圆弧状凸起的黑色塑料纽扣,连同贴身口袋里的存储设备递了过去。

"没有了?"民警用怀疑的目光上下打量小楠。

小楠摇摇头:"没有了。"

民警看了看手心里的这枚纽扣,随后交给一旁的女警,继续询问小楠:"说说吧,姓名、年龄、性别、职业,这个设备是用来做什么的?"

"司楠,二十四岁,女,《申江晨报》的《深度现场》栏目的调查记者,微型摄像机是用来做调查的。"小楠知无不言,言无不尽。

"调查?调查什么?新闻记者证呢?谁能证明你说的话?"民警

不怒而威。

司楠瞥了一眼办公室门外斜挎着旅行包遥遥注视他们的容见迟，露出一丝苦笑。

"我社接到群众举报，称火车站前有黑车司机与火车站的内部人员相勾结，非法营运宰客。我社出于负责任的态度，打算做一期黑车宰客的深度调查报道，微型摄像机拍摄的画面仅用于新闻报道的素材收集，不做他用。我来得比较突然，一应证件都锁在火车站的员工更衣室内，我社《深度现场》栏目的主编王砝可以证明我所说的都是事实。"

听见"王砝"两个字，见多识广的两位民警忍不住彼此对视了一眼。

王砝啊！本市《申江晨报》法制版鼎鼎有名的《王砝说法》栏目的王牌记者，只要有案件的地方就有他的身影！

女警起身到门外去核实司楠的说辞。

不久后，女警返回办公室，朝同事点点头。

年轻民警收起厉色，但还是教育司楠："你拍摄的视频中可能有关于这起盗窃案的重要证据，应该在第一时间交予警方，避免在案件审结前泄露案件的信息。"

司楠点头如捣蒜，承认："是，我的做法有欠妥当。"

民警又教育了她两句，看看时间不早了，就不再啰唆，让司楠在询问笔录和扣押物品清单上签字画押，甚至还体贴地问她："挺晚了，这边安排一辆警车送你回火车站？"

毕竟人家记者好好地在那儿卧底调查，被他们二话不说就控制住带回派出所，所有东西都还在火车站呢。

不料司楠一龇牙，遥指在外头看戏的容见迟："不麻烦警察叔叔了，我蹭他的车。"

年纪轻轻被叫"警察叔叔"，民警也不恼，甚至在女警官的微笑中还正色叮嘱司楠："那行，注意安全啊！"

017

司楠走出办公室，一步步走向站在接待大厅里的容见迟。

这个戴金丝边眼镜、五官周正深邃，穿天蓝色衬衫外搭一件硬朗的米色堑壕风衣，配黑色烟管长裤，足蹬一双深棕色八孔牛津靴，打扮得像精算师，通身透出一股复古质感的男人，害得她当班途中被带到派出所一游，估计"失业"已成定局，还搭上了暗访的拍摄设备。

眼下看来这次卧底暗访刚刚开始便遭意外搅局，作为盗窃案证据的拍摄设备在案件审结前亦取回无望，她怎么也得找他问个子丑寅卯。

司楠在距离容见迟一步之遥处停下脚步，微微仰头，用自己一米七的身高对抗他将近一米九的压迫感："这位——"

"鄙姓容，容见迟。"容见迟略略垂睫，注视着站在他跟前，褪去火车站保洁员身上内向拘谨的表象，显露出原本挺拔机敏内在的司楠。

"这位容先生，我哪里露出了破绽？"司楠直视容见迟的双眼，问道。

气恼不解的表情使得她整个人一下子生动了起来，引得容见迟微微一笑。

"不是要蹭我的车？边走边说。"他一旋足，转身朝派出所外走。

容见迟身高腿长，虽然步频不快，司楠也不得不加快了脚步才能跟上他："我究竟什么地方做得不对，引起了你的注意？"

她自认准备工作做得不错，为此她还特意向报社里的扫地阿姨取经，学习她们做大保洁的流程，应聘火车站保洁员的时候，连保洁公司的人事经理都没看出破绽来。

容见迟停在一辆低调的黑色运动型多用途汽车前，有穿黑色西装的司机等在车门前，替他拉开门。

容见迟侧一侧身，做出"请"的手势。

司楠有些迟疑，心里嘀咕，这个姓容的，不会是富二代闲极无聊出来开黑车吧？

长途出差回来多少有些身心疲惫的容见迟在这一刻轻笑出声："我可以向你保证，这辆车和火车站前非法营运的黑车没有一点关系。"

司楠不由得伸手摸摸自己的脸，一边上车一边自我怀疑：我的心思难道就这么明明白白地写在脸上吗？

容见迟随后上了车，对司机说："去火车站。"

司机将车驶离派出所的同时，容见迟取下一直斜挎着的旅行包，信手放在脚边，从两人座椅间的中隔置物箱里拿出两瓶矿泉水，一瓶递给司楠，一瓶自己拧开，仰头喝了一口，才放松地舒展自己的长腿："并不是你的心思过于直白地表露在脸上，只是我比较擅于解读别人的表情。"

"所以在火车站里，是我的表情出卖了我？"司楠握着沁凉的玻璃瓶身，锲而不舍地追问。

她调到《深度现场》栏目半年，这是第一次报选题获得主编的认可，也是第一次独立进行深入调查，如果仅仅是因为她的表情而影响了调查，还因此暂时损失了一套暗访设备，她到哪儿说理去啊？

"也不完全是。"容见迟倒没卖关子，指了指司楠的手腕，"其一，你的脸和脖子、左右手手腕外侧和内侧的色差不同，明显是用深色号的粉底液对肤色进行过伪装；其二，火车站保洁员会在负责的区域内以'Z'字形来回进行打扫，以免有遗漏之处，但你的打扫路线非常凌乱，可以说是信马由缰，想到哪里是哪里；最后，你过于关注闸机出口和出口外的候车区，并且总是会下意识地调整衣领上的纽扣，使它正对你关注的方向……"

容见迟停下了他的分析，微笑中带着些歉意："当时在混乱之中我误以为你是最近正猖獗的偷拍团伙的成员，所以让民警控制住你一起带回来，没想到……"

司楠点点头，她还当自己伪装得天衣无缝，想不到在容见迟眼里根本是漏洞百出。

"你是警察？"职业习惯令司楠忍不住好奇。

他打扮得像是这座城市里年入百万的白领精英，但他对事物观察之细致入微，却又是寻常职场人士所没有的洞见与犀利，这使他身上有种非常矛盾的吸引力。

容见迟闻言微笑，从风衣斜插袋中取出名片夹，抽出一张名片，双手递给司楠："抱歉妨碍了你的工作，我欠你一次。这是我的名片，今后如有需要之处，可以打我的电话。"

司楠双手接过名片，认认真真地看了一眼，水纹超白刚古纸上印制着姓名和电话，但并未标明工作单位和职务，简洁得教人对他的身份无从猜起。

司楠心里"啊"了一声，在这个交际全靠手机添加彼此为好友的时代，还坚持使用名片的人，果然不负他容见迟这一身经典复古的打扮。

她将名片揣进制服口袋里，轻轻拍了拍两边的衣袋："不好意思，我既没有名片，也没有手机……"

造成这一切的人，就问你内不内疚吧！

擅于解读表情的容见迟这时像是忽然失去了超能力，毫无愧色，甚至还包容地对司楠笑了笑："没关系，我一定不会忘记《申江晨报》的调查记者司楠。"

火车站派出所离火车站也就一个红绿灯的距离，司楠犹豫是啐容见迟一脸还是进一步和他讨价还价，为自己的损失找补一二的当口，司机已经将车停在火车站前的车辆下客区。

压下所有念头，司楠识趣地自行下了车，冲坐在车里的容见迟挥了挥手，没有说再见。

在这座有着两千五百万人口的大都会，如不刻意相约，陌生人再见的概率，微乎其微。

稍早时发生的一切不过是原本两条毫不相干的人生线在外力作用下，产生的一次小小的碰撞，荡起一丝涟漪，很快便会平息，就此错开,再无干系。

看着司楠干脆利落地下车离去,头也不回地直直走向进站口,与门口的保安做了一番交涉后进了站,容见迟对着被她丢在后座上动也未动过的矿泉水,若有所思地挑了挑眉,这才吩咐司机:"开车,去云上栖。"

车头掉转,沿着环形辅路驶离,容见迟望向窗外一点点变远变小,逐渐化为视野里遥远一线的火车站,稍早时温文微笑的表情自他脸上慢慢地冷却剥离,消失在温柔的夜色里。

司楠一手端着咖啡,一手拎着在地铁站外流动早餐车上买的粢饭团走进报社,饶是前台接待早已对记者们熬夜赶稿的憔悴情态见怪不怪,仍不免被她浓重的黑眼圈和脚下虚浮的模样吓了一跳。

"楠姐!你没事吧?昨晚没睡好吗?"

司楠痛苦地点点头。

昨晚她回到火车站,好说歹说,最终还是几经辗转麻烦大夜班值班站长出面,火车站保安才放她这个一无证件、二无手机的小保洁进站,她也丝毫不出意外地被大夜班的保洁队长当众批评得狗血淋头,并且毫不留情地做出将她退回保洁公司的处理。

这一番折腾下来,已经接近后半夜了。

乘出租车回到家的时候,天都快亮了,司楠强迫自己睡足三小时,又爬起来进报社,连车都没敢开,她怕自己疲劳驾驶。

前台小姑娘一脸同情地伸手帮她拉开门,朝里头努努嘴:"王编在办公室,已经问过你一回了。"

司楠朝前台点头致谢,扬扬手里的咖啡杯:"我这就去。"

王砝对啜着咖啡敲响他办公室的门并拎着粢饭团走进来的司楠示意:"坐。"

看着司楠几乎是把自己摔进他办公桌对面的转椅里,他也没有太大的情绪起伏,只是转身将面前的一袋热豆浆推给她:"咖啡喝多了胃疼，喝豆浆吧。把事情经过大致说一说，然后赶紧去值班室睡一觉。"

王砝自己就是记者出身，对这种睡眠不足的煎熬深有体会，因而也不愿意多折腾下属。

昨夜将近零点时分，他接到派出所的电话，手机铃声差点吵醒家里好不容易哄睡的幼儿，他不得不在妻子的怒视下跑到阳台去接听。电话里的民警没有透露太多信息，只说司楠涉及一起正在调查中的案件，需要向他核实一下司楠的身份。

他不便在电话中多问，向民警证实司楠所言不虚后，去书房找到存在电脑里的司楠的身份证、工作证和记者证的复印件，一并传真给要求提供身份证明的民警。

随即他试图联系司楠，但电话始终处于无人接听的状态，他琢磨着要是今天还联系不上司楠，就有必要亲自跑一趟火车站派出所了，结果八点半她踩着点面有菜色地走进了他的办公室，让他松了一口气的同时，又不免升起一点心疼。

司楠拣重要的部分将前因后果讲了一遍，只是隐去了容见迟送她回火车站的一段："暗访设备暂时被扣，拍摄到的视频素材都在设备存储器上不说，我这好不容易应聘上的火车站保洁员的工作也被搅和了……"

在容见迟面前，她还撑得住，可到了领导兼前辈跟前，那一点气恼和委屈，就有点忍不住了："怎么办？"

"这也不怪你。"王砝安慰司楠，"只是小概率的事教你碰上了而已……"

"我碰上小概率事件的概率也太高了……"司楠捏着豆浆袋，垂头嘀咕。

王砝盯着自己的手下干将兼学妹，她为了符合保洁员的人设特意又染又烫又拉直，折腾了一番营造出了营养不良式的焦黄发顶，他到底不忍苛责："设备的事你不用担心，总务部那边我会替你去打招呼，你现在立刻、马上去值班室补觉！"

司楠确实撑不住了,上下眼皮搭在一处,睁都睁不开,几乎是闭着眼睛摸进值班休息室的,窗帘一拉,往沙发上一扑,秒睡。

王砼从他的办公室出来,朝灯光明亮的休息室里张望了一眼,对和衣扑在沙发上睡得昏天黑地的司楠摇了摇头,伸手替她关上日光灯,又带上门,叮嘱报社里进进出出的员工:"都别去打扰她,让她睡到自然醒。"

一道门将休息室内外隔绝成两个世界,门外的报社同侪来回走动和彼此交谈汇在一处的声响,对门内的司楠丝毫没有影响。

她趴在沙发上,一手枕在脸颊与沙发之间,一手从沙发边缘垂落,鼻息间有细微的鼾声,仿佛睡得很熟,只是两道秀气的眉毛时蹙时展,显示出她睡得并不安稳。

司楠正在做梦。

站在一片浓雾中的司楠知道自己正置身于梦中。

这片雾浓重得如有实质,包裹着孤身一人的她,压得她喘不过气来。她环顾四周,除了白茫茫一片,什么也看不见,什么也摸不着。

司楠伸出手,合拢五指,想抓住浓雾,可雾气如同流沙,在手指合拢时从指缝里散逸无踪,无论她怎样挽留,都是徒劳。

周围有杂沓的脚步声,倏远忽近,来了又去,而她仿佛被一张无形的网束缚,挣脱不开,动弹不得。

忽然身后传来一声低笑,有人靠近,在她耳边低吟她的名字。

司楠……

这一声荡气回肠,驱散挟裹在她周围的浓雾,司楠猛然转身,想看清将她从浓雾中解救出来的人,谁料脚下猛然一空,整个人从高处不断向下坠落。

惊呼卡在司楠嗓子里,她蓦地醒了过来,发现自己大半个身子都在沙发边缘,一条腿已经耷拉在地上,马上就要从沙发上摔下来,连忙撑着沙发坐正身体。

有那么一瞬间,司楠恍了一下神,不知今夕何夕,过了片刻,才想起今天是周五,她正在报社里。她抬腕看了一眼智能手环,已是中午十一点半,梦中好似只得几息,而现实中她已经睡了三个小时。

司楠从沙发上站起身,走到窗边拉开遮光窗帘,外头晴好的阳光倏然泻了一地,明晃晃地照亮整个房间,司楠要闭一闭眼睛,才能适应这亮堂堂的光线。

虽然是得了主编的允许,但司楠做不到放任自己继续磨洋工,她打开值班休息室的门,正撞见还未外出采访的娱乐版记者路然庭和米聆结伴去吃午饭。

米聆看一眼司楠睡得黄肿的面孔,嫌弃地"啧"了一声,拉开面前办公桌的抽屉,从里头取出一个包装高档精美的礼盒,隔着老远朝她递了递:"司楠你也太不修边幅了吧?喏!采访时影后发给媒体的护肤套装,赶紧去洗把脸,好好捯饬捯饬,可别拉低了我们报社的平均颜值。"

司楠没同她客气,接过她递来的礼盒,道了声谢,出门往洗手间走去。

路然庭和米聆跟在她后面,准备搭电梯下楼吃饭。

前台好奇:"聆姐,楠姐这是怎么了?"

怎么了?米聆轻笑,笑里带着些说不清道不明的怜悯:"她报的选题大概又黄了吧。"

报社能有多大?消息传得飞快,早上王砝去总务那边打招呼,交代司楠领的那套设备暂时无法归还,午饭前报社内便几乎人人都知道了。

"黄就黄了,怎么弄得像伤筋动骨一样?"前台不明所以。

"你来得晚,所以不晓得……"

米聆有心八卦,路然庭推了她一把:"电梯来了。"

米聆嗔了路然庭一眼,随他上了电梯。等电梯开始下行,她才轻嘘:"又不是什么秘密,你拦着我做什么?"

路然庭瞥一眼头顶上方的监控摄像头,压低声音:"只不过是她运气不好,事情都过去了,何必说出来呢?"

米聆想一想，哼笑："何止是运气不好？简直是霉星罩顶。"

不爱说人是非的路然庭都无法反驳米聆，不由得长叹一声。

米聆拿手肘顶顶路然庭："你说……"

她用下巴往空中点了点："那位真能一手遮天，教她从此在报业里再无出头之日？"

路然庭沉吟片刻，眉宇之间浮上一丝无奈："那位现在如日中天，说出来的话当然有分量，不过没有谁能永远处于巅峰，总有他走下坡路的时候。"

"你倒是爱当老好人。"米聆"喊"了一声，"她可是王砝的学妹，正经八百的'嫡系'。总编退休在即，王砝是呼声最高的继任人选。若王砝成为新总编，你我往后，可就要看他的脸色了，说不定，还要看司楠的脸色。"

路然庭垂睫："大家凭本事吃饭。"

有本事，没运气，也是枉然。

被认为是霉星罩顶的司楠正在卫生间里对镜自照。

惨白的日光灯下，她的头发焦黄凌乱，脸色青里透黄，因为趴着睡了几个小时，半边脸上浮着休息室布艺沙发面料的经纬纹路，眼皮微肿，颓唐狼狈得惨不忍睹。

司楠轻朝镜子苦笑，镜子里的女郎同样容色忧幽。

司楠轻叹一声，弯下腰来，双手凑近感应水龙头，掬一捧水洗脸。

沁凉的自来水扑在脸上，激得司楠打了个冷战，那一点还未醒透的惺忪睡意彻底散去。

司楠打开米聆给她的礼盒，"哇"一声轻叹。

影后出手果然大方，一场电影媒体发布会到场百十来位记者，一万多元的鎏金甄选套装礼盒人人有份，绝不落空。

司楠回忆了一下自己做娱记的那半年是否遇到过如此盛大的场面，随即摇摇头，想那些没用的事做什么呢？徒增烦恼罢了。

收摄心神，为了卧底采访已经颇有一段时间没能好好护肤的司楠，捧着精华、面霜喃喃自语："不求有剥了壳的鸡蛋般的奇效，但求能看起来光泽水润……"

说完睬一眼镜子里自己脸上明显不以为意的神色，到底忍不住笑了起来。

在卫生间里完成了一整套护肤步骤的司楠把散乱的头发拢到脑后，用装饰礼盒的黑色缎带将头发扎成一束，露出光洁饱满的额头，整个人顿时显得精神起来。

她夹着礼盒往回走，经过前台时，前台接待正试图叫门口的一位访客稍后再来。

"午餐时间，办公室里没有人，您可以下午一点半再来，或者留下您的联系方式……"女孩子的轻食沙拉大抵刚吃了几口，摊在一旁。

来访者是名斯文秀气的年轻男子，闻言踟蹰："我有急事，能否麻烦您通融通融？"

前台十分为难，并不是她有心推搪访客，只是这个时间，报社里出去吃饭的吃饭、采访的采访，确实没有人。

看见司楠从卫生间回来，前台的眼睛仿佛叮一下亮了。

"楠姐！"

"有事里边说。"司楠示意前台这里交给她处理，顺势推开烫着报社名头的玻璃门，请访客入内。

前台接待松了一口气，感激地对司楠微笑。

年轻访客随司楠进入报社，在会客室落座。

司楠倒了杯温水递给他，业务部一时无人，她只得先自我介绍并替同事接待访客："请问该怎么称呼？需要办理什么业务？"

来访的年轻男子生得眉清目秀，略显腼腆局促地笑了笑："我姓郑，郑元堂。我想在贵报刊登一则寻人启事。"

郑元堂长得斯文清秀，说话也温婉和气，只是眼神里的急切显示出他内心的焦急。

寻人启事？

虽然刊登寻人启事确实是报社的一项业务，但——

司楠眉尾轻扬："郑先生到所在地派出所报过失踪吗？"

郑元堂颔首："派出所没有受理。"

"理由呢？"跟前辈跑过不少新闻的司楠对此比较敏感。

郑元堂微微垂头，教人很难看清他脸上此刻的表情："安妮是夜店舞者，工作不定，来去匆匆，警方认为她作为有行为能力的成年女性，没有明确证据显示她遭遇危险或伤害，也许只是自己出门去散散心，可是——我不放心！"

他抬起头来，仿佛鼓起勇气直视司楠的眼睛。

司楠在这个年轻男子的眼睛里看到了一丝无措和绝望。

这是他的孤注一掷，司楠在心里说。

取过纸笔，司楠坐回郑元堂对面："郑先生和安妮的关系是？"

郑元堂伸出双手捂了捂脸，然后轻轻叹息："我喜欢她，我们刚刚成为恋人。"

司楠望着他，不出声。

郑元堂苦笑："我不是对夜场舞者一见钟情想通过寻人启事找到她的一厢情愿的跟踪狂，我和安妮真的是情侣！你可以看我们的聊天记录！"

仿佛为了验证自己的说辞，他取出手机解锁后，向司楠展示他和安妮的聊天页面。

司楠接过他手里最新款的折叠屏智能手机，迅速浏览了一下两人之间的对话。

从安妮发的文字和表情看来，她外向活泼，偶尔也会发自拍和美食照。

自拍中的安妮，拥有一头栗色长发，画浓烈的彩妆，五官精致深邃，是个气质出众的浓颜美人。

而郑元堂的性格则与安妮截然相反。

他内向敏感，日常喜欢拍摄风景，辅以带着忧郁艺术气息的文字,是不折不扣的文艺青年。

两人的聊天记录停留在三天前,热烈的安妮再没有回复过郑元堂一个字。

司楠怀疑这是"杀猪盘"的套路,毕竟从郑元堂这一身低调但绝不低档的穿着打扮来看,他应该家世不俗,可郑元堂又信誓旦旦两人是情侣关系。

"你们是怎么认识的?"

郑元堂回忆片刻,面上浮起微笑:"她通过夜场小姐妹的介绍,到小区里找房子,正好租住在我的公寓里。"

司楠将手机递还郑元堂:"可否有她更具体的个人信息?比如房屋租赁留下的身份证复印件。"

郑元堂微不可察地摇摇头:"不瞒你说,我没有和安妮签订租赁合同。"

司楠不由得挑了挑眉。

"我、我家里……"郑元堂像是觉得难以启齿,但还是鼓足勇气,"我家里有点钱,我拥有安妮租住公寓的那一整幢楼。"

原来如此,司楠了然地点点头。

不缺钱的腼腆青年遇见热烈奔放的夜店舞者,把自己名下的公寓免费借给女孩子住,相互之间渐生情愫,倒也讲得通。

"有没有这种可能,您家里知晓您和她之间……"司楠合理推测。

"不可能!"郑元堂打断司楠,斩钉截铁地否认,"家中并不干涉我的交友情况,更不会刻意把我的朋友从我身边赶走!"

"好的。"司楠不在这个问题上多做纠结,"那么安妮的年龄、身高、体重呢?她失去联系前穿什么衣物?"

"她今年二十四岁,身高一米七五,体重六十公斤。"有关安妮的个人信息,郑元堂脱口而出,"失去联系前穿什么衣物,我可以带你去她的公寓看看。"

郑元堂像是迫切地想要找到安妮,甚至不惜带陌生人如司楠去安妮的公寓，仅仅是去确认安妮失联前可能的穿着。

司楠没有接他的茬，转而问道："安妮经常在哪些夜店工作？她最近一次工作的地点是哪里？"

这些信息似镌刻在郑元堂的脑海里，他飞快地报出几家夜店的名字，以及安妮最后一次出现的地点："Untouch，不可触碰。"

司楠在心里"啊"了一声，Untouch，不可触碰，本埠鼎鼎大名的网红潮店，晚上十点以后门口等待入场的长队能逶迤曲折地排出两条马路。

能在Untouch里跳舞，安妮必定是个性感热辣的舞者。

司楠将郑元堂提供的信息一一记录在便笺本上："请您留下您的联系方式，方便业务部核实信息后与您进一步联系，沟通刊登寻人启事的事宜。"

"不能现在立刻帮我处理吗？"郑元堂不是不失望的。

"我只能代为转达。"司楠歉然道。

她不是业务部的，不宜越俎代庖。

郑元堂写下自己的电话，随后站起身向外走："我再去别的报社试试。"

他看起来显得格外无助，令司楠有些不忍。

"郑先生！"

郑元堂回过头来。

"会找到她的。"司楠安慰他。

郑元堂微弱地笑了笑："借你吉言。"

他推开报社的门离去时，与吃过午饭回来的米聆和路然庭错身而过。

米聆眯眼觑着郑元堂走进电梯的背影，问前台："谁啊？看起来有点眼熟。"

前台接待耸肩："不认识，来找业务部登寻人启事的。"

米聆"哦"了一声，顿时失去了兴趣。

司楠等到业务部同事吃完午饭回来，将郑元堂委托刊登寻人启事一事转达，并附上记录有安妮信息的便笺，自有业务部同事与郑元堂对接。

下午开编前会的时候，司楠难免有些恹恹的，直到编前会结束，王砝把她叫进自己的办公室，她还陷在选题半道夭折的打击中不能自拔。

王砝轻嗤："好了，这副样子做给谁看？职场如战场，谁也不会心疼拖后腿的同事。"

见司楠要瞪他，王砝轻轻用手磕了磕桌面："做我们这一行的，谁的选题没被毙过？谁没有过都已经版面签付了还被抽掉稿子的经历？"

"我知道。"

司楠心里说，我只是不甘心。

王砝注视着坐在自己对面的司楠。

作为一个曾经的深度调查记者、一个过来人，他太懂得司楠眼里浓重的不甘心。

深深的挫败感、绝望的无助感，他都经历过，更有甚者，因一篇报道而被免职进而导致整个新闻调查部都被解散的事，他也曾亲眼见过。

司楠的遭遇，并不新鲜，甚至算不上严重。

"准你两天假，回家好好休息，把最近缺的觉都补足了再回来上班，到时候交出一个亮瞎人眼的选题，一雪前耻！"王砝挥手，"这脸色晃在跟前实在伤眼睛，赶紧走。"

司楠双手捧心，做了一个被他嫌弃得不得了的语气刺伤的动作，然后往外走，才走出办公室，又扒住门框探回半个身子："前辈……"

"不要套近乎，有话直说！"轮到王砝瞪眼睛。

"我想写一期城市边缘职业者的深度调查报道。"司楠正色道。

中午接待郑元堂，使得司楠忽然生出对夜店舞者这一群体一探究竟的念头。

王砝撵鸭子似的摆手:"交选题报告上来。"

司楠得了"恩准",开溜回家。

回到家,司楠鞋脱袜甩,狠狠在客厅中的软骨头沙发里歇了刻把钟,才缓过神来,换下颇有束缚感的职业装,换上橙黄卫衣和深蓝牛仔裤下楼去香江茶餐厅吃饭。

司楠的工作三餐不定,她也懒得为一个人的一顿饭又是采买又是洗切烹炒,最后还得自己收拾厨房洗碗扔垃圾。

一碗竹升云吞面吃到一半的时候,司楠接到母亲叶女士的电话。

叶女士在电话那头和声细语:"这个周六是小北的十二岁生日,莫叔叔在得月楼订了位子给小北庆生,你也来吧。"

司楠本想一口回绝,但碍于所剩无几的母女情分,到底只是含含糊糊地敷衍:"要是没工作就去。"

司楠住的小高层在内外环交界,是一处回迁小区,不远处就是内环的黄金商圈,房价贵得离谱,周边物价也高得令人咋舌。

以司楠的经济能力,完全供不起这样一套小高层顶楼两室一厅的房贷,多亏她有一对"好"爸妈。

父母在司楠十岁时分手,各自展开新生活,谁也不想留拖油瓶在重组家庭中碍眼,一个说"我出钱供她读书到大学毕业",另一个说"老房子拆迁给了三套房分她一套,算是我给她的嫁妆"。

于是乎,两人从此再没有参与过司楠的成长,她的家长会一开始由身体还算健朗的外婆出席,等到上了初中,一应需要家长签字的工作便由司楠自行模仿外婆签字。

待到中考结束,外婆由舅舅、舅妈做主送进养老院之前,握着她的手,老泪纵横,说"我苦命的楠楠,外婆从今往后照顾不了你了,你好自为之吧"。

外婆家的老房子也拆掉了,舅舅、舅妈带着表哥搬进分到的三室两厅的大房子里,司楠眼瞅着无处可去,幸好回迁房那时候交付,离婚夫妻商量过后将这套离高中近、面积也不大的小两室一厅写到司楠的名下，方便她就近走读。

就此，司楠成为真正无人照管的小孩。

司楠不恨他们，比起新闻里爹不疼娘不爱，沦落到住小区地下车库的孩子，她的遭遇实属幸运，毕竟他们没有在金钱和物质上亏待过她。

挂断叶女士的电话，司楠心平气和，将余下的半碗云吞面吃光，连那点清汤都喝得一滴不剩。

吃过饭，司楠步行前往附近的美容院做面部护理，顺便保养头发。

相熟的理发师一见她毛糙枯黄的头发，发出一声夸张的惊叫："司小姐，你究竟对自己的头发做了什么？！"

做了什么？司楠想一想，为了卧底身份的逼真效果："在街边理发店用三无洗发水、染烫膏又洗又染又烫……"

理发师倒吸一口凉气，作势扑打司楠的手臂："司小姐，你为什么要想不开？！"

"这不是来请你补救嘛……"司楠汗笑。

理发师拿白眼看她，招呼洗头小工给司楠好好洗头。

司楠闭着眼睛，任由理发师在她头上一番焗油护理的手段后，再度睁开眼的时候，蓬乱的黄发已经被打理成一头光泽柔顺的亚麻金色锁骨发，干枯分叉的发尾经过修剪，形成错落的层次，显得一张脸只得巴掌大小。

等再享受过一回美容师的妙手，从美容椅上起身，对着智能美容镜左右一照，饶是平常对自己的容貌并不上心的司楠，也不由得发出一声赞叹："哇！这美人是谁？！"

理发师和美容师笑成一团："所以司小姐你要经常来做保养啊！"

司楠摆手："不不不！如此价格我承受不起！"

休息两天,适应了柔亮蓬松的新发型,周六晚上八点,司楠从衣橱里翻出读大学时曾有幸陪她见识过一回毕业舞会的及膝小黑裙穿上,化上轻浅的淡妆,蹬一双黑色小羊皮芭蕾舞鞋,罩上米色风衣,拎上她唯一的一只小羊皮菱格包,叫车前往大名鼎鼎的夜店——Untouch。

专车将司楠送到Untouch,时间已近九点半,由沿街旧纺织厂厂房改建而成的夜店门前已经排起蜿蜒的长队。

年轻女郎们漂亮的夜店装束被门口闪烁的霓虹灯映得夺目非常,站在队伍末端套着风衣的司楠看起来像是走错场地的异类,以至于当队伍逐渐向前移动,轮到她可以入场的时候,门口维持秩序的保安跳过司楠,指指她身后三名身穿一字肩包臀短裙、脚踩十寸高跟鞋的年轻女郎,先行放她们入内。

"没有先来后到吗?"司楠不解道。

保安上下打量了司楠两眼,板着脸:"本店不接待未成年人。"

排在司楠后方的人哄笑起来,有人趁机调侃:"小妹妹,此地不是你来玩的!"

司楠垂眼看自己的打扮,这是有什么隐形鄙视链吗?

正在司楠打算为自己的入场资格和顺序据理力争的时候,从旁传来一阵低沉的轻笑,仿佛大提琴发出的优雅共振:"东哥,她是我的客人。"

司楠一眼看见不用排队,正要由贵宾入口进入夜店的容见迟。

保安闻言,拉开红丝绒隔离绳,侧身放司楠入内。

司楠对黑脸保安一皱鼻子,迅速从他身边走过,朝出声解围的容见迟颔首以示感谢。

"体验生活?"容见迟微微靠近司楠,声音不高不低地问。

司楠笑一笑,默认。

容见迟也不追问,但到底还是叮嘱一句:"不要喝陌生人递来的饮料。"

司楠比了一个"晓得了"的手势,将风衣寄存,随着音乐的节奏轻轻摇晃身体，融入越夜越精彩的人群中。

容见迟看着司楠的背影如同一尾游鱼，穿梭摇曳，终至消失在视线内，不由得以拳抵唇，掩了掩嘴角的笑。她看起来精气神十足，仿佛已经从上一次的挫折当中重新振作了起来。

沿着楼梯，容见迟上了二楼，由服务生引至专为贵宾保留的包厢。

门一被推开，里头一股音浪扑面而来。

"我说容总必定衣冠楚楚，同平时出诊一模一样吧！来来来，输的人自罚三杯！"今日的寿星公谢利轩拍掌大笑。

"老容，你为什么不换换花样？！"与容见迟数年未见的旧友老曹一边哀叹，一边举起已经倒好的三杯威士忌一饮而尽。

除了寿星公与旧友，容见迟与包厢里所谓的申城三少不熟，同寿星公今日邀请的其他客人更是从无交集，只客气地点点头，随后自西装内插袋里取出一只扁长的盒子，递给大刀阔斧坐在当中的寿星公："生日快乐！"

谢利轩接过扁长的礼盒，当众打开，"哦哟"一声，从中拿出一只古董手表，当即将手腕上的亨利慕时褪下来，换上古董手表，展示给左右看："手表拍卖专场九十万瑞士法郎落槌的古董表！还是容总了解我的喜好，到底是有过命的交情！"

"轩哥和容先生是什么样的过命交情啊？"包厢里有女孩子好奇地问。

一出手就是价值七百多万的生日礼物。

"就是——"谢利轩觑一眼容见迟的脸色，手一挥，"就是如果他需要，我可以把全部身家都交给他的那种过命的交情！"

客人们意味深长地齐齐"哦"起来。

容见迟闻言失笑："别听他胡扯。"

说罢在靠近落地窗能俯瞰楼下舞池的贵妃榻落座，半依着扶手，注视楼下热闹的场面，耳边断断续续传来谢利轩对他的无脑吹捧。

"同他打牌玩博眼子最没劲，永远输给他……你动动眉毛，他都晓得你是虚是实……面无表情他都猜得出来你手里的牌面是大是小……"

"哇！是真的吗？"女孩子们莺声呖呖，"容总这么厉害？"

"不信可以送两副牌进来试试！"酒酣耳热，谢利轩大肆吹嘘容见迟的本事，然而并不教包厢里的女郎们往容见迟身边凑，"你们别看他表面一本正经，其实坏得很！"

被凭空污蔑"坏得很"的容见迟只当没听见，大半注意力都放在楼下。

Untouch由旧厂房改建而成，原有的高挑空间与建筑结构得以保留，奇幻迷离的灯光与旧日工厂遗留下来的管道钢顶和其下欢饮舞动的人群形成反差强烈又浑然一体的蒸汽朋克风格。

晚上十点，楼下场地以干冰制造云雾缭绕的效果，有穿皮质紧身抹胸和黑色蓬纱裙、化浓妆的女舞者由顶棚系着钢索从天而降，落在舞池正中央的舞台上，优雅地舒展肢体，随后猛地扬手扯去腰间的蓬松纱裙，露出底下热辣的包臀皮裙，开始激昂热舞。

楼上包厢的隔音效果不错，容见迟几乎听不见楼下的音乐，但能想象得出来一定节奏强烈欢快，因为舞池里的客人已瞬间沸腾起来，齐齐挥手舞动，仿佛奇异的群体仪式。

容见迟的目光在场地内漫无目的地巡视，扫过吧台，倏忽定住。

虽然隔得老远，虽然并不刻意搜寻，可他的双眼似装了雷达，还是于成百上千人中，一眼认出背靠吧台手持饮料与人聊天的年轻女郎，正是司楠。

司楠上一次进夜店，还是做娱记期间，著名港岛女星在申城开了一家港岛风夜店，开幕当天各路娱记前来探店做报道，她跟着当时的师父一同参加了新店开幕仪式，亲见当时半个娱乐圈前来捧场的盛况。

一转眼三年过去，女明星的酒吧已然开了分店，而她还是那个需要混在大佬身边才能入场的小记者,毫无建树。

司楠啜一口酒保特调的无酒精鸡尾酒,倚着吧台,遥遥望着舞池中央拧腰顶胯的舞者,开场舞将夜店的气氛瞬间带动起来,年轻的都市男女把所有烦恼都抛诸脑后,只有眼前这一场纸醉金迷的狂欢。

手机在这时响起,屏幕显示"叶女士"三字,司楠在接听与拒听之间犹豫了两秒钟,还是遵从本心选择拒听,而后转账五千元给叶女士,备注:祝小北生日快乐!

十二岁的莫北并不乐见她这个同母异父的姐姐,更讨厌好事的亲戚拿她做他的榜样,说什么"楠楠读书好,从小不用大人监督,一路考第一名,小北要向姐姐好好学习啊",为此莫北恨她入骨,她又何必在小孩子过生日的时候去讨这个嫌?

维持一个大家都不觉得辛苦尴尬的距离不好吗?

"司——司小姐?"身侧有男声迟疑又小心翼翼地同司楠打招呼。

司楠回眸,看见郑元堂疲惫的脸。

"郑先生。"司楠朝他举了举杯。

"司小姐来玩?"郑元堂和司楠一样,背靠吧台,遥望前方。

"来放松放松。"

震耳欲聋的音乐声中,司楠注意到郑元堂的眼下黑黢黢一片,想必数天没有好好休息过了。

报社业务部同仁与郑元堂取得联系,核实信息后,承接了他连续七日整版刊登寻人启事的业务,如今郑先生寻找安妮的广告已连登三天,甚至引起了新媒体的注意,在网上也掀起了寻找安妮的活动,如同一场人人有份参与的狂欢。

浪漫主义者说这是擦肩而过的一见钟情,悲观主义者说这是无法挽留的求而不得,更有好事者试图冒充安妮博取关注,但没有人关心郑先生的痛苦绝望。

"有安妮的消息了吗?"司楠问。

郑元堂摇头:"她经常去的夜店这几天我都跑遍了……"

没人见过安妮,她仿佛人间蒸发,再无消息。

司楠在犹豫该不该安慰他的时候,场边的黑衣保安忽然接到通知,从吧台两侧不动声色地包抄过来,将她和郑元堂夹在中间,其中一人抬头用对讲机与楼上通话。

司楠顺着保安的视线,望向吧台对面的二楼包厢,隔着蒸腾弥漫的雾气和迷离缭乱的灯光,她的视线落在落地窗边围观俯瞰的几个男人身上,隽秀的眉微挑。

贵宾包厢中,参与感不强的容见迟却有着不可忽视的存在感。当他的视线落在楼下吧台处,哪怕只停驻数秒便移往他处,仍然引起了注意。

惯会制造噱头把自己和狐朋狗友包装炒作成申城三少,以此来和京城四少打对台的黄枫自沙发上起身,甩脱一直缠在他身上的女郎,吸一口电子烟,从鼻腔中喷出白烟,走到窗边,也往楼下看。

"楼下有什么好玩的?容总看得目不转睛。"

容见迟反感他在室内吸烟,但这是谢利轩组的局,也是谢利轩的场地,他不好反客为主,所以只是垂睫无视了黄枫的问题。

黄枫倒也不觉得尴尬,与谢利轩做朋友,脸皮就得厚,承受他阴晴不定的性格和能动手绝不动口的习惯,像容见迟这般的冷遇,都是小菜一碟。

他随口一问,引来谢利轩的合伙人柳亦辇的好奇。柳亦辇也抛下女伴走了过来,双手插在裤袋内,同他一道站在窗边,注视楼下热闹非常的人群。

忽而两人异口同声:

"他怎么在这儿?"

"她怎么在这儿?"

话音方落,两人对望一眼,从彼此的眼中看见诧异厌弃之色。

"谁啊?"谢利轩推开新女友,站到了窗边,"在哪儿?"

"还能有谁?娘娘腔郑元堂呗!"黄枫又喷出一口烟来。

"一个讨厌的记者。"柳亦羣扬扬下巴,"吧台边上。"

听见"记者"两字,容见迟不着痕迹地扫了柳亦羣一眼。

柳亦羣三十岁出头,五官英俊深邃,正处于男演员最黄金的年龄,成熟中犹带一丝青春气息,兼之演技了得,荣膺"最佳男主角"的头衔,更是为他在圈内的地位加持,凭此早早与先前签约的经纪公司和平解约,自己成立了工作室,又不知从什么渠道结识了豪阔的谢利轩,两人一拍即合,共同出资成立了影视传媒公司,制作出品了两部爆款网剧,如今正是红得发紫的时候。

黄、柳二人再次异口同声,倒把原本有些漫不经心的谢利轩惹笑了,他伸长两条手臂,一左一右搭在二人肩上,调侃道:"枫少看谁不讨厌?"

黄枫玩笑地拍他的手臂:"你最讨厌!"

谢利轩不以为忤,转头去看柳亦羣:"讨厌的记者?不会是……"

柳亦羣点头承认:"是她。"

谢利轩"哈"一声,微垂了头向侧坐在贵妃榻上的容见迟"科普":"有位女记者,采访我们柳大影帝,把他的客气当成了对她的欢喜,觉得他对她与众不同,妄图和他发展超乎工作关系的感情,结果求爱不成,就写了一篇不实报道,想要摧毁他的职业生涯。"

容见迟挑了挑眉,没有发表意见。

柳亦羣轻轻叹息:"这件事,我也有责任,是我向她释放了错误的信号。"

"这怎么能怪你?是她自作多情。"谢利轩大力拍打他的脊背,"虽然你当时放话,从今往后,一切采访有你没她,有她没你,但这些气话也只是说说而已。"

求爱不成?自作多情?

容见迟嘴角勾了笑,这些话他一个字都不信,只有老谢这"傻白甜"信以为真。

"傻白甜"谢利轩非但信以为真,还交代保安:"去!把吧台前的一男一女赶出去,就说本店不欢迎他们!"

司楠和郑元堂被齐齐"请"出了夜店。

站在喧嚣浮华的门外,手臂上搭着风衣的司楠觉得有些冷,默默地将风衣穿了起来。

比起遭遇夜店赶客但还算平静的司楠,郑元堂的脸色极差,眼角泛红,哑声向司楠道歉:"对不起,是我连累了你。"

"没有的事!"司楠摇摇头,谁连累了谁还不一定。

在遥遥望见柳亦羣之后,司楠已经预见到今夜必将一无所获无功而返。

只是郑元堂根本听不进去,他颓然地转身走向停车场,周身笼罩在一股低气压中,令司楠不放心。

"郑元堂!"司楠叫他的名字。

郑元堂停下脚步,可是并没有回头。

"这不是你的错!"司楠大声对他说。

郑元堂继续朝停车场的方向走去,背影一点点融入夜色,终至被黑色的夜吞没。

司楠在原地默默伫立片刻,压下心头那一点说不清道不明的难过,从等候区招手叫了一辆出租车,乘车回家。

到家的时候,墙上时钟的指针才刚过十一点,都市不归人的夜生活才刚刚开始,而司楠的夜生活却已经结束。

洗完澡,司楠躺在床上了无睡意,顺手摸过床头柜上的手机,打开社交软件,漫无目的地浏览,几乎一眼就看到母亲叶女士在十点半时更新了一则"北北十二岁生日快乐"的动态,附有九张照片。

布置成漫画英雄主题的别墅、堆满礼物的房间、被众星捧月般围在正中吹蜡烛许愿的莫北和他的小伙伴……还有叶女士手臂搭在莫北肩膀上、莫先生自背后环抱妻儿、一家人笑得灿烂的照片,一望即知他们是幸福快乐的一家。

父亲司先生不甘示弱，在叶女士秀幸福之后不到三分钟，发了一张"执子之手，与子偕老"的动图，图片里司先生的最新一任女友望着手指上硕大的钻戒饱含热泪，然后扑向镜头，于星空之下紧紧握住他的手。

画面唯美得如同偶像剧，如果主角不是她的父亲，司楠说不定会微笑点赞，然而此时此刻，对于这对前夫妻争先恐后秀恩爱的行为，司楠实在不知道该评价他们幼稚还是无聊，只能眼不见为净地关闭社交软件，还自己的眼睛一片清静。

为防止叶女士在生日宴会曲终人散后想起不肯配合她扮演母慈女孝的"孽女"而打电话来兴师问罪，司楠将手机调成勿扰模式，放得老远，关灯入睡，很快进入梦乡。

她在梦里并不安稳，梦境变幻无常，一会儿是一片浓重的黑暗，一会儿有脚步声在身后追赶，终于世界倒塌向她压迫而来。

司楠猛地醒来，心烦意乱的感觉像一条盘踞在暗处的蛇攀扯缠绕着她。

反正天也亮了，司楠索性起床，在清晨鸟雀欢快的齐鸣中推开阳台的门，任晨风穿堂而入，而她则洗漱下楼到已开了早市的点心店吃早饭。

小小夫妻店生意火爆，专做早点"四大金刚"——大饼、油条、豆浆、粢饭。老板夫妻二人一个负责后厨，一个管账台跑堂，一个收了钱往后头的厨房喊一嗓子"咸浆免辣，咸大饼一副"，一个就在用透明玻璃隔出的灶间里手脚麻利地抓一把虾皮、紫菜、榨菜碎、油条脆扔进大海碗，再从不锈钢桶里舀一勺热腾腾的豆浆倒入碗里，挤上两滴特制酱油，撒一撮香菜末，整个动作一气呵成，眨眼便完成，再拿一根油条往大饼里一裹，装进油纸袋里，连同香喷喷的咸豆浆一道从窗口递出来。

司楠坐在只得一开间门面，有四张桌子的早餐店里，慢悠悠喝着她的免辣咸浆，一边撕着又松又香的油条往嘴里送，一边竖着耳朵听隔壁桌的两个食客吹牛皮。

两位中年爷叔一个说"我认得一个朋友，推荐了我一只基金，稳赚不赔，半年回报率百分之一百"，另一个马上吹嘘"我妹夫在坤山投中了一个工程，年后马上开工，标的这个数"。

司楠眼角的余光瞥见中年谢顶的爷叔伸出两根手指，对面的锡纸烫爷叔笑眯眯问："两百万啊？"

谢顶爷叔一拍桌面："什么啊？！两个亿！"

锡纸烫爷叔嘬一口豆浆："哦哟！那你要跟牢你妹夫一起发财了！"

两人你来我往，说得甚是有趣，司楠听得津津有味，一顿早饭活生生听了一场投资理财和城建工程的"讲座"。

吃完早饭，司楠从旁边菜场门口的鲜花摊买了一束不用精心伺候的粉白小雏菊，回家寻了个空置的矿泉水瓶，倒了半瓶水，将花束插在里头，搁在客厅的茶几上。

这时候小区中心的花园广场早已被出来玩耍的孩童占据，闹哄哄一片，司楠想睡个回笼觉都难，干脆塞上耳机，打开音乐，撸胳膊挽袖子，戴妥口罩、手套，在阿维·卡普兰低沉而充满节奏感的歌声中埋头打扫卫生。

不到六十平方米的小两室一厅打扫起来也并不轻松，犄角旮旯通通都照应到，洒扫除尘，一个上午就过去了。

司楠在沙发与墙角之间找到一条遍寻不见的真丝围巾及若干神奇失踪的发圈，还有两张打印出来没得及贴在照片墙上就神秘消失的照片。望着堆在茶几上的这些物件，司楠终于想起去卧室，取出被她塞在书架上的手机，打算拍照留念。

一解锁手机，上头十多通未接电话提醒令司楠一惊，猛然想起自己还未取消免打扰模式。

司楠注视着手机屏幕，三个陌生的本埠座机号码，拨入时间分别是三十分钟前，三十五分钟前和四十分钟前；两个顶头上司王砝的电话，拨入时间是五十分钟前；父亲、母亲各三通，前夫妻仿佛心有灵犀，电话打进来的时间都相差无几，一大清早也不知道他们有什么事如此迫不及待。

司楠叹息，认命地先给父母回电。

司先生的声音在电话里听着有些失真的喜气洋洋，通知女儿他又订婚了，邀请她去参加他和新任未婚妻同居的暖房派对。

司楠对父亲年近五十岁已经三婚三离仍能保持对爱情的热衷和生命不息折腾不止的态度表示由衷地敬佩，在电话里送上了对父亲的祝福，然而并不想去看父亲和小女朋友卿卿我我的现场表演。

母亲叶女士的意图则简单明了得多——向女儿埋怨前夫寻了个年纪可以做女儿的未婚妻，丝毫不顾念前妻的脸面，教她如何在亲友面前做人？！

司楠很想大声对叶女士说二位已经离婚，从此男婚女嫁各不相干，您和现任丈夫的儿子都读初中了，您女儿我都不在乎亲爹的未婚妻是老是嫩，您管那么多做什么？

话到嘴边，想到毕竟是怀胎十月给她生命的人，司楠到底还是忍住了，把话咽回肚子里，默默听叶女士喋喋不休了五分钟，正打算打断母亲无休止的抱怨，忽闻门铃响，连忙趁机向彼端的叶女士告罪："有人敲门，先挂了。"

司楠在叶女士出声阻止前率先结束通话，走到门边从猫眼里向外望了一眼，看见一对身穿制服的年轻男女，不由得眉心微蹙，打开门。

门外制服英挺的两名年轻警察与门内的司楠六目相望。

年轻女警察深深看一眼披头散发，穿朴素居家服，戴着口罩、手套全然一副钟点工造型的司楠，眼底是一丝疑惑和想笑不能笑的克制。

"司楠？"女警身形笔直挺拔，肃声问。

司楠一手按在门框上，对警察上门不明所以，但还是点了点头。

在确认司楠的身份后，两位警察向她出示了自己的证件，并递过一张调取证据通知书表明来意。

有一桩正在侦办的案件，需要司楠前去协助调查，请司楠跟他们走一趟。"

司楠飞速在脑海里回忆自己近期有哪些行为轨迹可能为警方提供协查，火车站派出所之夜不由自主地浮上心头。

她指指自己身上的居家服："能让我先去换套衣服吗？"

年轻男警不认为司楠的穿着有什么问题，觉得换衣服实属多此一举，浪费时间，倒是女警微笑起来："没问题。"

司楠返回卧室，掩门，一边飞速地换下身上的居家服，从衣橱里扯出一条茶色工装裤套上，又抓过一件柔软的藏青色开司米毛衣罩在米白长袖打底衫外头，拿下口罩，五指箕张，匆匆耙了两把头发，信手拿发圈在后脑枕骨处扎一束马尾辫，一边回想在火车站派出所时她的所见所闻。

等她从卧室出来，面貌焕然一新，与刚才不修边幅到近乎邋遢的样子判若两人，年轻男警都不由得扬了扬眉。

女警似笑非笑地睇了同事一眼，笑问司楠："可以走了吗？"

"可以。"司楠再配合不过。

休息天人来人往的小区里，大家很难不注意到制服笔挺的警察带着小区住户走向停在楼下的警车，驻足围观的同时还交头接耳窃窃私语。

"发生什么事啦？"

"不晓得。"

"哟！这个小囡年纪轻轻长得这么漂亮，做什么不好，偏偏去犯罪！"

"又没戴手铐，不是罪犯吧？"

大家七嘴八舌，司楠淡定自若，不为所动。

早前柳大影帝诬陷她利用工作之便接近他又因求爱不成试图用不实报道污蔑他，导致流言甚嚣尘上满城风雨，她的职业生涯几乎一夕之间被摧毁，她度过了人生中至黑暗的两年，那之后，再没有什么闲言碎语能打倒她。

警车开得飞快，车上的司楠几乎立刻便意识到这条路并非前往火车站派出所。

"请问是什么案件需要我协助调查？"司楠在后座被夹在两位警察中间，想一想还是忍不住问。

"现在还不方便透露，等到了你就知道了。"

两位年轻警察受过严格训练，守口如瓶，司楠只能作罢。

然而当警车驶进市警察局的大门，身为记者的司楠，仍敏锐地从中感到了一丝不同寻常。

经过安检并登记后，司楠被两位警官引至二楼一间朝南的会客室。

会客室内早已有人在等候，肩宽身阔的中年便衣警察在司楠出现在门口时自沙发上起身，迎向司楠，伸出手自我介绍："司楠？你好！我是市局刑事侦查总队的费永年。"

司楠与费永年握手："你好，费队！"

作为一个跟前辈跑过社会版的记者，她一眼就认出眼前看起来亲切客气的中年男子，正是本埠赫赫有名的刑侦总队队长费永年，曾带领手下的刑警屡屡侦破重大的刑事案件，是大众心目中的"神探"。

能让费永年出面，恐怕不是什么简单的刑事案件需要她协助调查，司楠暗忖。

另一人站在明亮的长窗前，阳光自窗外照进来，洒在他刀削斧凿似的侧面轮廓上，在地面落下一道长长的影子。

他身材颀长，穿霾灰衬衫、烟灰青果领毛衣，黑色西裤搭配一双看起来很贵很难保养的油蜡皮牛津鞋，气质矜贵得与这间会客室格格不入。

等司楠与费永年寒暄过后，他慢慢转过身来，朝司楠点点头："又见面了，司小姐。"

"容……"

在市局刑侦总队的会客室里看到容见迟，司楠不是不诧异的。

莫非还是火车站盗窃团伙一案？

容见迟双手插在西裤裤袋中，靠在窗沿上，淡淡地睨了费永年一眼："你说还是我说？"

老好人费永年举手："我说我说！"

费永年一边起身给司楠倒水，一边关照守在门外的年轻警察："你们先去吃午饭，吃完给我们带三份盒饭。"

随后将纸杯递给司楠："这个时间，司小姐想必还没吃午饭吧？我先向你介绍一下案情，等会儿请你尝尝我们市局的工作餐，请一定不要客气。"

司楠接过水杯，心下一片茫然，但仍配合地点了点头。

费永年搓一搓手，斟酌片刻，抬眼，老好人的神态敛去，锐利的目光直视司楠："昨夜今晨，本埠发生一起重大的刑事案件，造成两死一重伤……"

原本靠坐在会客室沙发上的司楠一愣，不由得坐直身体。

费永年介绍说案件发生在半夜，案发地点是本埠的一处豪华公寓——唐森颐品。

司楠一听公寓的名字，已经意识到事态非同一般。

那不是一般的豪华公寓，而是本埠的顶级豪华公寓，配备二十四小时管家和专业的保安团队，是安全与隐私都能得到最大程度保障的富豪名人云集的居所。

发生在那里的重大刑事案件——

司楠不敢往深处想。

费永年伸手捞过放在沙发旁茶几上的平板电脑，调取一张案发现场的照片展示给司楠。

宽敞到可以当舞厅的电梯厅光线柔和，一溜带血的爬行痕迹从入户门延伸出来，直到电梯前，原本光可鉴人的干净的大理石地面上，一大摊如同打翻了的深红色油漆似的血迹触目惊心。

司楠注意到入户门的门框附近有大量血液喷溅的痕迹，脑海里几乎瞬间就浮现出受害人在洞开的门口遭受到致命的攻击，随即倒地，却还是拼命向前爬行试图挣扎求生的景象。

司楠在看照片，容见迟在看她。

她和初见以及昨夜看起来又有不同，抛开刻意伪装的乡土气，还有夜店中的时髦女郎形象，此时此刻她柔顺的亚麻金色头发在脑后扎成一束短马尾，素面朝天，看起来干练却并不咄咄逼人，也不掩饰自己的困惑，将平板电脑交还费永年。

照片里的血腥画面令她感到不适，但她教自己保持冷静，并认真观察了照片中的每一处细节："有什么我能帮得上忙的？"

司楠可以肯定自己从未踏足过这么高端大气上档次的豪华公寓，有钱人的世界于她而言更像是异次元，有着无形的壁垒，使人只能偶尔透过两个世界之间的缝隙一窥究竟，却难以望其全貌。

不知这协助警方调查，又从何谈起？

她的困惑，也是费永年的困惑。

"我们已经逮捕了犯罪嫌疑人，证据确凿，证据链清晰完整，可以零口供定罪。"费永年捏了捏眉心。

既然如此，还叫我来做什么？司楠以不解的眼神询问在场的两位。

费永年定定地望着面前的司楠，似要剖开司楠的肉身，刺探她的灵魂深处。

年轻女郎大抵最近睡眠质量不佳，眼周有淡淡的黑眼圈，神态却很镇定，并没有什么值得怀疑的地方。

在得知需要她协助调查之后，这个二十六岁的女孩的生平资料便很快送到他手边：父母离异，单身独居，在报社任职，职业生涯曾经遭受重创，好不容易摆脱低谷，生活刚刚步入正轨。

费永年实在想不到她和这场造成两死一伤的激情犯罪能有什么联系，但偏偏——

"犯罪嫌疑人自始至终拒不配合，只要求和你交流。"费永年淡声说。

"啊?"自忖当记者以来见过大风大浪的司楠,也不由得略怔了怔,差一点想抬手指着自己的鼻尖,"我?"

"对,你。"

"我能了解一下具体案情吗?"司楠放下手中的纸杯,问。

费永年与容见迟交换了一个眼神,容见迟微不可觉地颔首,费永年清了清喉咙:"以下我所说的每一个字,在案件审结前,都不得向任何人透露。"

案情并不复杂,甚至简单明了到匪夷所思。

诨称申城三少的黄、季、田三人昨夜自夜店离开后,带了一名女子返回黄枫所住的公寓。零点四十分,楼下的业主听见楼上传来巨大的声响,致电公寓管家投诉,管家搭乘电梯到达黄枫的公寓所在的楼层,一开电梯便看见受害人之一的黄枫倒在电梯前的血泊中,而嫌疑人则手持利器,站在公寓门口,满身满手都是鲜血。管家当即报警,警方十分钟后到达现场控制住嫌疑人,并在现场发现另外两具受害者尸体。其间嫌疑人自始至终非常镇定,未曾试图反抗和逃跑。

"现场痕迹检验证明确实是嫌疑人刺死两人、刺伤一人,这点毫无疑问。"费永年略顿片刻,"铁证如山。"

费永年侧头看一眼仿佛置身事外的容见迟,认命地继续:"现在缺少最重要的一环——动机。"

这桩凶案瞒不住,此时此刻网上各种传言和阴谋论已经铺天盖地。受害者都颇有背景,家属不依不饶,要警方立刻给个说法。警方需要确认嫌疑人的作案动机,究竟是他自己行凶杀人,还是受他人指使?

"他只肯和我说?"司楠很想摆出"我不信"的表情。

"见到他,你就知道了。"容见迟忽然道。

司楠转过头去。

容见迟站在室内一株高大的阔叶龟背竹的阴影里,刻意收敛了自己的存在感,可司楠知道,他一直在不动声色地观察她,像隐藏在暗影里的猎人在观察毫无防备的猎物，这感觉很微妙。

前去吃饭的警察这时候带了三份盒饭和三杯咖啡回来。

"来来来，先吃饭！"费永年挥挥手，"人是铁，饭是钢嘛！"

食堂的盒饭大同小异，两荤两素配一杯酸奶。费永年打开盒盖，掰开一次性竹筷，吃得飞快，饭菜很快见底。

司楠和容见迟与他相反，两人吃饭的速度都不快，司楠把餐盒里青椒炒肉片的青椒都拨到一边，碰也不碰，容见迟则将油焖茄子通通挑出去。

费永年看得叹为观止，心情沉重如他，都忍不住调侃："你俩要是一起出去吃饭，地三鲜这道菜是点不了了。"

司楠与容见迟对视一眼，齐齐朝费永年微笑。

等两人吃完饭，费永年已经喝光一杯咖啡，犹嫌不过瘾，问容见迟："你这杯喝不喝？不喝给我。从半夜熬到现在，铁打的人也要吃不消。"

容见迟将自己那杯动都没动过一口的咖啡递给费永年，费永年猛呷一口，交代司楠注意事项："现在带你去见嫌疑人，不得与嫌疑人有肢体接触，不要触怒他，但要掌握提问的主动权，不要被他牵着鼻子走。"

他又冲容见迟嘀咕："太仓促了，要不然教她几招套话的技巧？"

"她不用我教，你小看她了。"容见迟低低笑起来，笑声拂过司楠的耳膜，似羽毛轻触心头。

费永年瞅瞅容见迟。

这小子，有古怪，他暗暗道。

但现在不是想这些事的时候，费永年率先起身，朝正把用过的餐巾纸放进餐盒并盖妥盒盖的司楠点点头："走吧。"

审讯室设在整层楼的另一侧，深长的走廊灯光如昼，不轻不重的脚步声被放大成回响，令人觉得前途漫漫。

费永年领着司楠，停步在一间询问室前，门楣上方的电子屏显示"使用中"。

门被敲响后，询问室内正在办案的刑警打开门，费永年侧身，将司楠让到前头："司楠，卫青空。青空，这边就交给你了。"

年轻英挺的刑警朝队长露出一个心领神会的微笑，请司楠入内。

司楠回头看向费永年和容见迟，以眼神询问：你们不和我一起进去？

费永年指指不远处的监控室，示意他们会在里面全程关注审讯。

司楠走进询问室，门在她身后合拢，门锁咔嗒一声轻轻扣住。

门内门外，顿时隔绝成两个世界。

司楠虽然跟着前辈跑过法制新闻，去过大大小小的现场，但这还是她第一次近距离接触警方办案中的询问室。

询问室的面积并不大，内墙墙壁上包覆着警蓝色柔软的吸音材料，带来庄重威严的压迫感。一张长桌设在门口附近，负责询问和做笔录的刑警坐在桌后，录像机立在桌边，记录询问的整个过程。

房间中央正对门口的地面固定着一张特制的椅子，犯罪嫌疑人被扣坐在椅子上，以一块挡板锁住。

听见门口的响动，一直坐在椅子上半垂着头不声不响的犯罪嫌疑人抬起头来，一片死寂的眼里泛起一点欢喜，红唇轻启，微微嗔怪："司小姐，你终于肯来见我了！"

她声音极轻，带一点低沉的沙哑，落在司楠耳朵里，短短十个字，却教她如遭雷击。

进入询问室一直在做心理建设的司楠倏忽直视嫌疑人。

伊人长发披肩，穿一件丁香色的裹身针织连衣裙，颈上戴一条黑色蕾丝项圈，露出一双笔直白皙的长腿，膝盖向右，脚尖朝左，以一种非常妩媚性感的坐姿，坐在冰冷牢固的询问椅上，倒像是女王坐在她的王座上——如果忽略喷溅在裹身裙上已经凝固板结的血液不计的话。

这张脸，司楠见过！

在前来报社刊登寻人启事的郑元堂的手机里。

眼前的犯罪嫌疑人,是郑元堂苦苦寻找的恋人安妮!

"安妮?!"司楠脱口问。

安妮伸手想掩嘴而笑,但手铐桎梏了她的动作,她只得抿唇微笑:"怪不得阿堂喜欢你。"

不对!

这声音,司楠也听过。

司楠在明亮的灯光下,透过安妮面部立体的高光、阴影深重的眉眼和烈焰红唇的美式浓妆,看见了另一个人的轮廓。

伊分明是——郑元堂!

电光石火之间,司楠已想通其中的关窍。

什么安妮?!什么失去联系的恋人?!

都是郑元堂!

只有郑元堂!

司楠要死死掐住自己的手,才不教自己叫出声来。

卫青空以为司楠被嫌疑人身上血迹斑斑的情形所慑,从旁搬过椅子,请司楠落座。

司楠坐在椅子上,一手半捂了脸,低笑一声,化妆术误我!

她看见安妮的照片时,就应该发现的,只是高超如换头术的化妆技巧和图片编辑软件美白瘦脸的滤镜叠加,使得她忽视了眼前明晃晃的真相。

"司小姐不问我想对你说什么吗?"笑靥如花的"安妮"问。

"为什么杀人?"司楠撇开一切讲话艺术,开门见山,单刀直入。

"当然因为他们该杀啊!""安妮"直言不讳,语气里带着一丝残忍的天真。

"他们伤害了你——"司楠顿一顿,才接着问,"你们?"

"安妮"眉间轻蹙:"他们伤害的,何止是我们?"

"为什么不与郑元堂联系?他发疯似的找你。"司楠突兀地转移话题。

一旁的卫青空扬眉睇了司楠一眼。

浓颜美人"安妮"粲然一笑："阿堂想要一个家，温柔可人的妻子、活泼可爱的孩子……我这样的女人，怎么可能停下来做一个贤妻良母？他想要的，我给不了，当然只能冷着他啦！"

"她"说得如此理直气壮，教司楠忍不住细细分辨"她"这话到底是真是假。

"他们一定做了很过分的事，令你无视近在眼前的幸福，以如此惨烈的方式，要他们付出代价。"

司楠想起和"她"一起被赶出夜店，转身走近夜色里，被浓重的黑暗包围吞噬的郑元堂的背影，那会是压死骆驼的最后一根稻草吗？

"安妮"目色如水，对司楠微笑："司小姐真是个温柔的女孩子，连我都要喜欢上你了。"

"她"忽而狡黠轻哂："阿堂只是想拥有属于他的平凡幸福人生，他们偏偏不肯放过阿堂。我给不了阿堂想要的生活，至少能替阿堂杀了他们。杀了他们，阿堂就不会再痛苦了……"

"她"的声音低了下去，几不可闻，下一秒，"她"忽然坐正身体，妖娆妩媚的身姿被笔直端正的坐姿取代，男性低回的嗓音在询问室内响起："不关安妮的事，人是我杀的。"

一直掩藏在"安妮"之下的郑元堂，抬起头来："他们可以嘲笑我、伤害我，但他们不应该侮辱安妮，我不允许他们用对待我的方式……加害她，想都别想！"

询问室内所有人，都为郑元堂短短一句话中所透露出的巨大信息量而有一瞬间的默然。

司楠有千言万语如鲠在喉，最终却只是站起身来，对卫青空和做记录的警察轻轻颔首："我没什么可问的了。"

该问的，她都问了，"安妮"也好，郑元堂也罢，全都回答了，剩下的事，她无能为力，就交给专业的人来吧。

司楠走出询问室前，回头望了一眼坐在房间中央的郑元堂，或者说——安妮,她想对"安妮"说,别害怕,好好交代,争取宽大处理。

门在司楠眼前慢慢合拢,仿佛将"安妮"的身影一点一点自司楠的视野内抹去。

"安妮"的声音在门彻底关闭前隐隐传来:"司小姐,这是我送给你的第一手新闻,算是对你这么温柔耐心地对待阿堂的谢礼……"

司楠看着门楣上"使用中"的电子屏,心中一时惘然。

他和"她",究竟经历了什么,令他们对只有两面之缘,不过是释放了人际交往中应有的善意的陌生人,予以如此回报?

司楠不敢想象,她只是看着从监控室里走出来的费永年和容见迟,等他们给她一个答案。

费永年侧头去问容见迟:"你怎么看?"

"还需要进一步诊断。"容见迟并没有即刻给出自己的专业意见。

费永年倒不觉得意外,只点点头,随后上前与司楠握手,对她表示感谢:"谢谢司小姐配合我们的调查工作,为我们节省了时间和警力。"

"这是我应该做的。"司楠客气地回应道。

费永年放开司楠的手,抬腕看一眼手表:"抱歉耽误司小姐这么久,时间也不早了,我安排一辆警车送你回家吧!"

司楠有心说"不麻烦您了",容见迟却先她一步开口:"我送她吧,正好我还有些细节想向司小姐了解。"

费永年的全副心思都放在案件的后续审问和侦办上,遂不啰唆,朝两人一挥手,转身回监控室去了。

"所以,你真的是警察吧?"司楠又一次问。

"只是偶尔提供心理健康服务的顾问罢了。"这一次,容见迟没有回避她的问题。

他引司楠下楼,在门口安检处交还访客证,带她到停车场坐上自己的车，驶离刑侦总队的办公大楼。

两人一路并未刻意交谈，司楠还沉浸在发现犯罪嫌疑人"安妮"其实是郑元堂的真相的震撼余波中，而容见迟则在回忆昨夜司楠和郑元堂被一起赶出夜店时的每一个微小细节。

费永年手下的这一批年轻人个个办案经验丰富，嫌疑人"安妮"甫一遭逮捕，他们已看穿"她"的真实性别。

他们最初认为这是一桩男扮女装骗取受害人钱财不成而一时冲动杀人的激情犯罪案件，但当"安妮"拒不交代犯案经过，只坚持与司楠交流时，负责调查的卫青空立刻意识到其中的异样之处。

一般男扮女装的犯罪嫌疑人在被逮捕后，多数会立刻承认自己的性别，以争取宽大处理，很少有人会继续坚持自己的女性身份。像"安妮"这样坚定地以女性身份与警方的办案人员僵持的，他还是第一次见到。

卫青空当机立断申请犯罪心理学顾问介入调查，他需要确定嫌犯的心理状态是否足以接受审讯，也需要辨别嫌犯交代的内容是否值得采信。他相信再顽固的罪犯也一定会有可以突破的弱点，而他需要一个心理专家给他提供专业的意见。

半夜被一个电话从被窝里叫起来的容见迟，隔着屏幕见到"安妮"的那一刹那，尚未褪去的睡意立刻烟消云散，他的大脑先行做出了判断——

审讯室里那个烟视媚行的犯罪嫌疑人，长年累月以女性装扮示人，也发自肺腑地认定自己的女性身份。

在更深入地了解"她"之前，容见迟很难得出草率的结论，说"她"是因青少年时期的性别认同障碍导致的异性症，抑或有更深层次的原因。

"你能……"容见迟想问司楠，能不能向他描述一下郑元堂其人，但突兀的手机铃声在这时响起。

司楠看一眼来电显示，师兄王砝，遂朝容见迟说声"稍等"，接听。

"可以啊,小师妹!"王砝的声音听上去同以往殊无不同,没有什么火气,甚至还带着些调笑的心情,"短短一周工夫,你这都已经'二进宫'了,师兄我甘拜下风,佩服!佩服!"

司楠苦笑:"师兄你就不要隔空取笑我了。"

他做深度调查记者的时候,被"请"进去的次数少吗?

那头的王砝轻笑:"没事吧?"

"没事。"司楠压低声音,"你怎么知道我'二进宫'了?"

"我有我的渠道,你不要多问。"王砝在这个话题上不欲多谈,转而关心司楠,"可吃了苦头?"

觑一眼容见迟开车中的侧颜,司楠连忙澄清:"没有,没有!就是帮忙协助调查。"

"那就好!"王砝松了一口气,"既然没事,别忘记周一交选题报告!挂了。"

领导的电话说挂就挂,司楠捏着手机,满心惆怅。

完蛋了!选题报告还一字未写……

不等她自怅然中回神,手机铃声再度响起,屏幕上是"叶女士"三个大字。司楠担心她不接的话,叶女士会锲而不舍地打爆她的手机,因此朝容见迟做一个"对不起"的口形,他要问的事,只好容后再说。

"司楠!"电话刚一接通,叶女士的一声暴吼便透过听筒在车厢谈不上宽敞的空间内回荡,司楠不得不将手机拿远一些,以拯救自己饱受荼毒的耳朵。

"妈……"

"妈什么妈!"叶女士怒气熊熊,"要不是你们楼组长汪伯伯打电话给我,我还不晓得你被警察铐走了!你又干了什么好事?!上一次的事你还嫌不够丢人吗?!你能不能太平点?!我的一张老脸都要给你丢尽了!"

叶女士在电话彼端连珠炮似的密集发问,司楠动一动嘴唇,最终只是沉默以对。

她不知道怎么对母亲解释，但她相信此时此刻她说的每一句话，都只会是火上浇油，唯有保持沉默，等母亲这一波发泄结束。

唯一教她坐立难安的是母亲怒火中烧的高声斥责连绵不绝地响彻狭小的空间，累及正在开车的容见迟，他脸上的表情明显冷了下来。

趁叶女士停下来喘一口气的工夫，司楠见缝插针地对母亲说："我现在有些事要处理，回头我当面和您解释，拜拜！"

然后在叶女士咆哮之前结束通话，火速将电话调成静音，并讷讷地对肃容开车的容见迟说了声抱歉。

容见迟眼角的余光瞥见副驾驶座上的女郎捧着手机神色怅然，情绪已臻临界，似一张绷到极致的弓，随时随地将要崩溃，他转动方向盘，将车驶离主干道，驶进一条两旁种满香樟树的小路。

深秋的小道也依旧浓荫如盖，被划作道路停车区域的路段上泊着不少车辆，容见迟将自己的车停进一个空位，熄火。

"大声说出来。"他温和地对微微垂着头的司楠提出要求。

陷在尴尬无措情绪里的司楠不明所以地侧首："说什么？"

"把你刚才心里想对令堂说的话，大声说出来。"容见迟没有回避司楠疑惑不解的眼神，他直视她一双干净的眼，"就是现在，不要犹豫。"

司楠凝视容见迟近在咫尺的双眼，他的眼镜镜片里倒映出她的面容，眉眼忧悒，似笼在令人透不过气的雾霾当中，挣扎压抑。

想对叶女士说的话？司楠张了张嘴。

"我讨厌你……"她听见自己的声音喑哑晦涩，仿佛发自另一个人的身体，抛开隐忍的难堪，在车厢中响起。

心底那些潜涌升腾的情绪，倏忽找到了宣泄的出口，决堤而出。

"我讨厌你不分青红皂白地指责我！讨厌你只关心自己的颜面而从不在乎我的感受！讨厌你明明抛弃了我却还想要控制我的人生！讨厌你把我当成点缀你幸福生活的装饰品！我更讨厌自己明明一次次受到伤害却总是抱有不切实际的幻想，幻想你至少有一点点爱我……"

那声音越说越响，越说越痛快淋漓，从暗哑的低喃到放纵的嘶吼，终至化为一息长叹，散逸在空气当中。

司楠胸膛起伏，像刚刚跑完八百米冲过终点线，筋疲力尽，气喘吁吁。

当她慢慢平复，将那些从未示人的不甘情绪小心翼翼地收回，把那个歇斯底里的"自我"揣进心底的口袋，难为情地去看身旁的容见迟时，他脸上却并无异色。

"抱歉！"司楠从风衣插袋里摸出一包餐巾纸，抽出一张胡乱地展开来擤了一把鼻子，掩饰自己的失态，"耽误你的时间了。"

"没关系。"容见迟微笑，"你要是实在觉得抱歉，过意不去，那——"

他指一指路边一爿小得不能再小的便利店："请我吃一支冰激凌吧。"

司楠攥着半湿的纸巾，一边瞪他，一边不由得心下暗松一口气，他没有追问，太好了……

容见迟的目光追随着司楠下车，她绕过车尾，踏上人行道，小跑着奔向便利店，未几一手持一支甜筒冰激凌，脚步轻盈地往回走。

阳光穿过香樟树浓密招展的树冠细细地洒落在她的身上，秋风拂过矮冬青修剪的灌木墙，卷起她宝蓝色针织开衫的下摆，稍早时她身上的沉郁气息已消散无踪。

容见迟真切地微笑，倾身伸手替司楠打开车门，看着她坐回副驾驶座，向他展示香草口味和巧克力味的冰激凌，并做出一个"你先选"的姿势。

只是她一手微微靠近自己的身体，另一手以难以察觉的微小距离靠近他，就差把"我喜欢巧克力口味"写在脸上。

容见迟故意做为难状，手伸向香草冰激凌，就在她眼露欢喜时，又半道转向巧克力冰激凌，她的眉眼顿时黯淡，叫人觉得有趣。

他几乎可以想见她在买冰激凌时内心的纠结：我喜欢巧克力，可他万一喜欢香草呢？买两个巧克力，还是两个香草？

容见迟决定不再逗她，接过了她手里的香草冰激凌，那一刻她眉眼弯弯，一切不开心都付诸一笑。

两人坐在车里，一边吃冰激凌，一边把郑元堂从去报社刊登寻人启事到在夜店遭驱赶，最后变装与黄枫等三人返回公寓并行凶的时间线捋了一遍。

"所以郑元堂和三名受害人相互之间本就认识，还存在一定矛盾，在被赶出Untouch后，出于某种原因，他变装成'安妮'，重新返回Untouch，并随三人一起返回住处，最终有什么导致了'安妮'行凶杀人。"司楠把最后一点甜筒丢进嘴里，总结道。

容见迟不能把自己掌握的信息与司楠分享，但司楠所掌握的，他可以与司楠一起分析。

"他前往报社时的状态如何？"容见迟试图从侧面了解郑元堂其人。

司楠想一想："看起来非常斯文，甚至斯文得有些内向。谈吐温和有礼，即使内心焦灼，也表现得隐忍克制，并没有攻击性的表现。"

但——

"昨夜我们被赶出Untouch以后，他的情绪有些起伏，让人觉得非常无助。"

容见迟想起三名受害者中唯一幸存下来，此时正躺在医院重症监护室昏迷不醒仍未度过危险期的黄枫，昨晚对郑元堂轻蔑不屑中带着微不可觉的厌恶的评价——娘娘腔。

四人之间，肯定有不为外人所知的纠葛，相信以费永年的本事，很快就能查清其中的关节。

"他这样，属于双重人格吗？"司楠忽然问。

容见迟从业以来，并没有见过一例真正被判定为"双重人格"甚或"多重人格"的病例，在做出进一步诊断之前，他不能妄下结论，遂只是朝司楠微笑。

司楠也不着恼,甚至还回他一笑。

他不说,她还能怎样?

"麻烦容先生送我回盛安里。"

老旧里弄早已拆除,新建的高楼拔地而起,然而回迁住户还是习惯管小区叫盛安里,很容易教不知往昔的人摸不着头脑。

容见迟对女孩刻意的小刁难报以无限的包容,重新发动引擎,驱车送司楠到小区门口,在她下车时,言笑晏晏地补充:"你有我的电话号码,无论想起什么,随时随地都可以联系我。"

一句"不要擅自调查",话到嘴边,他又咽了回去。

身为深度调查记者,深入现场,调查内幕,本就是她的工作,他无权指手画脚。

容见迟注视司楠步履轻盈地走进小区,这才慢慢掉转车头,驶上返回刑侦总队的路,一双带笑的眼随着与盛安里的渐行渐远而一寸寸冷如灰烬,只余一片漠然。

周一上班,司楠受到报社同事前所未有的欢迎与关心。

"司楠来了啊?哟!这黑眼圈可真重,昨晚没睡好吧?"生活版的知心大姐递给司楠一杯养生红枣枸杞茶。

"楠姐,咖啡提神!"摄影部新入职的小伙子热情地奉上咖啡。

娱乐版路然庭隔着好几个隔间,遥遥冲司楠点点头:"早。"

正在吃减脂三明治的米聆脚下蹭了蹭,将椅子滑到司楠身边:"听说唐森颐品的三尸命案请你去协助调查,调查得怎样?有什么八卦可听?"

"这么晦气的事,回家火盆跨过了吗?"知心大姐插嘴问。

司楠昨晚连夜赶选题报告,苦不堪言,这会儿被同事们团团围住,只得摆手苦笑:"没有呢。案件还在调查当中,我不方便透露任何信息,请兄弟姐妹们高抬贵手,放过我吧!"

见米聆有不依不饶之势,司楠连连拱手求饶:"放过我这一遭,中午请大家吃饭!"

米聆眼尾一扬,轻哼一声:"这还差不多!"

即便如此,她内心的八卦之火仍熊熊燃烧:"听说申城三少从来都玩得很开,偏偏此次遇见硬茬,一言不合,就……"

米聆伸手在颈侧做横向切割的动作。

"这都从哪儿听来的?"司楠按电脑的手一顿。

"坊间还有谁不知道吗?"米聆描摹精致的眉夸张地飞起又落下,"网上传得沸沸扬扬,不信你看!"

摄影部小帅哥献出自己的手机:"确实如聆姐所说,现在网上各种各样的消息铺天盖地。"

司楠接过手机迅速浏览几条标题无比耸动的推送,果然各种"据说""据可靠消息透露""有现场目击者证实",每一条都好像言之凿凿,却又显得似是而非,其中对动机的推测更是五花八门:情杀、仇杀、谋财……

看司楠将手机还给同事,米聆狡黠道:"你不否认,那就是真的喽?"

司楠给予"我不是,我没有,你不要瞎说"的三重否认。

米聆却已得到自己想要的,朝司楠一笑,心满意足地滑回自己的隔间。

司楠为自己的信息滞后而叹气,赶紧摸出手机来搜索关键字,搜索结果里爆料、小道消息层出不穷,知名推理爱好者社区更是已经就此案盖起回复过万条的高楼。

出于好奇,司楠点进去看了看。

楼主是社区活跃用户,开门见山,直言他认为这是一桩多角恋引发的情杀,回复跟帖的当然有人赞同,有人反对。

其中一楼的回复相当耐人寻味:黄、季、田三人被杀,绝不是什么飞来横祸,而是作恶多端,报应不爽。

其下纷纷有人留言,"展开来说说""同意"。

看客们大多只是看个热闹,司楠却在短短一句话中品出一点意味深长来。

司楠试图私信这一层的层主，旋即发现该用户不存在。

记者的敏锐直觉教司楠想要继续深挖这个已经不存在的用户，总编却从会议室里探出头来，手拿马克笔敲打门框，扬声招呼："相关人员过来开选题会！"

总编一声令下，除了已定好行程即将外出采访的记者，各版主编、执行主编，还有司楠这样的采编人员，纷纷拿上自己的笔记本，鱼贯进入会议室，参加例行的选题策划会。

司楠默默找到师兄王砳，在他身后落座，从会议室人与人之间坐得不算密集的空隙，她一眼就能看见总编油光锃亮南极仙翁似的额头。

"南极仙翁"开宗明义，痛心疾首："昨日我报销量又创新低，这样下去不行啊！"

随着网络媒体、自媒体等新媒体的崛起，读者的阅读习惯发生了翻天覆地的改变，尤其是年轻读者，绝大部分已不再订阅报纸，而是随时随地通过移动设备获取最新最快的资讯，只有一些无法熟练使用智能手机的老年人还保有读报的习惯。

总编伸手摩挲自己的脑门，身为本埠曾经的报业销量冠军《申江晨报》的总编，他曾目睹传统纸媒从鼎盛时期几乎家家户户都订阅一份甚至多份报纸，一路下行到现在订阅量不足五十万份，并且还有继续下滑的趋势。

内心油然而生的无力感令总编头秃。

新媒体在新闻时效性上的优势，注定了传统纸媒的式微。

从业者的胳膊拧不过时代洪流的大腿。

"大家有什么选题，都说说吧。"总编认命地叹了一口气。

会议室内一阵令人窒息的沉默，无人自告奋勇。

总编认命，伸手往人堆里一点："老杜，你先说！"

被点名的民生版主编老杜挠了挠头。

现在还有什么民生新闻是在网上看不到要转而寻求传统纸媒报道

的？家长里短、猫狗走失，没等报社记者采访，社交圈、短视频已经先发制人，传得尽人皆知了，还有他们纸媒什么事？！

"记者节将至，要不我们集中采访一下记者们的工作生活现状吧？"

老杜实在不想关注情侣吵架、名人官宣之类的花边新闻。

"这属于我们人文教育版吧？"人文教育版主编老白不甘示弱。

记者节就在下周，媒体从业者哪个不是满肚子故事？随随便便拉两个出来，都有精彩纷呈的经历可写。

总编看看老杜，又看看老白，倏忽往大班椅上一靠，微笑。

"这个选题可行，你们两版之间协调，哪个写得更精彩就用哪个。"

总编的决定瞬间燃起老杜、老白的熊熊斗志，两人的视线在空中相撞，如有实质，火花吱啦作响。

坐在后排的司楠眼见着两版主编从沉默不语到斗志昂扬，不由得在内心里叹一句总编"老奸巨猾"，轻轻松松就将气氛扭转。

娱乐版主编趁气氛正热，提出十一月电影节在即，中国电影发展迎来蓬勃生机，电影票房更是节节攀高，屡破纪录，想以此为契机，采访本埠的著名电影导演、演员、幕后，以"不以流量为王"为核心，做一个人物访谈系列，向电影从业者致敬。

"这个角度好！"总编抚掌，露出一点笑意来。

他接二连三又点了几个版块，或者认可，或者否定，终于将目光投向端坐着奋笔疾书的王砝："小王！"

总编与王砝也是同一所传媒大学毕业的师兄弟关系，是以总编对他，态度更随意放松些。

作为社会、法制版主编，王砝不可避免地提及引起坊间热议的两死一伤命案："计划深入报道本市刑事侦查总队破获的大案、要案，以警世人：莫违法，违法必被抓。"

总编摆摆手："正在侦办的案件就不要提了，各相关方面都打过招呼，此事须谨慎对待、低调处理，一切以警方公告为准。"

王砝表示理解，单单他就已经接到不下十通类似的电话，死者、伤者家属在本埠很有影响力，受害人与嫌犯之间错综复杂的关系，使得无论哪一方都无意将事态扩大。

"还有没有其他选题？"总编犹不满足。

王砝侧头看了一眼坐在自己斜后方的司楠："司楠，你做的选题，你自己说吧。"

会议室内所有人的眼光欻一下齐齐望向努力降低存在感的司楠。

司楠怒瞪师兄一眼："想就城市边缘职业者做一系列深度调查报道。"

"哦？"总编颇感兴趣地前倾身体，"展开来说说。"

司楠紧了紧捏在手里的笔，王砝予她鼓励的微笑，司楠只好清了清嗓子："生活中有一个不被普通大众所熟知的边缘职业群体——高楼外墙清洗工、殡仪馆灵车司机、夜店舞者……"司楠顿一顿，"很多人可能终其一生都不为人所知，我希望通过深入采访，让大众知道这些职业的存在，了解他们的工作环境和职业现状。"

"司楠啊，你的这个选题不错，但是——"总编靠回大班椅，微微拖长了声音，"这回可不要再折进去一套采访设备了，设备很贵的。"

调侃的话音一落，会议室内响起一片笑声，司楠面孔涨红，几乎要滴出血来。

会议结束，同事们各自散去，王砝在后头拍一拍司楠的肩膀。

"胡老师说的话，你别往心里去，他没有恶意，只是想活跃一下气氛。他其实颇喜欢你做的选题，但表达方式比较另类。"

胡总编从后头趋近两步，追上王砝："师弟，你这么夸我，我都要不好意思了。"

"师兄你会不好意思？"王砝嗤之以鼻。

师兄弟二人并排而行，司楠不想在两位上司跟前打眼，捧着记事本打算从他们身边走开，但被笑眯眯的总编叫住。

胡总编递给她一张便笺:"我有个朋友,绰号'申江包打听',面子广、路道粗,三教九流他都认识一些。你要是有什么需要采访又不得其门而入的行当,可以通过他联系一下。"

万分不愿在大领导面前刷存在感的司楠双手接过便笺:"谢谢胡老师!我先回去工作了。"

胡总编无所谓地摆摆手,和王砝注视司楠往办公室的方向而去。

"小师妹这是命带偏印啊……"胡总编摸着自己的双下巴嘀咕。

"不要带头搞封建迷信。"王砝横了他一眼,"司楠只是一时运气不佳而已。她的一支笔,可以清新隽永,亦可犀利辛辣,用对了地方,绝对令人眼前一亮。"

叫司楠去写娱乐圈的花边新闻捧流量明星的臭脚,实在是浪费才华。

如今传统媒体人才流失现象严重,他担心司楠三番两次受挫,心灰意冷之下转行。

"我知道,我知道!我就是开玩笑活跃一下气氛还不行吗?"胡总编举手投降。

被两位上司暗中关注的司楠返回自己的隔间,坐在电脑椅上。

办公室大工作区的同事多半外出采访去了,偌大的区域空荡荡的,出奇安静。

司楠对着总编给她的便笺,在心里打一遍腹稿,才终于取过电话,拨通这组号码。

手机彩铃在听筒里响了一阵子才被接通,彼端是一个略带惺忪睡意的男声:"管知时,哪位?"

"管先生,您好!我是《申江晨报》的记者……"司楠自报山门。

对面的管先生不容司楠把话说完,毫不留情地掐断通话。

司楠将电话拿开一尺远,盯着听筒足一分钟,几乎要把电话盯出一个洞来,才深吸一口气,再次拨号。

这回彩铃响得更久,就在司楠以为对方不会接听时,电话接通了。

"管先生,我报胡毅麟胡总编推荐我有事可向您咨询。"司楠忙在他开口拒绝前道明来电原因。

管先生在听见总编胡毅麟的名字后,仿佛在那头打了个哈欠,懒洋洋地报上一个地址:"带一杯华道夫的拿铁、一份花园饭店的蝴蝶酥,三十分钟后见,过时不候。"

说完也不等司楠反应,切断通话。

司楠望着手中的电话,按下抚额的冲动。

华道夫酒店,花园饭店分别在报社大厦的一南一北,正常不塞车的情况下,车程均在三十分钟左右,管先生给的见面地址却与报社隔江相望……

他分明是不想见她,但碍于总编的面子不好拒绝,所以提出这等无法达成的要求,逼她知难而退。

可司楠偏偏不想如他的意!

二十五分钟后,司楠在寸土寸金的金融区亚洲第一高楼停车库里下了车,二十八分钟后,她摁亮了通往七十八层的电梯按键。

电梯全透明的轿厢使得乘客在疾速上行时俯瞰这座亚洲第一高楼内外的风景,带来一种失重飞升的错觉。

这真是恐高症患者的噩梦,司楠面无表情地想。

二十九分钟后,司楠推开"管知时顾问公司"的玻璃门。

门内是一片开阔静谧到离谱的开放区域,并没有一般公司常见的格子间或者忙碌埋首于电脑前的职员,只有视野良好的江景、看似随意摆放的舒适沙发和茶几,以及教人心旷神怡的鲜花和植物,令人不由自主地便放松下来。

"管先生?"司楠在空旷无人的室内唤了一声。

某个隐秘的门随之打开,穿西装的管知时一边扣好上装的中间纽扣,一边从中走了出来,朝司楠点点头:"司小姐。"

管知时看起来三十多岁,至多四十岁,梳着干净利落的商务发型，穿藏青西装，戴细黑框眼镜，显得斯文儒雅，一副商场精英的模样，全然没有司楠想象中"包打听"的那种江湖气。

司楠将华道夫酒店咖啡厅和花园饭店西饼屋的外送袋放在沙发前的茶几上，"您的拿铁和蝴蝶酥。"

管知时走向茶几，伸手取过咖啡，呷饮一口，然后将温热的纸杯执在手中，眼里带起一丝微笑："你很聪明。说吧，老胡叫你来，有什么事？"

一般人听到他的不合理要求，多半会迟疑，但他面前的这个年轻女郎没有，她迅速采取了行动。

咖啡与西饼均装在保温隔热的外送袋中，而不是普通的打包袋里，显然是她一边往他这儿来，一边点了外卖，叫两个跑腿过江送到这边的楼下，两不耽误。

"我此番来，是想……"

司楠正准备开门见山地说出自己此行的目的，管知时的电话却在此时响起，雄浑的《祝酒歌》在开阔的室内荡起一片回声。

管知时从裤袋内取出手机，看一眼屏幕，一边竖起食指抵在嘴唇前示意司楠噤声，一边踱至视野良好的落地窗前，接听电话。

电话彼端不晓得说了什么，令他一声冷笑，一掌撑在玻璃窗上，语气不善："还不是时候，这些消息现在抛出去，只能短暂地转移大众的注意力……这和艺人防爆是一回事吗？好钢要用在刀刃上……"

对方大概服了软，管知时的语气渐趋和缓："我们有我们的节奏，不要被对方带得自乱阵脚。我还有事，回头再说。"

说罢他挂断电话，转身回到沙发前落座，哐啷一声将手机随手丢在茶几上，然后拆开花园饭店西饼屋的外送纸袋，拿出里头的蝴蝶酥，递到嘴边咬了一口。

酥得掉渣的酥油点心在他唇齿间发出清脆的咔嚓声，教他微微眯起眼睛，发出满足的叹息。

管知时喝光一杯咖啡，干掉一片蝴蝶酥，拍拍手上的点心渣，这才慢条斯理地看向被他晾了许久的司楠："抱歉，工作随时随地会有，我这人又经不得饿，一饿就脾气暴躁。刚才我们说到哪里了？"

我们还什么都没说，司楠腹诽，可要求人办事，别说只是被干晾在一边，就是恶言恶语，该受也得受着。

司楠脸上挂起职业微笑："我想通过您居中牵线，采访Untouch里的舞者。"

司楠一直在观察管知时，不知道是不是她的错觉，管知时在听见"Untouch"时，眼镜后的眼睛里闪过一丝锐意。

管知时端起咖啡杯，啜饮一口："Untouch？别的夜店不行？"

"Untouch是近期坊间最火的夜店，里头的舞者也是这一行里最顶尖、最具代表性的，我希望能以她们作为我本次采访的目标。"司楠并不讳言，"比起在不知名夜店驻场的舞者，她们更见多识广，也更有故事。"

管知时点点头，接受了司楠的说辞，从沙发上起身："我帮你问问，但不保证一定能如你所愿。"

司楠见他做出一副"送客"的样子，识趣地站起来："您忙，我就不打扰您了。"

管知时目送穿白衬衫外罩、浅灰色针织开衫，下搭黑色吸烟裤的年轻女郎推门出去，消失在他的视野当中，这才弯腰摸过茶几上的手机，拨通胡毅麟的电话。

"老胡，怎么送了个小白兔来？"

胡总编在那头呵呵笑："哪只老狐狸不是从小白兔变过来的？"

管知时唾道："你不就是天生的老狐狸？！"

"彼此彼此！"胡总编干干脆脆地认了。

"你社的小白兔要进Untouch深度采访，你知道吗？"

"Untouch？"胡总编一愣，随即笑起来，"采访夜店而已，不要紧张。"

管知时垂眼看着茶几上还未喝光的咖啡，露出一丝意味深长的微笑："你我之间，就此扯平了吧？"

"扯平了！扯平了！"老胡仿佛怕他提出什么无理的要求，急吼吼地挂断了电话。

管知时盯着结束通话的手机笑了笑,便有新电话拨进来,他收敛笑意,接听:"黄先生,有何指教?"

听了片刻电话,管知时走到窗边,望着外头平江如练的风景,嘴角噙起一个冷嗤的笑纹,声音却淡然如一:"令郎是受害者,如今命悬一线,生死未卜,天然处于弱势,不必急于在舆论的风口浪尖做文章,除非这中间还有什么没有告诉我的内情……"

对面的黄先生大约急急解释了几句,管知时再度应承:"我既然接受了您和黄夫人的委托,就一定会注意舆论动向,务必将此事的负面影响降至最低。"

黄先生得到再三保证,终于挂断电话。

管知时将手机掷到沙发上,思及刚才离去的年轻女郎,心头泛起奇怪的预感,这件事最终恐怕将会以一个超乎寻常的角度被披露出来。

司楠在两天后收到一个陌生的电话号码发来的短信,告知她Untouch驻场舞者经纪人亮哥会接待她,请她务必听从亮哥的安排,不要破坏夜店里不成文的"规矩"。

司楠去总务部申领采访设备时,免不了被千叮咛万嘱咐一番,要保管好器材,千万不要再被没收了,一套设备不便宜云云。

司楠红着脸点头如捣蒜,再三保证之下,才签字领取了一套设备。

出于降低采访对象防备心的原因,司楠没有带摄影师同行,虽然专业摄影师拍出来的照片肯定会更有质感,但她还是决定以自己的角度拍下夜场舞者最真实的状态。

司楠与亮哥约在一个客人不算最多的时间走进夜场后台。

生得又高又黑跟一座铁塔似的亮哥环指后台:"表演开始前后司小姐可以在后台随便看随便问,但不可以拍摄更衣等隐私镜头,演出时不可以单独留在后台,需有人陪同。当然,我们欢迎司小姐到前头观看表演。"

Untouch的后台看起来与普通剧场后台殊无不同,一排靠墙的衣柜,柜门或开或合,里头塞着舞者们的私服和个人用品。另有两排高挑的衣架,上头挂满亮晶晶折射华光的演出服和各种演出道具,衣架对面的一面墙上是整面的镜子,前头摆放着一溜化妆桌,堆放着女孩子们常用的睫毛膏、眼线笔、腮红和口红。

有来得早的舞者已经换妥衣服化好妆,正坐在角落里的沙发上玩手机,也有正在对着镜子刷睫毛膏的舞者,见亮哥带着陌生女郎进来,纷纷同他打招呼。

"亮哥!"

"亮哥又招新人了?"

对于司楠的到来,女孩子们有的无动于衷漠不关心,有的则表现出毫不掩饰的好奇,毕竟她除了染着一头金灿灿的黄毛,无论穿着打扮还是言谈举止,都不像是会走进夜场后台的那类人。

亮哥没有多做解释,等到八点钟当晚的舞者差不多都到齐后,才拍一拍手掌,将所有人的注意力都集中到他这里,随后将司楠介绍给众人。

"这位是司楠,司小姐。这段时间她会经常过来,熟悉夜场环境与运作,如她有问题需要请教,请大家尽量配合。司小姐不会影响大家的工作,大家不必紧张。"

舞者们稀稀拉拉地应声,算不上热烈,显然并不太欢迎陌生人的忽然到来。

亮哥又交代了几句注意事项,便功成身退,将司楠留在这个几乎全是女孩子的夜场后台。

八点半第一场暖场表演即将开始,舞者们紧张有序地行动起来,换衣服、梳头、化妆,通通在绝谈不上宽敞的空间里施展开。

她们旁若无人地脱下自己的私服,一股脑塞进更衣柜里,或者索性随手搭在化妆椅的椅背上,取过贴满亮片珠管的紧身舞衣,从脚下套进去,拉至肩膀,露出修长健美的双腿与一片肌肉紧实的美背,互相帮助拉妥隐形拉链，整件舞衣就如同一层华丽的肌肤服帖在身上，教人看得目不转睛。

前头夜店里的音乐隐隐传来，女孩子们化妆的速度明显加快，而几个带着浓妆来的女郎则拥坐一堆，看短视频，交头接耳地说闲话。

司楠很快注意到后台十余名舞者隐隐以坐在沙发上看短视频的女郎为尊，明明她来得并不早，但其他人自觉地将位置最好最干净整洁的化妆台留给她；一件舞衣穿来穿去，时间久了，免不了珠管亮片脱落，可她身上那件看起来完好如新，想必经过精心的维护；有舞者对司楠充满好奇，然而见她看都不看司楠一眼，便也只能压抑住内心的躁动，装作不在意……

这些二十岁出头的年轻女郎自成一个小社会，有着属于她们弱肉强食的生存法则，形成不言而喻的默契，谁也不会擅自打破规则，直到旧的秩序被新的强者所改写。

司楠看得有趣，忽然有点理解她在容见迟眼中毫无秘密可言的感受。

前头忽然响起密集的鼓点，昭示着今晚的热场演出即将开始。

坐在沙发中间的舞者抛下她的手机，站起身来，不知按动了什么机关，贴在浓密睫毛上的一层白色透明晶管忽然开始闪烁华光，令人目眩神迷。

司楠在心里头哇一声，尽量不教自己露出土包子目瞪口呆的表情。

舞者们鱼贯而出，穿过一条不短的过道，推开一扇隐蔽的门，从后台有序地登上中央舞台，劲爆的舞曲随之响起，底下的舞池里爆出一阵欢呼。

司楠牢记亮哥的叮嘱，跟在舞者们身后，离开后台。她们登上舞台，她便贴着舞池边缘，走到吧台边上，拖过一把高脚椅落座，背靠吧台，观察舞池里年轻的男男女女高举双手与台上的舞者们呼应互动。

"那些是夜店气氛组。"一个听起来有些烟酒过度的香烟嗓在司楠身侧响起，拆穿热闹背后的门道，"一切都是演戏。"

司楠转头循声望去，看见一个半隐在吧台与装饰植物夹角的暗影里的男人。

男人迎着司楠的视线，自暗影中走出来。

他生得颇英俊，微微卷曲的黑发有些凌乱地搭在颈背上，眉宇之间有淡淡的疲惫之色，眼波微凉，却并不影响他容色的出众。解开两粒纽扣的黑色衬衫穿在他身上，令他几乎与暗影融为一体，透出一股颓废的性感。

一个坏男人，司楠确信。

酒保在吧台后垂眉敛目擦拭酒杯，男人轻敲吧台："给这位小姐一杯汤力水。"

酒保手脚麻利地开了一瓶汤力水，倒进盛满冰块的酒杯，在杯沿插上一片柠檬，垫着纸杯垫，推到司楠跟前。

在夜店请陌生异性喝水，司楠深觉有趣。

男人敲敲吧台干净得光可鉴人的桌面，酒保放上一只藏金威士忌杯，夹两块冰块放入杯中，注入三盎司金棕色酒液，同样推到他跟前。

男人执起酒杯，轻触司楠碰都未碰过的长杯，发出叮一声脆响："敬这虚假的热闹！"

司楠不动声色地看他将威士忌一仰而尽。

"这么早就开始喝酒，不痛快？"一个听起来耳熟的声音由远而近。

司楠不由得微微眯了眯眼，注视着容见迟自男人背后走来并伸手拍了拍男人的肩膀。

男人示意酒保往杯中续酒，上身半扑在吧台上："黄枫他们从我这里出去，转眼工夫就遇了害，虽然与我无关，可总要受几次盘查，你说我痛快不痛快？"

容见迟朝司楠颔首："晚上好！"

男人的眼神在司楠与容见迟身上转了个来回，忍不住扒住容见迟的一边膀臂："认识？"

"嗯。"容见迟抖开他的手,简短地为两人做介绍,"谢利轩,司楠。"

转而问司楠："工作？"

她今晚穿一件大地色深V领衬衫,黑色高腰阔腿裤,小羊皮芭蕾舞鞋,脸上淡妆薄施,身上并无赘饰,只戴着一块表盘镶嵌红宝石与碎钻的腕表,虽然不至于在夜店中显得格格不入,但明眼人一看就明白这不是来夜店的打扮。

司楠大方地承认,并以眼神问他,你呢？

容见迟回以微笑,一边挡住谢利轩意图去拿酒杯的手,一边邀请司楠："和我们一起过去坐一会儿？"

司楠瞥一眼中央舞台上刚刚换了一首节奏强劲的舞曲,正带动舞池里的气氛组热舞的舞者们,欣然同意。

司楠跟在容见迟与谢利轩身后,移至卡座区。

谢利轩明显心情不佳,想喝酒被容见迟制止后,只得取出烟盒,但在司楠目光灼灼的注视下,又悻悻地将烟盒塞回裤袋。

"黄、季、田三人遇害,对生意有影响？"容见迟靠在卡座沙发里,关心老友。

"影响生意谈不上,只是在我过生日当天,从我组的局离开后出了事,我心里不舒服而已。"不让喝酒,又不能抽烟,谢利轩有一下没一下地把玩打火机。

银色打火机的盖子翻上落下,火光忽隐忽现,映得他一张英俊的脸半明半暗。

"他们和郑元堂,有什么过节？"容见迟忽然问起。

警方在梳理时间线调查取证过程中排除了谢利轩和Untouch的涉案嫌疑,很快将视线转向他处,容见迟却觉得其中还有隐情。

案发当晚谢利轩经黄枫、柳亦羣几人三言两语撺掇,指使保安将郑元堂和司楠赶出Untouch。其实黄、柳二人的话在他听来不尽不实,漏洞百出,但做东的谢利轩都未曾追问,他这个客人更加没道理深究。

可从随后发生的血案看来，几人之间，恐怕早有龃龉。

而谢利轩或多或少，知些内情。

一直看似在研究卡座椭圆形桌面上的功能键，实则竖着耳朵留意两人对话的司楠倏地将视线投向容见迟。

容见迟抛给她一个少安毋躁的眼神，司楠心领神会，按捺住内心熊熊燃烧的好奇之火，一边继续状似无聊地划拉着摆在椭圆长桌上的骰盅，一边全神贯注正大光明地听壁角。

谢利轩睇一眼司楠，容见迟轻笑："司小姐不会报道正在调查中的案件，这点起码的操守，她还是有的。"

谢谢你哦！司楠瞪容见迟一眼，知道自己的身份瞒不过Untouch的老板，遂不再缩在一边装乖，大大方方地坐近容见迟，与他一道望向谢利轩。

谢利轩却没有回答容见迟的问题，而是将自己埋进卡座柔软舒适的靠背里，对司楠挑眉一笑："司小姐明明认得我，还假装不认识，实在调皮。"

"我确实不认得你，直到容先生为我们做介绍。谢先生的鼎鼎大名，坊间谁人不知，谁人不晓？"司楠笑言。

倒不是她恭维谢利轩，整个申城，谁不晓得富豪谢家只得谢利轩这一个独生子，真可谓要风得风，要雨得雨。偏偏他无意继承家业，拿着家里给的五十亿创业金自己出来闯荡江湖，开夜店、办公司、投资游戏，在文娱行业里混得风生水起，赚得盆满钵满。

唯有一点，他本人并不爱出风头，甚少出现在镜头之中，走到哪里都有保镖随行，杜绝一切偷拍的可能，是个神龙见首不见尾的低调富二代。

而此时这位神秘低调的富二代正坐在她斜对面，抚掌轻笑："能得司小姐如此评价，当浮一大白！"

"利！"容见迟语带警告地叫他。

容见迟于谢利轩，实是一帖药，他顿时举手投降："好好好，我说！我说还不行吗！"

他歪在靠背上，垂睫思索片刻，复又抬眼，望向容见迟与司楠。

他的面孔半隐在卡座与夜店迷离的霓虹形成的阴影里，眼底带一点点似笑似嘲的光："小学毕业以后，我被送出国去，黄、季、田、郑和我读同一所公学，比我小两届。他们刚入学时，尚算要好，寒假里甚至相约一道去滑雪。次年不知道几人之间发生了什么，黄、季、田三人伙同一帮国内去的留学生，孤立郑元堂，郑元堂毕业前那几年，日子过得相当辛苦。"

一群非富即贵的二代、三代联合起来，欺负一个孤立无援的男孩……司楠可以想象郑元堂那几年的日子过得有多艰难。

"知道具体原因吗？"容见迟问。

"细节我不了解，毕竟差了两届，他们入学时，我的精力已全在考虑申请哪所大学什么专业上，同他们走得并不近。"谢利轩摊手，"只听人说他们嫌郑元堂遇事总哭哭啼啼找老师告状，觉得他不够义气，不是个男子汉。"

这倒是与黄枫遇害那晚在楼上包间里信口一句"娘娘腔郑元堂"对得上，容见迟沉吟不语。

"郑元堂被孤立、受欺负，他家里有何反应？"司楠忽而问。

能送孩子出国读公学的人家，总不会是普通工薪阶层，小孩受了排挤，又爱找师长哭诉告状，家里不可能不知道。

"大抵知道，不过知道又如何？山高水远，鞭长莫及。"

谢利轩说这话时，神色漠然。

司楠却能从他的冷漠中，品出一些年少离家的男孩在异国他乡被迫早早长大，独自面对一切的辛酸滋味来。

"而且——"谢利轩眼尾轻挑，"郑家情况特殊，谁会为他出头？"

一个不受重视无人会为他出头的在异乡读书的富家男孩，三个带头孤立他甚至可能欺负他的阔少同学……司楠脑海里郑元堂与死伤者的形象一点点具象起来。

她只是不明白,到底是什么触发了郑元堂埋藏在内心深处的导火索,促使曾经饱受欺凌的他以另一种身份和极其暴力血腥的方式,来终结这一切?

"谢先生认识安妮吗?"司楠突然问。

谢利轩一愣:"谁?"

"你场子里的一名舞者,安妮。"司楠取出手机,调出"安妮"的照片展示给他看。

谢利轩认真看了一眼照片中的浓颜美人,摇头:"眼熟,不认识。"

谢利轩在司楠略带怀疑的眼神中伸长手臂,搭在卡座靠背上,像一只飞累了的鹰,憩在自己的地盘上:"我店里的舞者来来去去,有些长期驻场,有些按时赶场,有部门经理专司负责。我并不一直在店里,大多数舞者我既不认识,也没接触过。"

司楠收回手机,默默地在心里给"谢公子身经百战阅人无数,Untouch是他的私人后宫"的坊间传闻打了一个巨大鲜红的叉。

"司小姐好像对我店里的舞者很感兴趣。"谢利轩嘴角噙笑,"不惜通过'包打听'居中介绍过来采访,'包打听'的价格可不便宜。"

一杯咖啡,一份蝴蝶酥,很贵吗?司楠微微侧头,还是胡总编私下付出了什么代价?

舞台上的热舞暂时告一段落,节奏强烈的舞曲换成了低沉诱惑的旋律,舞者们鱼贯退场,司楠从卡座上起身:"我还有采访,两位慢聊。"

"结束时告诉我,我送你。"容见迟出声叮嘱。

司楠摆摆手机,示意电话联系。

容见迟与谢利轩一道注视着司楠的背影走远,消失在夜场靡丽闪烁的灯光深处。

"你这次——"谢利轩一手撑着半边脸,"仿佛很积极。"

他见惯了容见迟温文微笑面具下的冷漠,正如同他游戏红尘背后的疏离，他们拥有同样的内核，只是表现形式截然不同罢了。

"我对此案，兴趣颇深。"容见迟没有否认。

有些活，他不喜欢假手他人。

"不是对司记者？"谢利轩做"我不信"状。

回应他的是一阵熟悉的沉默，他也不恼，甚至还带了些发自肺腑的笑："我久不见你露出这种对人事物感兴趣的表情了。"

容见迟闻言只是挑了挑眉："你还有什么藏着掖着没说的？"

谢利轩扪着心口为自己喊冤："你我是什么交情？对你，我从来都是知无不言，言无不尽！"

容见迟站起身来，俯视瘫成一摊的谢利轩："时间还早，上楼打两局。"

谢利轩顿时跳起来，上前来与他勾肩搭背："走走走！难得你肯露两手，我再叫两个人来！"

"叫两个与黄、季、田相熟的人来。"

"好好好，都依你！"

两人相偕上楼，而Untouch酒醉金迷的夜生活才刚刚开始。

十二点半，即便是城中最火的夜店，客人也逐渐散去，留下一些真正的夜猫子，不到打烊喝个烂醉，不肯离去。

司楠在与容见迟约定时间后，一边在谢大少安排的保镖护送下躲开防不胜防的醉鬼和咸猪手，一边观察都市中的饮食男女在夜店暧昧的环境中玩着试探与反试探、勾引与被勾引的游戏。

走出Untouch，微凉的夜风拂面，将整晚侵袭鼻端的脂粉香水和酒色之气吹散，司楠忍不住叹息。

一件犹带体温的开司米温莎格西装被人披在了司楠肩头，司楠不由得回头，望进容见迟微微低垂的眼。

同样熬夜，他脸上不见一丝疲色，暗红色衬衫外头系足五颗黑曜石纽扣的温莎格马甲衬得他肩宽腰窄，如渊渟岳峙。

"今天结束了？"他垂眼看她，瞳仁里映出她的眉眼。

"结束了。"司楠声音微哑。

"走吧。"容见迟的手在司楠背后虚扶了一把,隔开她身后一对不管不顾相拥亲吻的男女。

泊车员已经将容见迟的车开至门口,容见迟替司楠拉开车门,等她在副驾驶坐妥,才绕过车头,从皮夹里抽出小费递给泊车员,然后上车,驶离深夜中光影绮丽的夜场。

"去哪儿?"容见迟问。

司楠从他的语气里听不到一丝情绪,像毫无感情的人工智能。

司楠报上住址,容见迟随后变道,将车开上高架桥。

车窗外夜色如织,司楠靠在车门与座椅的夹角里,侧头观察容见迟。

他明明如此了解人性,任何微小的细节都逃不过他的眼睛,然而这一刻,他收起了她曾见过的温文尔雅,并不试图维系人与人之间的礼貌客气,就如同一尊大理石雕刻而成的塑像,英朗俊挺,但是冷硬漠然。

司楠无法遏止好奇:"我们交换吧!"

"交换什么?"他注视前方,没有试图解读她的意思。

"交换我们今晚获得的信息。"司楠稍稍坐正身体,拉近与他的距离。

容见迟将车驶入一条匝道的同时,拨冗看了两眼睡意全无的司楠,甚至不必刻意解读,都能看懂她藏都藏不住也没有试图掩藏的小心思。

他微微一笑:"好。"

司楠为他雨后初霁般的微笑晃了下神,随即掩饰性地低咳一声:"我先说。"

Untouch从晚上八点半起每隔四十五分钟有一场十分钟的表演,在演出间隙,司楠尝试与驻场舞者攀谈,因为她们在夜场里待得更久,接触的人更多,经历更丰富。

但女郎们对贸然闯入她世界的司楠抱有明显的戒心,初时并不肯多谈自己的事，司楠转而向她们打听安妮。

隐约是舞者中老大的丽莉——夜场里的每个舞者都有这样一个土洋结合的艺名，她们用艺名工作，用本名生活，将日与夜割裂开来——大抵在表演时用眼角的余光注意到司楠与老板花了一首舞曲的时间交谈，在第一场表演结束之后，对司楠的态度产生了微妙的变化，虽然仍绝口不提自己的往事，但当司楠问起安妮，丽莉明显话多了起来。

"安妮很神秘。"丽莉说，"她跳舞很美，一场独舞能将气氛掀至高潮。"

"安妮从来不在我们面前换衣服，总是换好了衣服才来，跳一场就走！"有藏不住话的女孩捧着薯片凑过来。

"她挺安静，很少说话。她来Untouch有半年了吧，没人听见过她开口。"年轻的舞者还带着一点浅浅的天真，"像不像小美人鱼？为了爱而放弃自己的声音。"

司楠问到重点："安妮有追求者吗？"

"有！"女郎们异口同声，"好几个！"

独来独往的安妮不乏追求者，他们给她送花、送首饰，邀请她共进晚餐……

然而除了郑少送的花，其他人的礼物与邀约，安妮都拒绝了。

"郑元堂迷恋'安妮'，凡有'她'演出那晚，郑元堂会雷打不动地送一束绿桔梗配白色满天星到后台。"司楠的叹息轻得如同夜色，风一吹便散去，"绿桔梗啊，永恒而绝望的爱。"

"追求者中有黄、季、田三人？"容见迟转动方向盘，车子驶下高架，停在红灯前。

司楠给他一个"和聪明人讲话就是不用费劲"的眼神："三人都送过礼物，也同样遭到拒绝。黄某人遭拒后，曾放狠话要让'安妮'在申城夜店混不下去，除非'她'亲自向他赔礼道歉。那之后'安妮'就再未在Untouch出现，直到郑元堂登报寻人，血案发生。"

司楠说完，扬了扬下巴，示意轮到容见迟了。

红灯转绿，容见迟一边继续将车驶进夜色里，一边向司楠转述自己在早前牌局上听来的故事。

黄枫三人被刺，两死一伤的事一出，三方家属不依不饶地要警方给个交代，连原本同他们玩得来的一群人，也受了波及，虽说此事同他们无关，可这几天个个暂停夜生活，夹起尾巴做人。

谢利轩一通电话叫其中两个与黄枫同期出国留学、素来与黄枫要好的纨绔子弟出来打牌，憋了好几日的两人一呼即应，很快赶到。

谢利轩在自己的包间开了一桌德州扑克，讲明玩竞技扑克，不设真赌注，但可以将他在云中酒店的顶层包房出借给两人开一场派对。

两名阔少见谢利轩神色怏怏，只当他为了黄、季、田三人遇害心情低落，遂一边打牌一边宽慰他。

牌桌上饮不尽的美酒和明知不算钱的筹码，很快使人麻痹，两人话多起来，话题渐渐百无禁忌。

白白胖胖的王少说："利少没必要为了他们伤心难过，这三个坏料到今时今日才出事，已算运气好，是他们一路以来没有碰见三贞九烈有血性的。"

戴耳钉的陈少一边加注一边喝一口威士忌，附和道："三个人里，属黄枫最坏，坏脑筋都是他动的，偏他运气好，竟然没死。"

容见迟一直在观察王、陈两人，虽然酒醉会影响人的微表情，但人在醉酒时，因自我防御机制减弱，自制力也随之下降，更容易抛开平素的伪装，吐露心声，这位感叹黄枫运气好的陈少，正是如此。

王少嗤一声，冷笑道："那不是运气好，那是'钞能力'！黄家有钱，自诩申城首富！又只得黄枫这一根独苗，家里对他有求必应！"

谢利轩漫不经心地叫牌，撑着头"啧"了一声。

陈少喝得半醉也不影响他察言观色，连忙描补："黄枫哪好同利少比！"

谢利轩轻笑，抛出了这一晚酝酿铺垫良久的问题："郑元堂同他们三人，关系如何？"

郑元堂的名字从他嘴里说出来，包间内有一刹那的凝滞，空气在这一瞬仿佛都凝结了起来。

过了三五秒，王少才讪笑："他？他和黄枫几个人早不来往了，就是和我们，也没有什么往来。"

虽然警方没有公布此案的犯罪嫌疑人和具体细节，但有钱人的圈子就这么大，当晚在黄枫公寓发生的事，早在圈内隐晦地传开。郑元堂追求一个夜场舞女算不上新闻，但被他追求的舞女刺死两人、刺伤一人，这就非常劲爆了。

"他们不是曾经非常要好，好到同进同出吗？"谢利轩继续问，仿佛没注意到两人之间飞来瞟去的眼神。

"也就要好了一个学期，寒假滑雪回来，就都变了。"陈少被酒精麻醉，表情有些怔忪，"黄枫开始伙同所有人孤立郑元堂，公然说谁要是和郑元堂好就是同他作对。谁敢向郑元堂释放善意？"

王少伸手弃牌，整个人窝进靠背椅里："郑元堂的日子不好过，常常偷偷躲起来一个人掉眼泪，听说假期回国看了好久心理医生。"

职业敏感令司楠听到这里，不由得倾向容见迟。

这是关键线索。

两人在彼此眼中读到相同了悟。

司楠的眼神闪闪发光，仿佛夜空中的星。

容见迟在她的注视下，打方向盘，将车从交通主干道开上通往小区的幽僻小路。

"他们有没有说郑家的情况？"司楠双手交叉在胸前，揪住搭在她肩头的两片西装门襟，追问。

虽然总编明确表示过不能报道正在侦办中的案件，但司楠还是忍不住私下做了些功课。

郑元堂是网上相当出名的特效造型化妆师，名人仿妆是他的拿手绝活，他可以将面孔扁扁、五官平平无奇的普通人化妆成极具视觉冲击效果的中外演艺名人，照片拍出来简直雌雄莫辨、以假乱真，粉丝们在他发布的视频下面通常会笑谑要把自己的头寄给郑老师，或者自嘲"一看就会，一学就废"。

然而关于他的个人经历抑或家庭背景，便无迹可寻，哪怕他在社交媒体和短视频平台拥有千万粉丝和上亿播放量，也没人深扒他的过往。

司楠通过正规渠道，没能查到多少有价值的信息，只好寄希望于容见迟。

"有。"容见迟缓缓将车停靠在小区正门附近。

秋日的悬铃木黄叶垂坠，在夜风中发出窣窣细响，路灯昏黄，透过车窗照进车内。

容见迟一手搭着方向盘，侧身靠在驾驶座上。

郑元堂的父亲在发迹前，是加油站的汽修工人，生得高大俊朗，在维修汽车时，结识了现在的妻子。英俊而充满男性力量的汽修工人与家里做汽修配件生意的大小姐一见钟情，大小姐抛弃结婚八年的丈夫，带着七岁的女儿，很快与汽修工人重组家庭。汽修工人在岳父的鼎力支持下，迅速发迹，开了连锁汽修店，跻身富豪行列。

"等等！郑元堂在哪儿？"司楠眉尖微蹙，指尖在西装的黑曜石纽扣上轻叩。

整个故事里，郑元堂好似不存在一样。

"他十岁才被父亲接至重组家庭，彼时继姐十一岁。在此之前，他一直与母亲生活。"容见迟微笑，将至关重要的信息补充完整。

司楠几乎想要瞪他，到底还是忍住了，表情有些许纠结。

"不受父亲重视的儿子，遭孤立霸凌的学生时代，长时间看心理医生……"司楠喃喃自语，"总感觉哪里缺了一环。"

容见迟笑而不语，眼底有流光闪过。

这女孩的直觉太敏锐，敏锐得不像是曾被人打压到一蹶不振、沉寂两年之久。

"你能——"司楠抬头看向容见迟。

"能什么？"他好整以暇。

话到嘴边，司楠却收了声，像是在心里憋着坏不想告诉大人的小孩。

容见迟重新启动汽车："很晚了，早点回家休息。调查的事自有警方处理，你不要擅自行动。"

"那你呢？你做这些又是为什么？"司楠不服气。

"我吗？"容见迟慢悠悠道，"作为心理医生，穷其一生可能都碰不到一例双重人格或者多重人格的案例，所以我好奇。"

他的理由过于光明正大冠冕堂皇，坦荡得教司楠无法反驳，她下了车准备扯下披在身上的西装放回副驾驶座。

"夜里冷，穿着吧。"容见迟轻声对她说。

容见迟回到独自居住的公寓，已近半夜两点。

拥有二百七十度良好视野的江景平层公寓宽阔通透，然则除了必要的生活所需，和一角工作、健身区域，整个开放空间再无赘物，透着入骨的空寂冷清。

容见迟早已习惯这了无生气的住所，在智能感应照明亮起的同时，一手解开马甲背心的纽扣，一手反指熄灭室内的光源。

他慢慢踱至落地窗边，在满室的冷寂中眺望这座城市的夜晚。

城市的灯光映得夜空呈现出不自然的橙色，看不见漫天星子。这是不眠不休的城池，无数人进入梦乡，亦有无数人彻夜不眠。

容见迟挽起衬衫袖口，走向工作台，拉过展示板，拿起下方凹槽里的白板笔，在展示板上写下"郑元堂"与"安妮"，开始在两人的名字下罗列时间线和重要事件。

随着原本空白的展示板被密密麻麻的内容填满，整件事的脉络在容见迟的脑海里越来越清晰，仿佛有一张紧密连接却又始终缺失一环的网，沉甸甸地兜在他的心上，直到一阵电话铃声打断了他的思路。

容见迟抬腕看一眼手表，时针指向清晨五点，窗外的夜色已然将尽。

他摘下眼镜,无名指勾住一条眼镜腿,拇指、食指捏了捏鼻梁,看见手机屏幕上"费永年"三个字,按下接听。

"打扰你了吧?"费永年的声音中带着一丝疲惫,"黄枫没能挺过危险期,经过整夜抢救,两分钟前刚刚停止呼吸。"

容见迟深吸一口气:"麻烦将接踵而来。"

"黄夫人已经发疯,哭着喊着要让凶手给她儿子陪葬。"费永年苦笑,"如果黄枫能挺过来,起码可以通过他以另一个角度了解整个案件,可现在……"

"郑元堂这两天情况如何?"容见迟问。

"不太好。他以'郑元堂'的身份清醒的时间越来越短,以'安妮'的身份清醒的时间则越来越长,而'安妮'是块难啃的硬骨头。"有着二十多年刑事侦查经验的老刑警费永年也不得不发出无奈的叹息,"'她'的心理防线非常之高,前所未见。并且郑家聘请的律师已提交精神病司法鉴定申请。"

容见迟"嗯"了一声。

以目前的情况看来,警方没有不同意的道理。

"我们打算在将'她'移交至法医精神病检查室进行精神鉴定前,做一次突击审问,想请你过来进行心理侧写。"费永年沉声道。

"什么时候审问?"容见迟问。

如果时间允许,他打算做一些调查。

"今晚。"

"请将律师提交的被鉴定人病历治疗以及社会资料发给我。"

"可以。"

费永年雷厉风行,挂断电话后就将容见迟所需的资料打包发至他的邮箱。

一夜未睡的容见迟毫无倦意,在打开费永年发来的资料后,与他写在展示板上的线索两相对比印证,在郑元堂十岁、十五岁这两个时间节点打上红色的问号。

郑元堂的原生家庭和他的成长经历，也许正是解开一切谜团的关键。

下午一点半，当容见迟在安平北路009号申城精神卫生中心的接待室等候区看见司楠时，丝毫没有觉得意外，甚至露出了一丝微笑。

"又见面了，司小姐。"

忆及容见迟对她"不要擅自行动"的"告诫"，司楠朝他假笑。

容见迟将黑色风衣脱下来搭在臂弯，闲适地坐在司楠身边："你怎么找来的？"

他有警方渠道，通过郑元堂的家人调取郑元堂以往的病历，从而知道郑元堂曾经在本城赫赫有名的安平北路009号进行过长期的心理治疗，可司楠又从何而知，并且其速度不亚于他？

"虾有虾路，蟹有蟹路。"司楠笑眯眯的。

"还请司小姐为我解惑。"容见迟一双眼深深注视司楠，诚心请教，没有一丝一毫的不甘。

司楠被他深栗色的眼睛如此专注到近乎深情地一望，那些想与他作对的捣蛋心思忽然就散了，正打算老实"交代"，院长办公室的门倏忽由内而外地推开，打断了她。

一边穿好医生白大褂，一边戴稳眼镜的院长站在办公室门口，朝外张望了一眼，随后亲切地"哟"了一声："什么风把我们大记者给吹来了？"

院长有些诧异地看了看司楠与容见迟之间熟稔的互动，复又乐呵呵地问："小容和司楠认识？两位无事不登三宝殿，这是联袂而来，还是恰好碰上？"

容见迟将回答问题的权利交给司楠，司楠耸肩否认他们是联袂而来："不约而同罢了。"

院长请两人至办公室落座，指一指自己的腕表："有一位患者预约了两点钟的特需门诊，给你们二十分钟，有什么要问的，不妨开门见山。"

这回司楠对容见迟做了一个"请"的手势，容见迟轻轻一笑，对院长道："想向您打听一位患者。"

看起来和蔼可亲的院长眼镜后的笑眼掠过一抹明光，向后靠进圈椅里："以官方身份，还是私人身份？"

"有区别吗？"容见迟问。

"如是前者，我的答案是未经患者本人同意披露其病历、病情，有违医生的伦理道德，也严重侵害患者的权利。如是后者——"院长推一推鼻梁上的眼镜，意味深长道，"私人的问题，最好放至私人时间讨论。"

太极高手，司楠听了院长的回答，在心里说。

容见迟并不意外院长的态度，如果人人向他打听在此就医的患者情况他都知无不言，言无不尽，那患者哪里还有一丝隐私可言？

"如是我在工作中遇见棘手的情况，想征求一下您的看法呢？"他换了一种说法。

"哦？"院长双手交握放在腹部，颇感兴趣地问，"什么情况，竟然能教你觉得棘手？"

"假设，有一位患者……"容见迟当然不能透露案件细节，只将真事隐去，托作假语村言，向院长讲述郑元堂投案后的种种，"他的心理防线非常难以突破，该如何从他的过往行为寻找他的动机，进而突破他的心防？"

"这样啊……"院长沉吟，放在腹部的双手大拇指绕来绕去，"性别角色认同在十岁到十三岁期间存在一段敏感期，第二性征发育、环境改变或者性别被过分关注与对待，以及教育不当等因素，都会影响患者并最终发展成性别认知障碍。你假设的这种情况，与单纯的性别认知障碍，又有所不同，在没有见到患者本人的情况下，我不能断定患者由此发展出第二人格，也不能排除这种可能。"

老狐狸，司楠腹诽。

院长轻笑，伸手点一点司楠："是不是在心里编排我呢？"

随后他抬腕看表，起身送客："亲，这边建议两位从患者的原生家庭着手调查呢。"

司楠被院长网络冲浪达人的语气逗笑,那点被老狐狸打太极拳搪塞的郁气一笑而散,连容见迟眼底都露出一点笑来。

"好了好了!笑了就好了!"院长伸长手臂,一左一右搭住两人的肩膀往办公室外送,不经意似的关心,"工作繁忙,睡眠都好吗?"

他这话同时问司楠与容见迟,两人隔着院长对视一眼,司楠答"多梦",容见迟说"尚可"。

院长点点头,并不继续追问,只拍拍两人的肩背,将他们送出办公室:"我就不说'常回来看看'这种客气话了,常到我这里坐坐可不是什么好事。"

被院长"请"出办公室的司楠与容见迟并肩走出门诊大楼,走进午后明朗的阳光中,不约而同地停下脚步。

"刚毕业初初踏入社会时,遭受过不公平对待,整个人几近崩溃——"司楠对着容见迟仿佛洞悉一切的眼,忽然轻声向他说起自己的遭遇,"恨不能一死了之。家父与曹院长有些交情,觍着脸求到曹院长处。"

司楠耸耸肩,父母离婚,各自追求幸福,她作为没人要的拖油瓶,爹不疼、娘不爱,遇到事情,母亲叶女士永远首先考虑自己是否颜面受损,从不顾及她的感受,父亲司先生略好一些,毕竟除她以外他再没有第二个孩子,听说她情况糟糕,那点少得可怜的父爱忽然发作,为她找了本城最好的心理医生进行治疗。

"我在曹院长这里,接受了两个疗程的治疗。"司楠微哂,向容见迟交代,"也算是他的熟人了,所以'安妮'与郑元堂的事,我第一时间想到来找他咨询。"

没想到误打误撞,与他碰个正着。

容见迟注视女郎沐在阳光中的侧脸,光线洒在她干净清透的皮肤上,映出一层细细的金色,似为她打了柔光,全然不见初遇时那副村姑模样。

"院长在我读书时,曾任我院的心理学客座教授。"他简单介绍自己与院长之间的关系,随后问司楠,"接下来有什么计划?"

司楠眨眨眼:"计划?没有计划。"

"没有计划的话,就和我一起吧。"容见迟瞥一眼脚尖与他方向相反、明显想要与他背道而驰的司楠,说。

司楠歪了头,有些拿不准他的意思。

看着女孩子脸上未加掩饰的狐疑之色,容见迟不由得微笑。

她好像,自从知道了他的职业身份以后,便不再试图在他面前隐藏心理活动与微表情,有一种"反正我面无表情你也猜得到我在想什么"的自暴自弃。

没来由地令人觉得可爱。

"走吧。"他对她说,转身阔步走向停车场。

"去哪儿?"她问,小跑着跟上他。

"调查郑元堂的原生家庭。"容见迟微微放慢脚步,等司楠与他同步。

"带我一起?"司楠觉得意外。

"是,带你一起。"免得你自己乱闯乱问,到时候捅了马蜂窝也不自知,容见迟在心里说。

他当然晓得这个姑娘不会听从他的建议停止擅自行动,职业习惯使然,她必不会放弃。

与其让她自己东查西问,一头闯进这波诡云谲的局面里,不小心撞到独子身亡彻底发疯的黄夫人的枪口上,弗如他带上她,好歹他能看着她不教她闯祸。

司楠不知他心中所想,闻言眉眼轻弯:"算不算给我独家?"

"你知道规矩。"他提醒她。

她只管笑:"那就是咯。"

司楠没想到容见迟的下一站会是郑家。

郑元堂的父亲郑祖光在郑家富丽堂皇的别墅里接待了他们。

郑祖光全然看不出实际年龄，保养得宜，且生得英气逼人。

是的，英气逼人。

他浓眉朗目，直鼻阔口，皮肤黝黑，身材挺拔，英俊得教人屏息，全不似一个汽修工人出身的凤凰男。

难怪能令已婚的千金小姐甘心为他离婚，与他在一起，司楠心道。

此时此刻，郑祖光面上略有黯然憔悴之色，但这丝毫无损他的英俊，反而有种教人为之心疼心碎的魅力，惹得一旁同样保养得宜的郑夫人轻轻地坐在沙发扶手上，一手搭在他肩膀上，一手握了他的手捂在自己的心口，对来访的司楠与容见迟道："祖光为了元堂的事，已几日没有好好睡觉，我们知道的事都告诉警方了，你们还要来问什么？能不能放过我们一家人？！"

郑祖光捉住妻子搭在肩头的手，侧首吻一吻她的手背："我没事，配合警方调查是应该的。你也好几天没能好好休息，稍微去歇一歇吧，这里有我。"

郑夫人大抵确实因继子的事而备受困扰，听见丈夫如此体贴的劝慰，眼里的厌烦之色淡去："好，你们谈。"

郑夫人离去，将偏厅留给丈夫和访客。

郑祖光直到妻子的裙角消失在楼梯上，才轻轻太息。

美男子叹气，也是令人赏心悦目的。

他说："我不是一个合格的父亲，因我疏于对孩子的教导，导致了惨剧的发生，我负有不可推卸的责任。"

司楠不由得望了容见迟一眼。

她没想到郑元堂的父亲将姿态放得这么低。

他是认真的？司楠以眼神问容见迟。

容见迟几不可觉地蹙了蹙眉。

郑祖光仿佛没有察觉两人之间的眉眼官司，自顾自沉浸在懊悔之中。

"我知道你们想问什么。"他说,语气怅然,"我同元堂的母亲,从小青梅竹马,早早偷尝了禁果,有了他。当时年轻,觉得两人相爱便可以克服一切阻碍,但现实轻易就令我们低了头。"

女朋友的父母恨她不自爱,把她逐出家门,他家里下头还有弟弟、妹妹,一家五口挤在十六平方米的两万户房子里,根本没有多余的空间接纳新成员。父母东拼西凑给了他们八千元,叫他们出去自立门户。

两个只得高中学历自己尚且还是孩子的年轻人,带着一个婴儿,租住在破烂老旧的棚户区里,在孩子嗷嗷待哺的啼哭声中,饱一顿饥一顿,很快浓情蜜意就消磨在柴米油盐和奶粉尿片之间。女朋友情绪失控,常常摔锅砸碗,动辄失声痛哭,无视褪褓中的婴儿。

"后来才知道,她那时的种种表现,是产后激素水平变化和环境因素导致的忧郁症。"郑祖光双手捂住面孔,自责不已,"但当时我白天在汽修厂打工,晚上回来还要面对歇斯底里的她和号哭不停的婴儿,渐渐心生厌倦。"

娇俏可人的女朋友忽然变成无理取闹的疯婆子,任谁也吃不消。

"后来我认识了诗琦。"郑祖光放下手,脸上浮现出甜蜜的回忆之色,"她大我三岁,知冷识热,总趁我午休带着汉堡薯条炸鸡到汽修厂找我,也不嫌厂子里油腻气味大,坐在一堆拆解下来的零件旁边看我吃快餐……"

被歇斯底里的女朋友和生活的重担折磨得快要发疯的大男孩,一下子便沦陷在她的温柔对待里。

他虽然动心,但也知道自己配不上大小姐,默默将这份喜欢埋在心里,努力工作之余读了夜大学,仅仅是希望自己能离大小姐近一些,更近一些。

后来,他凭借自己的修车技术成为汽修厂副经理,大小姐结束了八年的婚姻,带着七岁的女儿与他走到了一起。

"我曾向元堂妈妈提出过将元堂接过来与我共同生活,减轻她的负担,她可以每周前来探望元堂,但她以死相逼,拒绝了我的提议。"郑祖光面露痛苦之色，"我当时应该坚持才对。元堂十岁那年，我无意中发现他身上伤痕累累，才从他口中得知他妈妈将生活中的不如意通通发泄在他的身上，打骂虐待是家常便饭。我发了狠，对她说，要么我带走元堂，要么她去坐牢，她才怕了，允许元堂来和我生活。"

郑祖光怅然一叹："可到底还是在元堂的内心深处留下了阴影，他始终畏畏缩缩，不能与学校里的同学好好相处，成绩也不理想……所以他初中毕业后，我与诗琦商量，或许换一个学习生活环境，能帮助他改善情况，就送他出国留学了。"

一开始效果显著，郑祖堂变得开朗起来，交了新朋友，还相约圣诞假期一道去阿尔卑斯山滑雪，一切仿佛在往好的方向发展，然而恰恰在那个圣诞假期结束后，情况急转直下。

"他把自己关在宿舍壁橱里，不讲话，不吃东西，不理睬任何人。我不得不去把他接回家。"郑祖光用拳头轻砸手心，"他看了一段时间的心理医生，才慢慢恢复，回到学校里去继续完成学业。后来他申请到巴黎彩妆造型学院就读，毕业后回国创办了自己的造型工作室，成绩斐然，不少明星、艺人排队约元堂替他们做造型……我不相信元堂会无缘无故凶性大发持刀伤人，他从来都不是个暴力的孩子。"

郑祖光终于说到话眼。

在父亲的视角里，郑元堂是一个童年饱受虐待、性格畏缩懦弱的人，遇事只会躲起来，而不是暴起伤人。

容见迟再问，也问不出更多细节来，郑祖光流露疲态，侧着头，一手搭在眉骨处，遮得英俊的面孔半明半暗。

容见迟与司楠不得不起身告辞。

趁容见迟与郑祖光握手时，司楠环视这间偏厅，处处可见郑祖光夫妻与女儿的照片和生活痕迹，但完全没有郑元堂的影子，除了——

司楠侧跨一步，走到壁炉跟前，望着其上的一台电子相册。

那电子相册大小与平板电脑相当，搁在支架上，每隔数秒变换一张相片。

"郑先生。"进门以来一直扮锯嘴葫芦的司楠,忽然开口问,"这个电子相册,可以让我们带走吗?"

"这——"郑祖光略迟疑,他在脑海里回忆了一下,电子相册里存储的照片,本就是用来展示他们家幸福和睦的生活的,并没有什么不可告人的内容,遂点点头,"请便。"

司楠没有问容见迟下一站去哪里,她坐在副驾驶座上,专心翻看电子相册里的照片。

容见迟在一个红灯处伸手压住她捧在手里的电子相册:"当心看坏眼睛。"

"比我爸管得还宽。"司楠嘀咕了一句,到底还是乖乖放下了电子相册。

"有什么发现?"容见迟在绿灯亮起时打方向盘左转,从幽静雅致的名流富豪聚集的别墅区驶出。

"郑先生与夫人感情不错,与继女也相处融洽,一家三口每年都出国度假。继女成绩优异,常青藤名校毕业,在父母的公司中担任要职,将来会继承全部家业。"司楠总结自己的观察所得,"郑元堂在父亲和继母跟前是隐形人一样的存在,过年过节家庭聚会从无他的身影,他是这个家庭里多余出来的边缘人。"

夫妻俩好像很在乎这个儿子,事实上却疏忽冷落他。

"你有什么发现?"司楠暂时歇了从数千张照片中寻找蛛丝马迹的念头。

"郑祖光是典型的表演型人格,戏剧化的感情色彩,夸张的肢体语言,高度以自我为中心,玩弄身边的每一个人以达到自己的目的。"容见迟瞥了司楠一眼,"但他非常聪明,成年以后克制住了极端化的情绪和易激动的问题。"

"郑元堂会不会受到父亲的影响?"司楠很难不有此联想。

容见迟微微点头,虽然这方面研究并不能肯定其含有遗传因素,但亲子之间的影响也无法排除。

司楠轻叹,不再说话,车内的气氛一时沉重无比。

下午将近五点,当容见迟将车停在路边时,司楠抬眼望去,前方是大片还未拆迁的城中棚户区。

这一片老城厢棚户区在城建规划中属于历史遗留问题,管理责权归属不清,各方相互扯皮,多年来也得不到解决。如今大片自建房和违章搭建混杂在一处,更不要提在空中交织漫布如蛛网的电线和横七竖八的晾衣竿以及迎风招展的各色衣物,将弄堂挤迫得阴暗而逼仄。

容见迟伸手虚虚护住司楠的后背,引她往弄堂里走。

饶是做深度调查记者跟着师父出入过三教九流各种场所的司楠,也不免教眼前令人窒息的景象生出一种深深的无奈来。

这大抵就是世界的参差吧,同一个时空里,有人一家三口住单价六位数总价上亿元的千坪豪宅,有人老少三代挤在不足二十平方米的棚户房里。

"当心。"容见迟提醒司楠注意脚下一摊泛着油花的水洼。

司楠多少年没有走进过环境如此脏乱差的地方,只觉得地面的油腻透过鞋底直直渗进脚心,整个人都不好了。

"就快到了。"他在她头顶低声说。

幸好并没有往弄堂里走太远,已到了目的地——一座二层自建楼前违章搭建的耳房。

耳房建得低矮,门开着,里边摆着两桌麻将,乌烟瘴气的,人还没走进去,便已生出一股阴冷滑腻的感觉,教人从心里感到抗拒。

容见迟伸手在敞开的门上敲了敲,扬声问:"彭彩英女士在吗?"

里头搓麻将的人哄笑起来:"阿彭,有人寻你!"

染着红发,嘴里叼一根香烟的中年女子侧头偏身往门口看了一眼:"啥事?"

"彭女士,能与您单独聊一聊吗?"

彭女士在里头扔出一张麻将牌:"五筒!"

她对家"啊"了一声推倒面前的牌:"碰!清一色碰碰和!来来来,阿彭给钱!"

彭女士抽一口烟,骂了句山门,从麻将桌抽屉里摸出钞票来掼在桌上,然后站起身来:"等我去讲两句话再来赢你!"

她从耳房改的棋牌室里出来,站在门口,满脸不耐烦:"你们是什么人?要聊什么?我时间宝贵,有话快说,有屁快放!"

司楠与容见迟还没来得及开口,一个梳马尾辫戴红领巾背沉重书包的小女孩走近他们,走到彭女士跟前:"姆妈,你好回去烧饭了吗?我肚皮饿。"

彭女士一把薅过女孩背上的书包,另一只手在她肩膀上狠命拍了两下,劈头盖脸地痛斥:"吃吃吃!只晓得吃!"

女孩吃痛,缩头缩脑的,咬紧了嘴唇,不敢哭出声来。

司楠头一回见做母亲的在外人面前无缘无故地打骂孩子,不由得面露不忍之色。

容见迟从裤袋中取出皮夹,自里头抽出两张钞票,递到小女孩面前:"弄堂外面有家快餐店,叔叔阿姨请你吃薯条鸡翅汉堡套餐好不好?"

小女孩望一望面前的红色钞票,又扬睫望向母亲,眼里满是渴望。

彭女士喷出一口烟来:"看什么看?有得吃你还不赶紧去?!"

小孩子不懂得掩饰,先前吃痛,这会儿已破涕为笑。

她也不贪心,只从容见迟手上拿走一张钞票,说了声"谢谢叔叔阿姨",转身往弄堂外跑。

彭女士的视线追着她,喊了一声:"过马路当心!"

"哎!"小女孩脆生生地应。

彭女士的视线落回到司楠与容见迟身上,态度好了许多:"有什么事就直说吧。"

"我们想向您了解一下关于郑元堂的事。"容见迟低声道。

"这死棺材又做了什么?"彭女士眉心紧锁,"他自从跟他爸走了以后,和我再没有任何关系。"

她竟然不知道儿子行凶杀人的事,司楠颇觉诧异。

郑祖光彻彻底底同前女友断绝往来,发生这么大的事,也没想过要通知儿子的生母一声。

"他小时候,有没有表现出与众不同的地方?"容见迟不疾不徐地问。

"与众不同?"彭女士嗤笑,"特别胆小算不算?还不如一个女孩胆大,遇到事情只会哭哭啼啼,丢人!"

她没有流露出一丝一毫对儿子的爱,言语里充满对他的鄙弃。

司楠忽然不想再听下去。

容见迟不动声色,又问了几个关于郑元堂童年行为的问题,彭女士面露狐疑,回答得十分敷衍。

这时候小女孩手里捧着快餐店的外卖纸袋跑了回来,彭女士信手在她胳膊上拧了一把:"快点吃!吃完了回去做作业!"

孩子没有任何反抗的行为,相反,乖乖点了点头。

母女二人一前一后走进棋牌室去了。

司楠伴着容见迟往弄堂外走,两人齐齐沉默。

彭彩英虐儿成性,她甚至都不曾意识到自己的行为是一种赤裸裸的虐待,而当年的郑元堂也好,刚刚那孩子也罢,在母亲的淫威之下,只能逆来顺受。

两人心情沉重,不过几十米长的一段弄堂,在脚下竟然漫长得仿佛永无尽头,当他们终于要摆脱有如化不开的胶质般的逼仄滞涩,重新踏足开阔明朗的世界时,头顶忽然传来"刺刺"的声音,容见迟护着司楠的肩膀,抬头循声望去。

自建两层小楼房二楼沿马路有一个小露台,露台上站着一个穿着打扮时髦的少女,俯在露台粗糙的水泥栏杆上,正噘唇发出"刺刺"的声音,吸引他们的注意。

"喂!你们是来打听阿彭的儿子的吧?"少女压低了声音,问。

容见迟的手轻轻落在了司楠的肩膀上，不轻不重地捏了一捏，司楠心领神会："你怎么知道？"

"上来！"少女冲他们勾勾手，又对楼下洞开的门指了指。

因处在弄堂口，这栋自建房在底楼开了一爿烟纸店，卖酒水香烟之类的杂货，也无人看守，走到底一条楼梯通往楼上。

不晓得是为了省电还是旁的什么原因，傍晚五点底楼也没有点灯，天光照不进这黑黢黢的房间，令人无端觉得压抑。

昏暗中，容见迟在前，领着司楠走上狭窄的楼梯，摸索着经年累月被人摩挲的楼梯扶手，上了二楼。

二楼客堂间里一名四十岁左右年纪的中年妇女正坐在八仙桌前，两手翻飞，掐头去尾，择绿豆芽。

妙龄少女自连通小露台的门返回客堂间，仿佛为昏暗的房间带来一束光。

她笑嘻嘻地自我介绍："我叫隋晴晴，这是我妈妈。"

司楠与容见迟朝两人颔首。

隋晴晴对中年妇女说："姆妈，你看！我说得没错吧？他们果然是为了阿彭的儿子来的。"

她生得美丽，打扮入时，态度落落大方，很难不教人心生好感。

"你又晓得了？认得不认得的人就往家里带。"隋妈妈头也不抬。

隋晴晴耸耸肩，不以为意地坐到母亲对面，一左一右掇出两张八仙凳，招手叫容见迟与司楠："家里简陋，随便坐。"

随后她俏脸一扬，回答母亲："我当然晓得啦！这条弄堂里的人，除了少数几家还在为摆脱烂泥坑里的命运而不懈努力，其他人，通通都是行尸走肉。打牌抽烟喝酒聊天看电视以外，他们不关心外界的一切，实时发生的新闻传到他们耳朵里，早就成了旧闻。我同他们不一样，我要带着妈妈走出这条能吞噬人的青春和活力的陋巷，带她过上真正的生活，而不是在此地混吃等死。"

隋妈妈择绿豆芽的手微微一顿，随后轻嗤一声，但没有反驳女儿放出的豪言。

隋晴晴转过脸来,托腮望住司楠。她对精英打扮的容见迟无动于衷,却对司楠充满显而易见的好奇:"职业女性都要穿得这么老气横秋吗?"

司楠为约见曹院长,特地穿得正式了些,珍珠白重磅真丝衬衫搭黑色阔腿裤,外罩一件落日棕色开司米开衫,稳重有余,活泼不足。

闻此一问,司楠笑起来:"看场合的,今天偏职业些。"

隋晴晴若有所思地点点头,又狡黠地转向容见迟:"你们不问问我为什么知道你们为阿彭的儿子而来吗?"

对充满倾诉欲的妙龄少女,容见迟从善如流:"为什么?"

"请我和姆妈喝奶茶,我就告诉你们。"

少女并没有狮子大开口,一杯奶茶换她掌握的消息,很划算。

司楠果断取出手机,在外卖软件上找到附近最有名的一家奶茶铺,点了四杯最贵的奶茶,另加了两份小点心。

隋晴晴在旁看得眉开眼笑:"姐姐你真大气!"

司楠失笑。

这算什么大气?

等奶茶的工夫,隋晴晴说起自己在某五星级酒店行政楼做接待的工作。

她初中毕业为了早一点出社会工作减轻母亲肩上的负担,选择了就读中本贯通的酒店服务与管理专业,因生得人美嘴甜,实习期间被带教老师分配到现在酒店的行政楼层。

她说了一个赫赫有名的超五星级酒店:"好几名阔少在我们酒店行政楼层有长期包房,你们晓得吗?"

容见迟微笑,司楠摇摇头,两人做洗耳恭听状。

他们配合的态度显然取悦了隋晴晴,激发了她的倾诉欲。

她一手托腮,一手从母亲跟前的菜篮里扯过一根绿豆芽把玩:"他们时不时在房间里开派对,每次都把房间弄得乱七八糟,要不是小费给得足够多,管家烦也烦死他们。"

虽然这些与案件好似全无关联，但司楠与容见迟都没有打断隋晴晴的讲述，倒是隋晴晴自己，很快切入正题。

"最近几天，阔少们忽然集体收了骨头，通通安静了，一切狂欢派对都销声匿迹。"隋晴晴压低声音，"我送用品、酒水进房间里去的时候，听到他们坐在阳台抽烟闲聊，一个说'想不到郑元堂那小子平时看上去不声不响，下起手来这么狠'，另一个接了一句'会咬人的狗不叫，再说黄枫他们三个也不是什么好人，出事不过是早晚的问题，死了也是他们活该'。"

隋晴晴故意粗了喉咙，将两人的对话学得活灵活现。

"好好说话！"隋妈妈嗔了一句。

"我这叫情景再现好吗！"隋晴晴并不怕母亲，看得出来母女俩感情甚笃。

"学得很像，使人如身临其境。"司楠打心眼里觉得。

"我在学校里可是参加过话剧社的！"隋晴晴得意地一昂首。

"谁要听你这些陈芝麻烂谷子的事？"隋妈妈并不想女儿与司楠、容见迟多啰唆。

"啊，对！"隋晴晴笑眯眯，"我回家就把他们的对话当成每日见闻讲给姆妈，姆妈就对我说：'郑元堂？是棋牌室阿彭的儿子。'啊！我一听就知道这里头有故事。"

司楠与容见迟齐齐将目光投向一直在择绿豆芽的隋妈妈。

"您了解彭彩英和郑元堂？"容见迟徐声问。

隋妈妈专注择豆芽，充耳不闻。

司楠瞥了容见迟一眼，不待他领会，便伸出手去，抓起一把菜篮里的绿豆芽，学隋妈妈的样子，掐头去尾，放进一旁的大碗里，然后施展自己混进保洁公司与保洁员阿姨们相处时学到的绝技，开始与隋妈妈搭讪。

"阿姐这绿豆芽一看就是刚买的，下午这个时间还能买到这么新鲜水灵的绿豆芽，阿姐教教我窍门好吗？我下了班去菜场买菜，买来买去都蔫头巴脑的。"

隋妈妈抬头打量司楠两眼,露出一个王者之笑:"你们小年轻穿成这副样子跑去买菜,也不知道货比三家讨价还价,随便哪个老板一看都晓得冲头来了,不斩白不斩。"

司楠:谢谢,有被伤害到。

借着买菜的话题与一起择菜共同劳动的契机,司楠迅速打开了隋妈妈的话匣子。

她一边择绿豆芽,一边朝棋牌室方向扬了扬下巴:"喏,阿彭,我俩差一岁,她大着肚子被家里赶出来和那个渣男租到这里住的时候,我读高三,说是高三,不过是技校。她在此地没有什么朋友,渣男白天要去打工赚钱,她一个人待在家里,外面人走过路之指指点点闲言碎语,她日子肯定不好过。我们技校放学放得早,她有时候就过来找我玩,一起看电视吃棒冰。她心情不好,十分沮丧,总觉得是肚子里的孩子影响了她的生活。要我说自己都养不活了,生什么孩子呢?痛快点打掉好了!偏偏她又不肯,觉得是爱情的结晶。呵呵,傻吗?!"

柴米油盐酱醋茶,开门七件事,就足以将两个年轻人之间火热的激情消磨殆尽,涓滴不剩。

"孩子还没生下来,两个人就开始吵架,三天一小吵,两天一大吵。孩子生下来,吵得更厉害,奶粉尿片不要钱的吗?渣男很快就不大回家,回来两个人也没有共同语言,只剩争吵、扔东西,孩子哇哇大哭也没人理睬。真的,哭到邻居都看不下去,冲进去把宝宝抱出来,给他冲奶粉喂他吃奶。"

"是阿姐吧?"司楠轻声问。

隋妈妈点点头。

孩子太可怜了,哭得脸都发紫了,父母浑不在意,只顾互相叫骂,她实在忍无可忍,进去把小小的郑元堂抱出来,喂他喝奶。但彭彩英和郑祖光吵完了以后,又没事人一样,把儿子抱回去。

"她其实心里明白,她留不住他,但总想着两个人之间孩子都有了,看在孩子的分上,他也不会抛弃她。"隋妈妈摇摇头,"天真!

男人变起心来,给他生十个八个孩子也留他不住!"

身为男人的容见迟这一刻明智地保持沉默,不参与讨论,司楠则点头附和:"是,男人都不是好东西!"

引得容见迟侧目。

"孩子五岁的时候,渣男彻底与阿彭分手。"隋妈妈叹气,"他倒也不是完全不管阿彭和孩子,反而花钱把他们当时住的房子买了下来,据说是现在的岳家出的钱,送给阿彭,也说要把元堂接过去抚养,这样阿彭可以没有后顾之忧地开始新生活,可是阿彭不肯,抱着元堂寻死觅活的。阿彭大概是想着渣男念在孩子的情分上,还会记得她。啧,天真之至!渣男一去不回,阿彭又没有一技之长,端盘子她嫌累,当保姆她嫌苦,满腔怨气,最后都发泄在元堂身上,动辄打骂。但当妈的打孩子,只要不往死里打,谁会去多管闲事呢?"

彭彩英把郑元堂打得遍体鳞伤,左邻右舍顶多出声劝她:"阿彭,算了算了!孩子还小,有什么事慢慢说。"

她有时候看郑元堂可怜,会悄悄地让他躲在自己家里,塞给他一块威化饼和一瓶酸奶。

"阿彭发起狠来不管不顾的,想到什么骂什么,'生你有什么用?还不如生个女儿''人家没比你大两岁的姑娘都比你有本事'这种话都算是客气的。"隋妈妈摇摇头,"元堂十岁的时候,阿彭把他打得肋骨骨折,居委会和派出所都看不下去,联系了元堂的爸爸。渣男给了阿彭一笔钱,把元堂接走了。我总以为去了爸爸身边,元堂的日子应该会好过一些……"

是她实在看不过眼,悄悄报了警,哪想到回到父亲身边的郑元堂,有朝一日会成为杀人凶手。

奶茶送到时,司楠与容见迟向隋家母女告辞,从昏暗低矮的自建楼里出来。

容见迟留下联系方式给隋晴晴,方便她回忆起任何有用的细节时能直接找到他。

走出弄堂的一刹那，司楠忍不住转身回望。

这片棚户区，仿佛一头盘踞于此的怪兽，张开幽深的巨口，将光明与希望通通吞噬进暗无天日的黑洞，有人挣扎着逃出生天，而大部分人最终只能沉沦。

"走吧。"容见迟伸手在司楠后背轻轻推了一把，将她带离黑洞的边缘。

司楠坐进车里，才缓缓吐出一口浊气来。

"看到在如此恶劣的环境里仍有向阳而生的花，我会觉得自己没资格伤春悲秋。"她皱一皱鼻子，仿佛还能闻见那条弄堂里油腻污浊的味道。

容见迟的视线划过她挺翘的鼻尖，转头发动引擎："一起吃饭？"

"没胃口。"司楠不解，"如果无法爱自己的孩子，为什么要把他带到世界上来？"

"如果追溯彭彩英的成长经历，她的原生家庭很可能也是这种生活模式，父母对她，可能严厉，毕竟他们得知她未婚先孕后，并不考虑她的感受，而是直接将她赶出家门；可能冷漠，因为他们甚至没有发现女儿早恋与偷尝禁果，唯独没有关爱。"容见迟倒车，将车驶离棚户区，融进晚高峰的车流当中，"彭彩英在这样的环境中长大，她渴望拥有爱和完美的家庭，所以她执意要同郑祖光在一起，执意要生下孩子，但……"

但受原生家庭的影响，她不懂得如何去爱，也没有学会如何爱自己的孩子，无情的现实和产后忧郁症共同作用在她的身上，她找不到可以求助的人，唯一可供她发泄的，就是全心依赖母亲的婴儿。

小小的婴儿离不开她，任她打骂，即使被虐待，也无法反抗，甚至本能地想靠近母亲，得到她的爱，这令她获得一种控制感，并且这种暴力行为很容易被强化，往往难以自行停止。

"可童年遭受虐待的经历，并不能成为郑元堂行凶的动机。"司楠百思不得其解，"是什么触发了开关？"

"也许……"容见迟瞥一眼搁在扶手箱面板上的电子相册,"答案就在你发现的线索里。"

"你怎么知道……"司楠一挑眉,随即哼了一声,"不要随便解读我的微表情!"

容见迟失笑:"晚上还有场硬仗要打,豪华晚餐是不可能了,请你回队里吃食堂如何?"

不等司楠拒绝,他又补充:"给你第一手资料。"

天降大饼,司楠如何能拒绝?

两人抵达刑侦总队时,已过下班时间,整幢大厦已近人去楼空,只有几间办公室和一间会议室还灯火通明。

司楠在门卫室办理访客证后随容见迟一起去了食堂。

六点半的食堂里竟然还有不少人正在吃晚餐,刑事侦查总队队长费永年与负责侦办郑元堂一案的卫青空也在其中。

费永年朝容见迟与司楠招招手,四人凑成一桌。

"下午有什么发现?"费永年一边大口吃饭,一边问刚刚落座的容见迟。

容见迟向费队转述了曹院长的专业意见和郑元堂原生家庭背景的详细情况。

费永年推开吃空了的餐盘,喝着酸奶沉吟不语。

"童年遭受母亲虐待,被接到父亲身边生活后无法很好地融入新家庭和新生活,导致郑元堂在性别角色认同敏感期形成了性别认知障碍,觉得自己应该是女性而不是男性?"卫青空总结,"但他的动机始终不明确,郑元堂有什么理由,一口气连杀三人?"

他们对犯罪嫌疑人和三名受害者的社会关系做了详尽调查,除了前者与后者在海外曾有一段不算愉快的同学经历,高中毕业后郑元堂与三名死者之间的交集几乎为零。

一直默默吃饭同时埋头翻看电子相册的司楠,倏忽抬起头来,将相册定格在其中一张照片,推至餐厅的不锈钢桌面上。

三个男人齐齐凑近电子相册，随后表情各异地后撤。

费永年抬腕看表："没有多少时间了，相册我带走，看看顺着这张照片还能不能查到更多有用的线索。"

司楠做了一个"请便"的手势。

费永年与卫青空起身，垂头问容见迟："来不来？"

"马上来。"容见迟微微一笑。

费永年在前面大步流星地走出食堂，卫青空慢悠悠地跟在他身后。

容见迟等他们都走出食堂，才以右手的食指、中指抵着太阳穴，有些漫不经心地问："你相信童年心理创伤会导致一个人在成年以后形成人格障碍，进而发展成罪犯的这套说辞吗？"

司楠张了张嘴，却发现自己脑海里并没有任何能拿来反驳这一论点的依据，只能默不作声。

容见迟被她微微鼓着腮却又不说话的样子逗得轻笑："走吧。"

带你去看一场好戏。

晚上十点，郑元堂由看守所押解至讯问室。

在看守所关押的这段时间，他虽然早已拿下假发，卸去欧式浓妆，露出清秀的真容，穿统一的灰蓝色羁押服，外套一件橘红色马甲，戴着手铐脚镣被带进审讯室，但他姿态从容，不见一丝窘迫局促。

站在隔壁监控室内的司楠从他"Z"字形的坐姿中看出一点端倪。

"安妮？"她小声问容见迟。

容见迟点点头。

随着羁押时间的增加，主人格"郑元堂"主导这具身体的时间越来越短，而次人格"安妮"则出现得越来越长，逐渐取代了主人格。

相比郑元堂的善良内向优柔寡断，安妮火爆强硬且充满保护欲，他们是两个完全相反的极端。

卫青空与预审员相继就位，在做好日期和时间记录、确认郑元堂的犯罪行为后，他并未多啰唆，而是向郑元堂展示了一张照片。

被扣锁在审讯椅上的郑元堂微微向前倾，试图看清楚他手上的照片。

卫青空将照片递给站在郑元堂身后的监所警察，示意他交给郑元堂。

那是一张年轻女郎的大学毕业照，她穿一件再普通不过的学士服，长发齐肩，薄施淡妆，笑意盎然，并不算是十分出挑的美人，然而青春气息扑面而来，教人为之会心一笑。

郑元堂接过照片后，将之规规整整地摆放在审讯椅窄小的横板上，异常小心翼翼地以手指描摹照片中的人的五官轮廓。

询问室里的卫青空在观察他的表情，监控室里的容见迟也在大屏幕上观察郑元堂的一举一动。

高清摄像头清晰地捕捉到他的每一个细微表情和动作变化：身体前倾，瞳孔微微放大，眼角有少许皱纹，嘴角轻轻上扬……

即便不是心理学专家，司楠也能看懂郑元堂此时的表情，他非常、非常喜欢照片上的女孩。

果不其然，询问室里的郑元堂抬起头来，以怀念的表情轻叹："冯真真啊……"

"郑元堂继母的女儿，他的继姐。"费永年对容见迟和司楠说。

询问室里郑元堂向后回靠："她是那个家里，唯一不歧视排斥阿堂的人，愿意和阿堂说话，辅导阿堂做作业，不嫌他沉闷内向……可惜，她有自己的工作生活朋友圈，救不了阿堂。"

容见迟微微眯了眯眼。

郑元堂做了一个非常典型的防御和拒绝的姿势，明明上一秒他还沉浸在看到继姐冯真真的愉悦与怀念当中，但下一秒他就表现出了对冯真真的抗拒与不喜。

是郑元堂与安妮在争夺主导权吗？

冯真真只短暂地唤醒了郑元堂片刻，"安妮"还是占了上风。

"向他出示那张照片。"容见迟凑近麦克风，沉声对询问室里的卫青空说。

卫青空闻言，从桌面上拿起另一张照片，展示给郑元堂。

四个青春少年，站在皑皑雪道上，三人穿着滑稽可笑的动物外套，将一个穿传统中式汉服裙装的少女围在中间，少女笑容腼腆羞涩，三个少年挤眉弄眼，一切看起来美好得无忧无虑。

几乎是一刹那间，询问室与监控室内的所有人，都真切地感受到了郑元堂的情绪波动与变化——绷紧躯干，咬肌鼓起，瞳孔紧缩。

"你们从哪里得到的照片？！"他几乎是厉声问。

"安静！注意一下自己的态度！"卫青空敲敲桌面，"现在是我们在向你问话。"

铐在审讯椅里的郑元堂垂下头，整个人瑟瑟发抖，几秒钟后，他抬起头来。

"既然你们已经找到这张照片，应该不难查到当年发生了什么，还来问我们做什么？"他仿佛不屑，"还是说，你们就这点本事？"

"我可以进去吗？"容见迟征求费永年的意见。

"去吧。"费永年捏一捏眉心。

审讯往往是劳心耗神的心理战，不是东风压倒西风，就是西风压倒东风，而询问室里的郑元堂恰恰属于最难啃的骨头，油盐不进，软硬不吃。

容见迟拿起吃完晚饭后一直在研究的资料，走出监控室，叩响看守所询问室的门，得到允许后推门而入。

"晚上好。"容见迟伸手解开西装纽扣，落座后，朝郑元堂颔首。

郑元堂抬眼看了看他，轻笑，似嘲似讽，仿佛在说"你们有什么手段尽管使出来"。

容见迟对他近乎挑衅的表情视若无睹，翻开随身携带的文件夹，抽出几张照片，一一摆放在桌面上，目光温和地对三米外的郑元堂微笑:"时间很晚,大家辛苦了一天,都想早点休息,所以我就不浪费时间兜圈子了。"

他拈起第一张照片,垂睫审视其上梳着西瓜头、衣着陈旧的男孩。

男孩八九岁的样子,生得清秀瘦弱,眼神阴郁,看上去并不讨人喜欢。

容见迟将照片正面翻给郑元堂看:"我讲个故事给你听吧。故事的主人公,我们姑且就叫他小明。小明的父母偷尝禁果,一不留神有了小明。当浪漫与激情的浪潮褪去,沙滩上留下一地鸡毛,两个被赶出家门的半大孩子之间,也只剩互相埋怨与攻讦。小明的母亲在压抑与逼仄的环境中罹患抑郁症,父亲打工挣钱苦苦支持小家庭之余,觉得曾经美好的恋人变得无理取闹面目可憎,转而被比他年长知冷知热的成熟女性吸引。两个人在一起吵吵闹闹分分合合五年后,小明的父亲绝情地将女友和儿子抛弃在恶劣的环境中,扬长而去。"

坐在审讯椅里的郑元堂面无表情一言不发,但他捏得指节发白的手出卖了他的心。

"小明的母亲没有学历和一技之长,既吃不了苦,也受不了累,她的世界在男朋友离她而去时,已经崩溃。她应对的方法简单粗暴——虐待无法反抗她的幼儿。"容见迟的声音和缓平静,"她把对自己、对男友、对社会、对世界的所有不满,通通发泄到满心依赖她的儿子小明身上,辱骂他、推拒他、踢打他……小明不懂,为什么他的母亲会用这种方式对待他,但他一次又一次从母亲口中听到她说:'生你有什么用?还不如生个女儿!人家没比你大两岁的姑娘都比你有本事!'小明幼小的心灵里种下巨大的疑问,如果我是一个女儿,妈妈是不是就会爱我了?"

郑元堂死死咬紧牙关,好像这样就能屏蔽外界声音的传入。

容见迟拿起第二张照片。

剪了新发型的清秀男孩穿着得体的小西装,被一个同样清秀的女孩子牵在手里,两人站在室内的一株绿植前,女孩大方微笑,而男孩则腼腆地冲镜头抿着嘴。

"小明十岁时,终于有无法眼睁睁看着他被母亲虐待的邻居报了警,警方联系到小明的生父。小明的父亲这时候已经功成名就,同有钱的大小姐结了婚。出于对自己声誉的维护也好,对儿子少得可怜的父爱也好,他从前女友手里取得了对儿子小明的监护权,将小明从生母身边带离。小明第一次在生父富丽堂皇的家里见到了自己的继姐,从小饱受母亲虐待,天性敏感的他,恍然明白母亲在虐打他时反复说的'生你有什么用?还不如生个女儿!人家没比你大两岁的姑娘都比你有本事'是什么意思——母亲觉得她所有苦难肇因源自他无法帮助她留住父亲,他的存在就是一个错误,甚至不如继母生的与父亲毫无血缘关系的继姐有用。小明一边在心里讨厌夺取了父亲的父爱并令母亲厌弃他的继姐,一边又渴望成为继姐这样备受大人宠爱的孩子。"

郑元堂的表情终于有了变化,好似沉浸在美好的回忆中。

"小明偷偷模仿继姐的一举一动、穿着打扮,父亲也许发现了他的这些小动作,也许没有,但当他初中毕业后,父亲以他难以融入国内学校为由,将他送到国外留学,斩断他对继姐那种不正常的痴迷模仿。"容见迟的讲述不疾不徐,并不掺杂任何个人感情,"出国留学这一步,最初颇有成效。小明在全新的环境里交到了新朋友,囿于环境限制,对女性的模仿也暂时停止,一切似乎在朝着好的方向发展,直到第一学期的圣诞假期……"

容见迟拿起早前卫青空展示给郑元堂看的第二张照片。

即便郑元堂看到这张照片最初的强烈情绪已然过去,但他试图向后缩紧却被禁锢在审讯椅间的双脚和隐忍的厌恶抗拒,却无可遁形。

"小明的父亲当然不希望与前女友生的儿子在假期回到他新组建的家庭中碍妻女的眼,所以大力支持小明趁圣诞假期与同学、朋友一起去滑雪度假。他没有未卜先知的能力,当然无法知道他的这个决定,会造成怎样终生无法弥补的毁灭性的伤害。"

"不要说了……不要说了……"郑元堂垂下头去,含混不清地低喃。

他的痛苦挣扎如有实物，充满这间三十平方米大小的询问室，沉重得几乎教人窒息。

卫青空倏忽握紧手中做记录的笔，突破口到了！

容见迟面不改色地迎着郑元堂滞重的痛苦情绪，继续讲述："小明天真地以为自己交到了愿意接受他的新朋友，开开心心地和他们一起前往滑雪胜地，却不知道他自以为的朋友，不过是将他视为没有什么了不起的背景可以任由他们摆布的玩物，也不知道迎接他的将会是人间炼狱。"

"不！不！"郑元堂开始挣扎，试图伸手捧住自己的脑袋。

他身后的监所警察下意识上前一步，想要控制住他，却在容见迟的眼神示意下，退回原位。

"滑雪胜地每年在圣诞假期，都会为了大批前来度假的年轻人举办一场变装滑雪大会，所有购票入场的滑雪客都需要像参加化装舞会一样，将自己打扮成某个角色，那是圣诞假期雪场的盛事。小明的三个小伙伴将自己装扮成切斯特猎豹，而以为朋友会接受自己变装喜好的小明，则欢欢喜喜地把自己打扮成一个漂亮的动画角色——木兰。"

"够了……"郑元堂垂头低语。

怎么够？当然不够！

"小明的朋友是否从中怂恿他选择了木兰这个角色？谁知道呢？答案永远无从得知。小明也永远都无法明白，有着青春冲动和成年体格的少年人，在缺乏足够的道德约束时，会变成怎样的魔鬼……"

"够了！够了！够了！"郑元堂拼命摇头。

询问室里的每一个人都强迫自己无动于衷，而一墙之隔的监控室中，司楠目瞪口呆。

她隐隐有过猜测，但远不如此时此刻，经由容见迟层层剥开粉饰太平的讲述和亲眼看见郑元堂的一系列反应来得震撼。

"他——"司楠几乎要扑到显示屏上去。

"往下看。"费永年沉声说。

"小明哪会知道,他的三个'朋友'出国留学前,在国内也曾做过类似的恶事,只不过当时的受害人是同年级的女孩子。由于加害者与受害者都是未成年人,加害者的家长有权有势,受害者的家长出于对女儿的保护和对权势的畏惧,选择了私了。虽然是十年前的旧事,但查起来也并不是什么难事。"询问室里,容见迟从文件夹中抽出一份报警、出警记录和当事人的口供,"需要我读给你听吗?"

"不……"郑元堂气若游丝。

"他们做了恶,没有受到任何惩罚,转头被送至国外男校读书。没有女生的环境会改变他们恶的本质吗?并不会,是不是?他们只是将目标换成了性格内向、偶尔有女性化表现、毫不知情的小明。"

"求求你,不要再说了,不要再伤害阿堂了……"郑元堂尝试环抱自己的肩膀,但手铐束缚了他双手行动的范围,只能徒劳地拿脸颊去蹭肩膀。

但容见迟只是再一次揭示残酷的真相。

他拿出滑雪胜地度假酒店方面十年前的报警记录,当地警方接警、出警记录,当地医院接诊记录……那一张张薄薄的纸页,将十年前那地狱般的夜晚还原。

"出了这么大的事,家长们纷纷赶来,三名加害者的家长故技重施,与受害者小明的父亲达成私下和解,并许诺给小明父亲的连锁修车行大开方便之门,换取小明和他父亲对此事的守口如瓶。恶少们再一次逃脱了法律的制裁,而小明则被带回国内接受心理治疗,寒假结束后才返回学校。"

为恶者无事人似的,抱团孤立受害者,受害者被屈辱的记忆所困,从未真正摆脱那一晚的阴影。

郑元堂垂着头,不言不语。

"小明后来掌握了出神入化的化妆技术,成为一名出色的造型师,他终于可以光明正大名正言顺地将自己化装为女性。他时常以女性造型游走于夜店,甚至以一名舞者的身份在夜店里游刃有余地出入。他觉得自己终于成为理想中的那个角色,而不是被父母厌弃的不讨喜的人。然而——"容见迟拿出最后一张照片，一张Untouch的监控截图，"命运并没有善待小明，女性舞者身份的他与当年的加害者重逢，他们对'她'展开热烈的追求，'她'感觉到了危机，不再出现。小明觉得彷徨无助，他想找回那个更有力量的女性的自己，所以做了一系列登报寻人、去夜店守株待兔等举动。很不幸，他和三名恶少正面撞见，被赶出夜店。那一刻，成为压垮他的最后一根稻草，往日屈辱的回忆层层叠叠，将他的理智摧毁，他决定以自己的方式结束痛苦的源头。"

停车场监控录像显示，郑元堂在返回自己的车内后，化妆换装守在夜店外，等黄、季、田三人自夜店出来，迎上去，坐黄枫的车与他们一起离开。凌晨返回黄枫的公寓，三十分钟后，郑元堂以一柄西式厨刀刺死季、田二人，刺伤黄枫，现场证据确凿，没有任何疑点。

"小明以为他的行为保护了女性的自己，而女性的'她'的愿望只是希望小明能够幸福而已。"容见迟合上文件夹，"可惜，他们用错了方法。"

郑元堂缓缓抬起头来，直直望向容见迟，世界在他眼中崩塌、重建，再崩塌，再重建，终于，他露出了一丝轻蔑的笑意。

"哪里……错了？"他的声音有些干涩，仿佛许久不曾开口讲话。

"他们，不，你——"容见迟迎视他的目光，"你不该以行凶杀人的方式解决问题。"

他哧哧轻笑，即使被约束在审讯椅里，也一副毫不在意的样子："我不是郑元堂那个哭哭啼啼的胆小鬼，也不是安妮那种以为爱能拯救世人的圣母，我只相信以暴制暴，以恶制恶。既然法律不能替胆小鬼和圣母制裁恶人，那么当然要用我的方式啊！"

容见迟慢慢靠上椅背，将审讯主场交还卫青空。

"所以是你动手杀了黄枫、季宇、田旭辉三人？"卫青空问。

年轻而傲慢的男人漫不经心地环视询问室，"啧"了一声："遇事只会逃避哭泣的郑元堂，觉得是女人就会被善待宠爱世界和平的安妮，他们哪一个的方法有我的方便快捷有效？善有善报，恶有恶报，不过是自我麻痹罢了，恶人还需恶人磨。"

他半眯着眼，沉浸在旁人无法触及的世界里，回忆起自己穿着柔软贴身的针织连衣裙走进黄枫那间堂皇的豪华公寓，假装要去趟洗手间，黄枫、季宇、田旭辉三人自以为隐蔽地交换眼神，一个去开酒柜取红酒，一个去拉拢落地窗帘，一个则去调暗灯光，无人注意他从开放厨房中岛台经过时顺手抽走了那柄最尖利的刀的画面。

他走进洗手间，虚掩上门，给他们选择生或者死的机会。

可他们作恶惯了，一次又一次逃脱制裁早就使得他们视法律为无物，根本不会停手。

当他走出洗手间，厨刀贴着手腕竖插在衣袖内，黄枫递来一杯加了致幻剂的红酒，三人朝他举杯。他假装饮酒，趁他们仰头喝酒时，厨刀落入手中，没有一丝拖泥带水地直刺站在他右前方的田旭辉的颈侧。

这个动作，他早已在心里演练过无数次，以至于这一刻真正来临时，他淡定得连眼都没有眨一下，只有得偿所愿后的兴奋。

当血液喷溅出来的时候，黄枫与季宇甚至都没有反应过来。

他又迅速给站在他正前方的季宇当胸一刀。

直到田旭辉与季宇都倒在地毯上，血液如暗红色油漆流淌漫延，黄枫才仿佛猛然回过神来，慌不择路地向外仓皇逃窜。

早已被酒色掏空身体的黄枫哪里是坚持健身跳舞的他的对手？他在黄枫打开门准备跑出去的一刻赶上他，挥手持刀刺向他的脖颈，鲜血喷溅在门框上，像一幅抽象主义画作。

求生的欲望驱使着黄枫一手捂着脖颈，踉跄倒地，拼命爬向电梯，在身后留下一条蜿蜒的血痕。

他站在门口，微笑着注视自己的杰作。

司楠在容见迟的陪伴下，走出看守所。
外头已是明月当空。

司楠回望身后的看守所。

世界繁华依旧,而那处却仿佛不是人间。

"刚才——"司楠不太确定地问,"是第三人格?"

容见迟注视她眼下淡淡的青痕:"是不是,会有一套科学严谨缜密的程序做出精神病司法鉴定,我所提供的,只是参考意见。"

司楠轻轻点头,这些刑侦办案程序,她懂。

郑元堂行凶杀人铁证如山、板上钉钉,零口供也能结案,警方求助犯罪心理学专家的目的只是为了研究和明确他的动机,并不涉及案件本身。

"送你去Untouch,还是回家?"容见迟征求司楠的意见。

"我想回家。"司楠今天心灵备受震撼,她需要一个人静一静。

两人一路沉默,无人开口,直到容见迟将车停在小区门口。

司楠推门下车,在反手关上车门的一刹那,她回过身来,微微弯腰偏头,问坐在驾驶座上的容见迟:"你为什么会选择犯罪心理学专业?"

容见迟一手搭在方向盘上,注视站在车外的司楠。

如霜的月色在她发顶肩头覆上一层银辉,柔和了她直面问题的尖锐目光和见证了一个"人"从受害者走向加害者的全过程带来的疲惫颜色。

他忽然愿意敞开心扉,回答她近乎莽撞的提问。

"我想弄明白,人在'一念向善,一念向恶'的节点,是什么促使他们做出善恶的选择。"他微微一笑,"人性,在不施加外界影响时,究竟是善是恶?"

人性的善与恶啊……司楠有片刻惘然,随即轻轻点头,而后朝容见迟绽开一个疲惫但真挚的笑来,"喂!你不是说你欠我一次?"

那笑容点亮今夜暗沉冷肃的世界的一角。

"是。"容见迟不否认。

"我决定,以容先生作为采访对象,深度追踪调查犯罪心理学专家的工作与日常。"司楠笑眯眯地说。

她的眼睛在月色里看来，透出一点可爱的狡黠，教人心喜之余，很难拒绝。

容见迟也无意拒绝。

"回去好好睡一觉，等你睡醒，我们再谈。"

"那就这么说定了，不得反悔！"司楠手掌用力，砰的一声关上车门，对车内的容见迟挥挥手，转身朝家的方向走去。

容见迟目送司楠踏着夜色走进小区大门，这才重启引擎，驶向这座不夜城的另一方。

第二卷

CRIMES OF THE HEART

徘徊

新的一周，新的选题会。

司楠照旧坐在师兄王砝身后的角落里，但今天注定不是一个由得她保持低调的日子。

总编一手攥着周末印发的《申江晨报》哗哗抖动，一手兴奋地在精光锃亮的额头上来回撸动："销量！销量！自媒体内容为王的时代，我们《晨报》能有如此销量，实属不易！"

他一双锐眼往会议室内四下一望，隔着王砝朝司楠点了一点："年轻人有点东西啊！这篇都市边缘职业者的深度调查报道在电子版和公众号上都取得了相当亮眼的成绩，不错！不错！值得鼓励！来来来，我们大家为司楠鼓掌！"

在掌声中顶着同事们从四面八方射来的目光，司楠老脸一红。

她自觉并没有在其中做出什么值得表扬和褒奖的事，仅仅只是将视线投向了在这座喧嚣繁华的国际大都市中为各自的理想和目标而奋斗、生存的边缘职业群体。

Untouch的夜场舞者当中，有舞蹈学院毕业没能进入专业舞蹈院团，又不想父母担心所以混迹夜场，靠跳舞挣快钱的舞蹈生；有从家乡出来打工，被小姐妹介绍进夜场，打算跳舞挣够了钱，回老家盖房结婚的外来妹；也有想要自己开一间舞蹈教室，所以白天在教辅机构教学前班小朋友舞蹈基础，晚上奔走于各个夜店以进行资本积累的舞者……

在她们浓重的妆容与廉价性感的舞衣背后，各有各的疲惫、无奈甚或野心勃勃的故事，叫人看了或微笑或叹息，感慨万千。

司楠为这篇深度调查报道配上她在Untouch后台拍摄的一组黑白照片。

卷发浓妆的丽莉在缀满珠管的舞衣外头披一件狂野不羁的铆钉夹克，靠在夜店后门处抽烟，夹在食指与中指间的细长女士香烟升腾起的烟雾氤氲了她的眉目，令这个年轻女郎秾丽的眉眼染上一层似真似幻的柔和。

短发通通梳往脑后的瑞塔倾身凑近化妆镜，以毛刷轻刷浓长的睫毛，垂坠的流苏勾勒出伊人美好的身材，镜中映出她浓艳的妆容，她身旁已经化好妆的年轻稚嫩的派翠夏靠在化妆台上低头玩手机，景深里是通往一片喧嚣之所的幽深通道。

还有年轻女郎们系着钢索身穿纱裙，从工业风的天花板上降至舞台的照片，光与影、明与暗、动与静、俯视与仰望……那一刻，她们是世界的中心，目光与欢呼只属于她们。

报道一经刊出，便大受好评，司楠的文字与照片被多个社交媒体平台转载，引发了现象级讨论，夜场女郎们受到前所未有的关注，Untouch的生意火爆得又上一个台阶。

司楠垂着头，一切声音传到耳朵里，如同隔着一层不真实的纱。

热闹与喧嚣的世界里，申城三少被杀一事，仿佛已经随着凶手落网而落下帷幕，但死者黄、季、田三家对凶手郑元堂不依不饶务求"斩立决"的态度和郑家要求精神病司法鉴定，并有知情人透露黄、季、田三人在求学时一直对郑元堂施加校园暴力的旧事，仍在城市的八卦江湖里掀起腥风血雨。

直到周五晚间，一向以爱妻形象示人的著名男星出轨剧组女演员，两人深夜同房六小时探讨剧本的绯闻遭营销号爆料，瞬间冲垮社交媒体服务器，也将以三条人命为代价的血案新闻彻底压了下去。

管知时出手了，司楠望着自己的手，恍然大悟地将她在管知时办公室听见的那通电话与突发热闻联系起来。

黄、季、田三家联手施压，希望严惩凶手郑元堂，郑元堂的父亲郑祖光虽然不见得多爱这个儿子，但如果郑家出了一个无故行凶杀人的儿子，他的生意恐怕会大受影响。生意人郑祖光手握儿子受三人侵害的证据，怎会不用？他当然要将郑元堂打造成遭受侵害才愤而反抗的受害者形象。

受雇关注舆论走向的管知时在关键节点抛出他所掌握的娱乐圈劲爆绯闻，将对黄、季、田三家不利的爆料压下去，以免舆情影响案件后续的司法审判。

不要得罪"包打听"管知时，司楠暗忖。

"司楠……司楠！"有声音遥遥传来。

王砡反手以笔朝身后点了点司楠捧在手里的记事本："叫你呢。"

司楠抬头，自人缝里望向总编。

总编笑问："司楠有什么新选题？"

司楠在众人瞩目中清一清喉咙："我——计划跟踪采访一位犯罪心理学专家。"

总编眼睛一亮："嗯！有想法！"

散会时，总编单独点名司楠，叫她留一留。

"有空的时候,请'包打听'吃顿饭,谢谢他从中牵线搭桥,介绍你去夜店采访。"他要退休了,手下这班小年轻在日渐式微的传统纸媒行业也不知道还能继续干多久,能给他们多搭条人脉就多搭条人脉,"多个朋友多条路,不要让人家觉得有事有人,无事无人。"

领导愿意提点,司楠岂能不懂,遂点点头:"我知道了。"

"好了,去吧。"总编摆摆手,"期待你写出更精彩的报道。"

司楠走出会议室,返回大办公区,米聆正甩了包到背上,招呼摄影师一道去外采。

瞥见司楠经过,米聆伸长了腿拦住司楠的去路:"说说,这回是受了哪个高人指点,忽然开了窍的?"

司楠轻笑:"哪有什么高人?我倒是想呢!"

米聆"喊"了一声,显然不信。

她一直觉得司楠性情孤高,平时独来独往,于记者这个与三教九流打交道的行业显得尤其格格不入。

社会从来都是一口大染缸,没人能在其中独善其身。

所以一身孤洁的司楠在其中吃了亏,栽了跟头。

报社里也好,行业里也罢,人人都当她这一跤跌得实在狠,恐怕很难再干下去,谁能想到她脸皮倒厚,又回来了呢?

不但回来了,还打了个漂亮的翻身仗,教总编刮目相看。

这背后要说没有什么高人或者靠山,谁信?

米聆有些不服气:"藏着掖着做什么?教教我呗。"

司楠无奈,总不能按着米聆的头让她相信她并未受高人指点,只能摊摊手:"感谢夜店老板,愿意开放后台给我采访。"

路然庭走过来,冲米聆指指腕表,为司楠解围:"再不走要迟到了。"

米聆这才放过司楠,昂首向外走。

路然庭跟在米聆身后,一边倒退着向外,一边朝司楠竖起两根拇指:"报道我看了,写得非常精彩!"

"老路!还啰唆什么?!赶紧!"米聆在外头的电梯厅里不耐烦

地对他喊。

"来了！"他转身小跑追上她。

摄影部新来的萧为等他们的身影消失在电梯门后，才凑过来小声道："米姐好凶。"

生活版的知心大姐拍了他一把："这哪好叫凶？这叫气场，晓得吗？就是你们年轻人一直说的'御姐'。"

"陶姐好懂啊！"萧为拱手。

"那是自然。"陶姐一甩头，"不然能当十年知心大姐？"

两人一搭一和，将米聆造成的不愉快气氛搅散，司楠朝两人微笑，领受了同事的善意。

下午午休结束，王砓走到司楠桌边，敲敲办公桌隔板："聊一会儿？"

司楠午睡方醒，脸颊上依稀一抹侧躺在午睡床上压出来的印子，整个人显得有点呆，看得王砓失笑。

"晚上没睡好？"他问。

司楠点点头："想采访的事，大脑比较兴奋。"

"工作上的事和情绪，能不带到家里，尽量不要带。"王砓双手抱臂，靠在司楠办公桌边沿，说起司楠的新选题，"你有渠道？"

司楠也不隐瞒："因缘际会接触过一位犯罪心理学方面的专业人士，在校时我也学过些心理学，颇感兴趣，所以就……"

司楠耸耸肩，做个"你懂得"的动作。

"男的女的？"王砓关注的却是受访者的性别。

司楠轻笑："男的。"

王砓微微向后仰了仰，随后摆正身体："你确定自己可以？"

司楠与柳亦羣之间的官司是笔糊涂账，柳大影帝挟裹着资本占领舆论高地，将初出茅庐的司楠死死碾压在沸反盈天的谩骂里，教她抬不起头来，亦无法自辩。

柳亦羣放话出来，"任何宣传采访活动，有她没我，有我没她",便等于判了司楠职业生涯的"死刑"。

王砝几乎是亲眼看着对未来充满期待与憧憬的小师妹在柳亦羣带头掀起的网络暴力中消沉颓废下去,看着她失眠、脱发、暴瘦,整个人死气沉沉。

即使经过长达近两年的心理治疗,她重新回到一线工作岗位,但王砝仍不免为她与异性受访者长期接触感到担心。

司楠如何能不晓得师兄的忧虑?

她侧头看一眼表情严肃中隐含担忧的王砝,拿起记事本轻拍他的手臂:"人不能两次踏入同一条河流,我也不能在同一个坑里跌倒两次。"

王砝被司楠逗乐一秒,旋即正色:"听起来是个聪明姑娘,可别干傻事。"

深度调查记者被暗算的事实在不是什么新闻。

司楠点点头:"放心吧,师兄。"

见她听进去了,王砝不再啰唆,起身拍一把司楠的椅背:"好好写,争取再写出一篇爆卖的报道来!"

司楠振奋的好心情维持到母亲叶女士的电话打进来那一刻。

正埋头做采访计划的司楠瞥见手机屏幕上"叶女士"三个字,稍早的好心情便散了个一干二净。

母亲的电话,于司楠的记忆中,永远伴随着不满与叱责。

不满司楠给她的新生活带去棘手的麻烦,叱责司楠不识相不给她丈夫莫先生和儿子莫北面子。

司楠早已过了茫然懵懂的年纪,深切地知道世界上并不是每一对父母都会无条件爱自己的后代,或者即便是爱,可在两个孩子之间,也会天然地偏心某一个,而忽视另外一个。

司楠就是被母亲叶女士忽视的那个。

但司楠还是在电话铃响三声之后,接听来电。

叶女士似乎心情不错:"楠楠,晚上一起吃个饭吧,小北说想姐姐了。"

司楠将手机从耳边拿开一秒，匪夷所思地盯了电话一眼。

叶女士的声音从听筒中继续传来："小北把你的报道和照片转发到社交圈，特别骄傲和自豪，他说'这是我姐姐写的，我要把它做成简报裱起来挂在墙上'，他相信姐姐以后一定能得普利策奖。"

司楠失笑，原来叶女士是叫她回去陪莫北表演姐友弟恭，以满足她的控制欲和虚荣心啊……

"小北的学校里正准备举办作文节，你当姐姐的，抽空指导指导他。"叶女士仍在电话彼端喋喋不休。

"我晚上约了采访对象谈工作。"司楠在母亲畅想莫北能在她的指导下夺取中学作文节特等奖的一刻出声打断，"我写的东西'阴暗、颓丧，充满幼稚无聊的胡思乱想，难登大雅之堂'，千万不要带歪了莫北。"

"你——"叶女士不料女儿竟然一点不顾念母女、姐弟情分，可到底还是柔声细语地劝了一句，"不要妄自菲薄。"

司楠轻晒。

不是她妄自菲薄，这正是当年她在自己用文字构建的世界里逃避父母离婚后带给她动荡不安的情绪时，叶女士从她的枕头底下翻出来日记本，当着她的面给予的不屑评价。

母女俩的通话不欢而散，司楠为了坐实自己拒绝与叶女士共进晚餐的借口，索性拨通容见迟的电话。

"容医生，晚上可有空？我请你吃饭。"

容见迟在那头顿一顿："你考虑清楚了？"

司楠提出对他进行跟踪采访时，他没有立时答应她的采访请求——虽说他确然欠她一次——而要求司楠回家好好睡一觉，等肉体的疲惫和精神的亢奋悉数缓解以后，再行认真思考，是否真的要深入了解他的工作，那绝不是一处令人愉快的领域。

司楠颇沉寂了几天，未曾联系他，他以为她在经过深思熟虑之后放弃了采访他的念头，直到今天接到她的电话。

电话彼端，司楠的声音柔和但充满力量："考虑清楚了。"

容见迟闻言笑了笑："那么晚餐见。"

他挂断电话，瞥了一眼案头摆放的报纸，《申江晨报》周末特刊整版登载作者署名"司楠"的深度调查报告。

司楠没有以审视与批判的角度来描写这些游走于夜场中的舞者，她只是以柔和细腻的笔触将她们的生活与工作呈现给读者——写她们奔波在不同的夜店之间，写她们暗暗较劲谁才是最受欢迎的领舞，写她们穿着高跟鞋练舞磕得青紫的膝盖和磨得流血的脚后跟，写她们不为主流舞蹈群体接纳的落寞，写她们青春的血与肉和属于她们的江湖。

她的一支笔还年轻，却没有愤世嫉俗的口诛笔伐，也没有看透世态炎凉的冷眼旁观。

容见迟想，即使经历过不公平的对待，她仍拥有柔软的内心。

他有些莫名期待，不知于司楠笔下，他会以怎样的面貌出现？

司楠将晚餐定在一间老字号本帮面馆里。

深秋的傍晚冷风侵人，但老馆子的门一被推开，一股子急火快炒的热镬气便扑面而来，顿时驱散了周身的寒意。不算大的两开间门面里坐满了前来吃面的食客，窸窸窣窣嗍面的声音和食客与服务员扯着嗓子交谈的声音热闹了整个面馆。

下班后的用餐高峰期间，面馆里不乏衣着光鲜亮丽的都市男女，一身职业装束的司楠与西装笔挺的容见迟在墙角的两人位小桌对坐一点也不显得局促和突兀。

容见迟非常保守地点了大排面另配一份素浇，司楠则要了一份面馆的招牌大肠面。

端上桌的面盛在偌大的青花瓷面碗中，清透的汤头上漂着碧绿生青的葱花，淋着一勺滚热的猪油，现炒的热浇头往面上一倒，教热汤一催一蒸，散发出诱人的香气。

司楠从筷笼里抽出一双筷子，合在掌心里说一句"我开动了"，便开始埋头吃面。

容见迟坐在司楠对面,看见她染成金色的头发生出短短一截黑色发根,但她仿佛浑不在意,随手拿发圈将头发扎在脑后,也未化妆,纯素颜示人,年轻得不像是已在职场摸爬滚打数年的样子。

初见时,他怎么会怀疑她是偷拍集团的成员?是她伪装得太成功的关系?

司楠吃得极认真,偶尔自面碗上抬起头来,见他仍未动筷,便笑眯眯地催促他:"看我做什么?快吃啊。现炒浇头得趁热吃,冷了肉质就变硬变柴,影响口感。"

容见迟失笑,掰开店内提供的一次性竹筷,慢悠悠吃起面来。

老字号面馆的现炒浇头果然有其过人之处,大排并不像坊间那些小面馆把小小一片肉排拍得纸片一样大而薄,又在油里煎得纸板一样硬,而是厚薄适中的一片,外头裹着薄薄一层鸡蛋面糊,以热火快煎,锁住大排水分,再搁在秘制的红烧老卤里炖至入味,一口咬下去肉质酥嫩,肉汁丰美,教人回味无穷。

司楠观察他的表情,在他眉目舒展的一刹那,露出了然的神色:"我没说错吧?这家的酱爆猪肝面和辣酱面也出了名的好吃,下次你可以尝尝看。"

两人吃完面自面馆里出来,门口还有不少食客排着等待进店用餐的长队。

"我的车停在前头的商场地下车库,你呢?"司楠问容见迟。

"我也是。"容见迟走在司楠外侧,两人之间隔着大约两掌的距离,他一手插在裤袋中,一手伸出虚虚护在司楠的背后。

"那正好,我们边走边说,顺便消食。"

说话间,司楠往人行道里让了让,左手轻扯容见迟的风衣侧摆,将他拉近自己,堪堪避开一辆在狭窄巷弄里横冲直撞的电动车。

"没素质!"她冲已经驶出视线的电动车背影嘀咕了一句,放开了容见迟的风衣侧摆。

容见迟有些诧异,他当然听见电动车呼啸而来的声响,也自信能及时躲避,他走在司楠外侧的目的也正是希望护着她避免她受行人与车辆擦撞剐蹭,可他没想到司楠以一种保护的姿态,伸手拉近两人之间的距离。

"没刮到你吧?"司楠后撤半步,侧头去看容见迟靠外侧的手臂。

容见迟伸手握拳,抵住鼻尖,轻笑:"没有。"

司楠被他笑得有些不好意思:"抱歉,职业习惯形成的条件反射。"

容见迟挑眉。

司楠将双手反到背后,十指勾扣:"做深度调查记者,随时随地都要做好身份暴露面对暴力阻挠采访的准备,要有一些危机意识和应对手段。我第一次跟随师兄去卧底采访三无食品地下黑作坊,那个地方完全就是地下黑作坊产销一条龙大本营,因为暴利,所以全村男女老少人人都是这条产业链上的一员,分工明确,成年人没有一个无辜的。师兄说万一我们身份暴露,让我不要管他,拼尽全力跑,只要有一个人能跑出去,另一个人就总有获救的希望。久而久之,就养成习惯了。"

"这么危险?"容见迟低声问。

司楠耸耸肩:"即使不当深度调查记者,危险也无处不在。"

容见迟无法反驳,遂点点头:"是。"

两人走出两旁小馆子林立的小巷,视野豁然开朗,外头是高楼直插云霄的黄金商圈,一座城的古老与现代、朴实与浮华,以这条巷弄为界,被分割开来,互不打扰。

司楠与容见迟并肩走过斑马线,商场户外的大屏幕光影变幻,映得路人脸上色彩斑斓。

司楠半垂着头,一边数着脚下的花砖,一边说起自己的采访选题已经通过:"未来一段时间,请多指教。"

"决定了?"他象征性地最后问了一次。

"决定了。"她仰首,郑重答复。

"那就来吧。"容见迟轻道。

司楠的视线却越过他的肩膀,落在他身后的巨大屏幕上。

容见迟随着她的视线转头望去。

大屏幕上,西装革履的双料影帝柳亦羣半倚在海边露台的栏杆上,目光深邃,有白衣使者端着托盘从他身边经过,他信手自托盘上取下酒杯,执于指掌,霸气地直面镜头,声音低沉有力地说:"敬自己,敬未来!"

随后镜头切换,背景里漫天烟花,近景推出酒牌与柳亦羣的花式签名。

想起在Untouch里听到的关于司楠与柳亦羣之间龃龉的片面之词,容见迟移开目光。

凭他与司楠有限的几次接触,他直觉地相信司楠的为人,决然做不出追求不成便威胁用不实报道毁人前程的事。

虽然直觉一事没有任何科学依据,但从某种角度而言,直觉正是大脑对所有感官捕捉到的微小细节集合后下意识地做出处理和判断,往往精准得令人咋舌。

反倒是柳亦羣——容见迟神色微敛,掩去眼底的深思。

"人为什么会在明知自己的行为是纵容罪行的情况下,依然助纣为虐,甚至加入加害者的行列?"一旁的司楠忽然问。

容见迟想一想:"人类的本能,不,所有生命的本能,都是趋利避害,作为智慧生命的人类只是表现得更为明显罢了。当事情的发生不违背甚或损害自身价值观和利益的时候,我们或许愿意施以援手,然而一旦对自身产生冲击,进而造成困扰和痛苦,那么人往往会选择规避。倘使面对一件事对自身有害而另一件事对自身有益的双重趋避冲突,便很容易做出选择——要么成为受害者,要么成为加害者。"

司楠听罢,"呵"地冷笑一声。

"正因如此,见义勇为是极其难能可贵的品质与行为。"容见迟注视司楠,"甘冒生命危险去揭露不法分子恶行的深度调查记者,也更令人深深钦佩。"

司楠停下脚步，稍稍侧头，看了容见迟两眼，倏忽微笑，冲散了她脸上淡淡的嘲讽之色："被你夸得一下子感觉自己莫名伟大起来。"

容见迟模仿司楠的样子，双手负在背后，十指相扣，眼里浮现出笑意："看在我这么努力夸赞你的分上，还请司记者到时候笔下留情啊。"

他眉目英挺，笑起来更显风流倜傥，可司楠直觉他的眼如同深海，波光粼粼的海面之下，潜藏着汹涌波涛和未知的猛兽。

"告诉我，跟踪采访犯罪心理学专家，有何注意事项？"司楠重新举步向前，"办公室内是否有一扇不得擅自打开的门？"

容见迟摇头失笑："请做好无聊度过一日的准备。"

司楠与容见迟在商场车库道别，独自驱车回家。

电梯门左右缓缓打开的同时，司楠看见坐在红色灭火器箱上的父亲司俭国，戴着老花眼镜在看手机。

听见电梯抵达楼层的提示音，司俭国抬眼，透过老花镜镜片上缘望了一眼，见是女儿司楠，他摘下老花眼镜，镜腿随意在胸前一压一折，然后将老花镜揣进口袋里，站直身体。

"小公主回来了！"他笑起来眼角有些许皱纹，但这并不影响他出众的面容，他看上去依旧是个帅气的中年男人。

"您怎么来了？"司楠不是不意外的，"不用陪未婚妻？"

司先生从灭火器箱旁边拎起一只外卖纸袋，跟在女儿身后："距离产生美，时时刻刻黏在一处，容易导致审美疲劳。"

"所以您的每段婚姻都无法长久，是因为审美疲劳？"司楠一边按指纹锁开门进屋，一边忍不住问。

司先生笑一笑，跟在司楠身后进了屋，对女儿的问题避而不答。

司楠伸手开灯，找出拖鞋给父亲换上。

司先生从纸袋中取出一捧开得妍丽灿烂的香槟玫瑰，递给司楠："庆祝小公主的报道大获好评！"

125

司楠接过花束，埋首在花瓣中轻嗅。

"吃过饭了吗？"司先生从外卖纸袋中取出数个带有知名米其林餐厅标志的外卖餐盒，问司楠。

"吃过了。"司楠将玫瑰搁在客厅茶几上，"您来之前怎么不先打个电话？"

"想给你个惊喜嘛！"司先生不以为意，"没关系，有女儿陪我，我一个人吃也开心。"

司楠失笑："您自己开车过来的？"

"自己开车多累？"人生至懂享受的司俭国一一拆开餐盒，"司机送我过来的，我让他吃饭去了。"

"那我陪您喝一杯。"司楠去厨房取出一瓶报社广告客户送的餐酒，手指间勾着两只酒杯，返回餐厅，拉开餐桌边的椅子，坐了下来。

父女俩轻轻碰杯，相对小酌。

司先生用黄油焗蜗牛的酱汁抹在烤得酥松香脆的蒜香面包上，间或问司楠："接下来有什么打算？"

"新报送的选题通过了，接下来一段时间会进行跟踪采访。"司楠心平气和道。

司先生性好追求美好事物，多情却不长情，因而并不是一个好丈夫。在第一段婚姻失败后，他放弃女儿的抚养权，除了给予女儿足够多的金钱，并没有更多地关注女儿的成长，故而也不能算是个好父亲。

他唯一的优点，是从未试图左右司楠的人生道路，无论她做出怎样的决定，都举双手表示支持，大力肯定她取得的成就，而非叶女士那样，全盘否定司楠的每一个选择。

司俭国唯一一次干涉司楠的人生，是在柳亦羣污蔑司楠，导致司楠百口莫辩，职业生涯陷入低谷，整个人在抑郁当中难以自拔，濒临崩溃的时刻，他作为父亲强势介入，安排司楠去申城精神卫生中心接受曹院长的心理治疗。

司楠自那以后,与父亲渐渐和解。

"可有危险?"司先生问。

司楠摇摇头:"采访一位犯罪心理学专家,他请我做好无聊度过一日的准备。"

司先生放下心来,执起餐酒,与女儿碰杯。

父女俩此时并不知道,他们都放心得太早。

因为睡前喝了一点点酒,司楠难得睡了个好觉。

次日醒来,司楠在工作群里向师兄王砝做报备,从今天开始对容见迟进行跟踪采访,每天会将采访日志上传至云空间,并约定暗号报平安。

王砝回复"收到",随后殷殷叮嘱司楠注意安全和保持距离。

对师兄的关心,司楠言简意赅,回以"知道了"三字,宛若冷酷男。

吃罢早饭,司楠驱车前往容见迟的"容轩心理咨询工作室"。

司楠根据导航,从主干道右转,驶入一条安静的车道,林立在车道两旁的法国悬铃木树叶已渐渐泛黄,又被秋风染上一层霜色,偶有落叶飘坠而下,昭示着深秋的到来。

容见迟的工作室设在一处幽静的文化创意产业园社区内,社区由车道、步道、修剪得宜的灌木丛、高低错落的树林与花圃分割成数片区域,既有相对热闹的桌游剧本馆、密室逃脱馆和电竞游戏馆,也有低调沉默的画室、茶室与花房,两片区域之间隔着一片树林环绕的人工湖,互不干扰。

司楠跟随车载导航找到隐在一片葱茏花草树木间的目的地——容轩心理咨询工作室。

将车泊在院落外划定的停车区域,司楠推门下车,踩着青砖小径,走向工作室。

工作室由一幢风格简洁明快的上下两层小楼组成,司楠注意到,镶嵌着低调的工作室铜牌的正门之外,建筑侧边另有两处不起眼的出入口，连接着车道与步道，方便患者能够不引人注意地进出。

司楠踏上正门前的台阶，感应门无声地左右滑开，宽敞明亮的前台接待区映入眼帘，米白色前台上摆放着尚沾有露水的花束，延伸向东西两翼走廊的过道看似漫不经心实则处处机巧地摆放着青翠绿植，将访客的视线与后头的咨询室隔绝开来，又显得整个接待区绿意盎然、生机勃勃。

"司小姐是吗？容医生已经在等您了，请随我来。"前台内圆脸杏眼扎马尾辫，笑起来唇角有两个梨涡的接待员看起来一如邻家妹妹，声音甜而不腻，态度亲切有礼。

"叫我司楠就好。"司楠冲前台接待微笑，"这段时间要打扰你们了，请多关照。"

"您太客气了。"她在前引路，"我是前台接待小麦，您有什么需要，随时可以找我。"

小麦将司楠领至西翼一间阳光充足、视野良好、环境舒适的心理咨询室门前，伸手轻敲敞开的门板："容医生，司小姐到了。"

"请进。"坐在办公桌前的容见迟起身，迎向司楠。

小麦十分知机地离去，将空间留给两人。

司楠站在门外，朝咨询室内探头左右张望。

"站在门口做什么？进来吧。"容见迟叫司楠随意，自己转身去咨询室附设的茶水间冲咖啡，"顺应节气，喝桂花拿铁如何？"

司楠跟在容见迟身后，靠在茶水间门框上，看着他穿着高级定制西装，手法纯熟地放桂花酱、注入牛奶、倒入咖啡、打奶泡、撒干桂花，然后将马克杯递给她。

司楠接过马克杯捧在手心里，回答他稍早的问题："我在看有没有传说中的智能拥抱系统。"

容见迟手执洁白的马克杯，一边向外走，一边轻啜一口咖啡："提前做过功课？"

司楠点头，有备而来是记者的基本素养。

容见迟抬腕看一眼手表，领司楠在不到二十平方米的咨询室内兜了一圈。

"并不是所有患者都喜欢一人多高又丑得无法忽视的智能拥抱系统,所以只在有需要时才将它请出来见人。"

"原来不只是我一个人觉得它丑。"司楠眉眼弯弯。

容见迟引司楠在落地窗前的沙发上落座。

咨询室里的两张单人沙发柔软舒适,浅豆绿色麻布面料和包覆式靠背教人一坐进去便如同被一双温柔有力的臂膀拥抱,无端使人觉得安心与安全。

"工作室有前台接待一位,助理四人,包括我在内的心理咨询师四名。我们与不同社区和机构都有合作,可能短时间内无法让你同时见到所有同事。"容见迟向司楠介绍工作室的人员构成和主要业务,"工作室一般上午九点、十点各有一个预约时间段,中午十一点到下午一点是午餐与午休时间,下午会比较机动灵活。每周二、周五下午一点至五点会前往申江社区活动中心,为刑满释放人员更好地回归家庭与融入社会进行心理疏导,这是与街道派出所和社区长期合作的公益项目,旨在减少刑满释放人员的消极情绪与不良心理,引导他们重新塑造科学正确积极的三观。"

司楠整个人窝在沙发里,手捧马克杯,阳光自落地窗外洒进室内,落在身上,照得人通身暖烘烘、懒洋洋的,不想动弹,放眼望去,窗外入目是满眼浓绿,令人心旷神怡。

耳边是容见迟低沉的男中音,司楠想,难怪有人愿意花钱,在这样静谧宜人的环境中,对着英俊的心理咨询师,倾诉一小时。

换成是她,她也愿意。

容见迟喝光最后一口桂花拿铁,站起身来:"上午的第一位患者马上要到了,出于医患保密原则,我需要请你……"

司楠在柔软的沙发上挣扎了一下,才得以起身:"好,没问题。"

"若觉得无聊,可以让小麦带你去影音室找喜欢的纪录片看。"容见迟也站起身来。

129

司楠朝他摆摆手:"不用担心我,当记者惯于蹲守采访对象,最不怕寂寞无聊。"

容见迟忍了忍,到底忍不住,以拳头抵住鼻尖,轻笑:"那就中午见了。"

司楠走出容见迟的办公室,在走廊上与染着一头闷青色绿毛的少年擦肩而过。

少年略微顿足,回头瞥了司楠一眼,才继续吊儿郎当地迈步走进咨询室,四仰八叉地往窗前沙发里一栽:"我来了。"

容见迟抬腕看一眼手表,在病案记录本上记录诊疗起始时间。

"我今天可没有迟到哦!"少年对他一板一眼的举动嗤之以鼻,然而对司楠充满好奇,"女朋友?"

"记者。"容见迟并不讳言,甚至微笑着问少年,"愿不愿意作为案例接受采访?"

少年耸耸肩:"我无所谓,不过我家那两位——"

他拖长声音,脸上显出一种近乎麻木的无奈。

容见迟心下了然,但心理咨询师要做的是倾听而不是评判他的观点,否则他便与给眼前这个少年造成痛苦的人殊无不同。

少年脸上的麻木表情并未持续太久,很快便又露出嬉皮笑脸的颜色:"容医生喜欢她对不对,否则怎么会同意接受她的采访?原来你喜欢这种娃娃脸,一看就让人想欺负的类型?"

他做个恍然大悟的夸张表情。

"那你呢,你喜欢什么样的女孩子?"容见迟借机问少年。

少年"嘁"了一声,双手交握枕在脑后,一副过来人的沧桑口吻:"我不喜欢女孩子,太烦。"

"不喜欢女孩子啊。"容见迟扶一扶眼镜。

少年双眼望着天花板:"我也不喜欢男孩子、猫狗等小动物,我不喜欢一切有生命的活物,因为喜欢他们需要付出感情并且期待回馈。而我讨厌这种必须为对方的喜欢做出回应否则就被指责冷漠无情的情感模式,我宁可打架。"

"打架令你觉得快乐吗?"容见迟的提问并不尖锐。

"至少在打的时候快乐。"少年跷起二郎腿。

"可还有其他令你觉得快乐的事物?"容见迟继续问。

少年想一想:"飙车,速度与激情,多带劲!我将来想当一名一级方程式赛车手,跑遍银石赛道、蒙扎赛道、蒙特卡洛赛道……"

容见迟在病案记录本上做记录:"有喜欢的车队和车手?"

少年脸上那种对一切事物都无动于衷的麻木退去,开始滔滔不绝地向他科普各个车队和车手的数据,以及他最爱的车神。

深入探讨半小时一级方程式赛车后,少年的情绪猛然回落:"说这么多有什么用?家里又不支持我,现在连车都不允许我开。"

容见迟注视少年,少年颓然垂首:"这事怪我自己。"

他家有钱,读的是名校国际部,家里一开始给他做的规划就是高中毕业后直接出国留学,但他学习成绩实在太差,家里再有钱,将来也不过是多拿出些赞助费来送他进一所不入流的大学镀个金罢了,难免教人看不起。

有一回学校里几个家境一般但学习成绩傲人的学生私下议论他们这些人是学校里的害群之马,传到他耳朵里,这哪里能忍?自然撸胳膊挽袖子去打了一架。

学霸与学渣打架,又是他先动手,吃处分、当众道歉都是常规操作,放学留校打扫国际部教学楼所有男卫生间才最叫人觉得屈辱。

他何曾遭过这份罪?!

一气之下跑回家,开了车库里一辆碳纤维跑车无照驾驶上路狂飙,然后被交警拦下、扣车、罚款,因未满十八周岁,又是初犯,所以免于十五日以下拘留,但学校又记了他一笔,要求他完成至少一个疗程的心理治疗,才能免受更严重的处分。

这是他第三次前来接受心理治疗。前两次他故意迟到,摆出一副拒绝配合的姿态。医生对他的态度不做任何评价,全程播放夹有潺潺水声的轻音乐,把他听得窝在沙发里昏昏欲睡,五十分钟的心理咨询倒也没那么难熬。

如是两回，少年觉得斯斯文文的年轻医生，倒也没想象中那么讨厌，可以同他聊两句。

听完少年的自我剖解，容见迟微微倾身向前，直视少年："如果给你一次时光倒流的机会，你还会选择打架和飙车这两种方式来发泄心中的愤怒吗？"

瘫在柔软沙发里的少年沉默片刻，就在容见迟以为他会拒绝回答他的提问时，少年稍稍坐正身体："我又不是小孩子，世上哪有后悔药？但如果再面对类似的情形……"

他有些迷惘，再面对类似的情形，他会怎样应对？

容见迟合上手中的病案记录本："今天的治疗时间到此结束，这个问题的答案，留待下次见面时告诉我吧。"

他相信，给眼前这个少年充足的时间，他会找到内心深处真正的答案。

少年伸着懒腰从沙发上站起身来："你倒自信，我来不来还未可知。"

容见迟微笑，走到门边，为少年拉开咨询室的门。

少年双手插袋晃悠出去，小麦无缝衔接引下一位预约患者文小姐进入咨询室。

慢慢悠悠走出走廊，少年在接待区蹑足凑到坐在沙发上翻看心理学期刊的司楠身后，猛地往沙发靠背上一扑："喂，你真不是容医生的女友？"

饶是心理素质过硬的司楠，也被他吓得手一抖。

送了患者回来的小麦听见他这一嗓子，轻嗔："不要瞎说，这位是来采访容医生的记者。"

见司楠没有否认，少年颇觉无趣，朝两人摆摆手，自正门离去。

小麦略带歉意地朝司楠微笑："他没有恶意，只是觉得好玩，司小姐不要放在心上。"

对小麦的言行，司楠深觉有趣，仿佛既向少年撇清了容见迟和她之间的关系，又向司楠宣示了她在此地的主权，一举两得。

"你在容轩，工作了很久？"司楠合上手中的期刊，问小麦。

"五年。"小麦面有得色，"我毕业就跟着容医生了，从容轩初创一直到现在。"

"那是元老级成员了。"司楠点点头，"你一定很了解容医生吧？"

说起了解容见迟，小麦眼中明光大盛。

"容医生是我所见最了不起的心理医生！年纪轻轻已是心理学会理事会理事、心理学教学委员会会员、心理学期刊编委会委员……"

司楠微微眯眼，小麦并未提及容见迟犯罪心理学顾问的身份，是她有意隐瞒，还是——

她不知情，司楠在小麦对容见迟所获得的荣誉和成就与有荣焉的表情中，确知这一点。

如此便更有趣了，司楠托腮望着小麦。

容见迟将常规工作与刑侦大队犯罪心理学顾问工作割裂得如此彻底，很难不让人想要探寻其背后深层次的原因。

大抵司楠认真聆听的模样勾起小麦的倾诉欲望，她如数家珍，向司楠讲起容见迟如何从只得他一个专业心理咨询师、一个前台接待单打独斗式的个人工作室，一步一步积累经验和客户，将容轩发展壮大至今日的声誉与规模，拥有令业界羡慕的业务体量。

"最初一年，容医生带我到机关单位、商务楼宇、社区学校谈合作，做心理咨询讲座，一天睡眠不足五个小时，叫人看了心疼。"小麦微捂心口，"但他从未说过一个'苦'字，硬生生把我们容轩的招牌做了出来！"

司楠拊掌："令人敬佩！"

小麦闻言自豪地一扬下巴："容医生平时忙得很，司小姐想知道容医生的事，尽管问我！"

"一定的，说好了啊！"司楠笑眯眯道。

从第三者角度侧面了解采访对象，本就是她的工作嘛。

133

文小姐的心理咨询时间结束,心满意足神清气爽地挽着她的粉色鸵鸟皮手袋自咨询室内出来,戴上墨镜,如女王行经自己的领地,目不斜视地穿过走廊,经过前台,昂首离去,全看不出稍早时在咨询室内焦虑与崩溃的模样。

容见迟夹着病案记录本徐徐走来,一边朝司楠招招手,一边交代小麦:"麻烦你将一号咨询室收拾一下。"

"文小姐又发脾气扔东西了?"小麦从前台内走出来,问。

容见迟笑一笑:"收拾好你就吃饭午休吧。"

"不用我给您订餐?"小麦诧异。

"司记者第一天来,我得略尽地主之谊才行。"容见迟领司楠往东翼办公室去。

东翼的走廊较之西翼更为幽静,走廊两侧墙面上挂着为数不少的画作,有些笔触一看便稚拙如小儿,有些仅仅是大面积不同色块的堆叠,还有些是凌乱无序的线条涂鸦,叫人一看便可明了绘画者当时内心的感受。

"很多患者第一次前来做心理治疗,我们会在接待区提供绘画工具,供他们信笔涂鸦。"容见迟在一幅颜料挥洒喷溅的画作前停下脚步,"不只儿童绘画具有投射意义,成年人不经意间的涂抹,也会传达许多潜意识中隐藏的信息。比如这幅,红色代表积极、热情、开朗,但同时也代表危险、警告;黄色代表明亮、温暖、乐观,但在某些情况下,也意味着极度危险与羞耻。所以作画者性格开朗、外向的同时,内心潜藏着危险好胜的不稳定情绪。"

司楠站在容见迟身旁"哇"了一声,与他一起欣赏那幅如同打翻番茄酱与芥末酱的事故现场的画作:"提醒我以后不要在你面前随手涂写。"

容见迟举起空着的一只手,强调:"工作是工作,生活是生活,心理咨询师并不会在生活中无时无刻不运用自己掌握的技能分析他人的心理,那实在太累了。"

司楠忍不住做出"我不信"的表情。

容见迟看得微笑，走进办公室将病案记录表锁入橱柜："走吧，带你熟悉一下周边环境，顺便吃饭。"

他走出自己的办公室，关门落锁，带着司楠从东翼不引人注意的边门走出工作室。

两排枝叶肥厚浓密的桂树之间夹着一条幽深小径，通往铺设在外头的步道，司楠落后容见迟半步，走在他身侧。

秋风拂过，送来冷香阵阵。

司楠闭眼，深吸一口气，觉得肺腑间充盈着桂花的甜香。

"这边安静冷清些，那边……"容见迟的下巴朝社区另一头扬一扬，"文娱产业项目多，也更热闹。临湖有食堂、餐厅、猫咖馆，中午不忙时步行过去吃饭，饭后顺路散步回来，健体消食。"

两人步行十五分钟，抵达社区另一区域，在人工湖边找了间做融合菜的餐厅，选择临窗阳光普照的位子落座。

临窗座位视野良好，等餐的工夫，能欣赏湖面上悠游而过的天鹅与水鸭，亦可见年轻青春的少男少女成群结队地经过，面上无不带着朝气蓬勃的笑容，使人看了觉得身心愉悦。

"附近有一间演艺舞蹈教室，还有一家娱乐公司的练习生宿舍。"容见迟为司楠面前的玻璃杯倒入柠檬水，"他们大部分是娱乐公司的练习生，也有少量个人练习生，通常他们在午餐后会有一点可自由支配的时间。"

"青春真好。"司楠由衷感叹。

面对娱乐圈这个大染缸，青春正盛的少年人因有一腔孤勇，便不觉得前路艰难。

没人认为那些残酷的淘汰、恶毒的剥削和黑暗的潜规则会落到自己头上。

司楠转回头来，打开录音机，将手机摊在桌面上，问容见迟："容医生，你在日常工作中，会遇到很多受心理疾病困扰的人吗？"

容见迟要想一想，才斟字酌句回答司楠的提问："如同世界上不存在绝对真理一样，世界上也不存在心理完全健康的人，只要生而为人,或多或少,都会有心理疾病,无非是轻重程度的差异罢了。所以,是的,我在工作中会遇到很多受心理疾病困扰的人。"

"能具体谈一谈您都遇到过什么样的心理困扰吗?"司楠进而问。

"其实心理医生日常所能接触到的前来寻求帮助的患者,大多数并没有太难以疗愈的心理问题。"容见迟直言不讳,"基本上都是常见的升学焦虑、职场焦虑、婚姻焦虑……因亲子关系紧张与身材外貌焦虑前来寻求心理治疗的不多见。"

他那言若有憾的语气令司楠听得直笑:"杵偃横丧愣头青少年也在此列?"

"青春期叛逆算不上情绪障碍,更谈不上是心理问题。"容见迟推一推眼镜,"他的问题并不在于青春期叛逆。"

但他严格遵守医患保密规定,并不肯就此展开深入讨论。

司楠刚想问容见迟能否从自己身上观察到什么问题,便被送上来的餐食转移了注意力。

司楠本以为文化创意产业社区内的餐厅,菜式大抵与大食代、小食荟相当,管饱,但没有技术含量,然而当她根据服务员推荐所点的季节限定秋橙工作日套餐端上桌时,司楠便晓得自己犯了先入为主的错误。

工作日套餐一例六件杯盘碗碟,装在一只竹木托盘中,瓷白容器内盛着饭香四溢的米饭和黄澄澄色泽诱人的秃黄油,小小汤盅里婴儿拳头大小的蟹粉狮子头配以碧绿生青的半颗菜心,另有两小碟腌仔姜和一夜渍青瓜,搭配一杯热腾腾的姜茶,有种秋日里橙黄橘绿的既视感,令人食指大动。

待吃到嘴里,白米饭的糯、秃黄油的香、狮子头的嫩、小腌菜的脆,味道完美融合在一处,不是不教人惊喜的。

司楠眼睛里的光令容见迟微笑:"喜欢的话,采访期间,可以经常过来吃。这家的工作日套餐除了贵,别无毛病。"

司楠笑着大力点头:"贵有贵的道理,我愿意为厨师的手艺买单！"

两人吃完午餐出来，在餐厅外碰见小小骚动。

人工湖观水平台上有人不小心坠湖，引得湖边一群少年少女大呼小叫，喊救命的、一猛子扎下水的、拿手机拍照录像的挤成一堆，闹猛得不得了。

司楠与容见迟站在餐厅外的台阶上，观望片刻，看到三个身强力壮的练习生将落水者从湖里托举上来，观水平台上的少年少女七手八脚地将落水者拉上岸，有人脱了外套披在瑟瑟发抖的落水者身上，一群人大呼小叫地问"有没有毛巾""有没有热水"，场面十分混乱。

两人见落水者除了被深秋的湖水浸泡刺激得浑身颤抖，并无大碍，因而没有上前插手干预。

十七八岁的少年人虽然看起来生嫩跳脱，但处理起突发事件，却有板有眼，有人跑到旁边餐厅借了毛巾，有人去要了热茶，大家围拢在一处，七嘴八舌地关心落水者，偶有几个从头到尾擎着手机拍摄的，也被少年人劝阻。

"不要拍了！人家已经这么狼狈了，还拍什么拍？！"

"走吧。"容见迟招呼司楠。

司楠随容见迟往回走。

"她不会有事吧？"司楠忍不住回望。

"一落水立刻便被同伴救上来，处理措施正确无误，本人意识清醒，除了可能感冒，应无大碍。"容见迟双手插在裤袋中，淡淡道。

两人一同返回工作室，没人料到惨剧正无声地酝酿。

下午临下班时，小麦叫住结束第一天跟踪采访准备回家的司楠。

"司小姐，您有什么喜欢吃的菜式吗？"

司楠脸上浮现疑惑茫然的表情。

小麦有些羞涩地笑一笑："餐厅的餐食油盐都比较重，常吃对健康不利。您要是不嫌弃的话，我带盒饭的时候可以多做一份。"

对于小麦的热情，司楠有些招架不住，连连摆手："啊，不用！

不用！"

又怕小麦多心，她极力解释："怎么好意思麻烦你？干我们这一行的，忙起来废寝忘食三餐不继是常态，快餐、简餐、方便面对我们来说都一样，果腹而已，没么多讲究。"

被拒绝了的小麦看来颇有些失落，司楠对她和同样准备下班的容见迟摆摆手，在尴尬的气氛蔓延前快步离开。

小麦转头望向容见迟："容医生，司小姐……是不是讨厌我？"

容见迟看一眼收拾好前台，换回私服的小麦："她性格独立，不爱麻烦别人，并没有针对你。而且，替她准备盒饭也不是你分内的事，她拒绝你，是不想加重你的负担，你别多想。"

"这样啊……"小麦挎上背包，跟在容见迟身后走出工作室，"司小姐真是个好人呢！"

容见迟想到司楠莫名其妙被发了"好人卡"，忍不住撬唇轻笑，关照小麦："不必对司楠如此小心翼翼，不用当她是前来采访的记者，当她是不拿工资的临时工试试。"

也许相处起来便不会如此难以拿捏分寸，束手束脚。

"好的。"小麦点点头，骑上停在门前的粉色电动车，与容见迟道别，"容医生明天见！"

容见迟上了自己的车，瞅一眼早已车去位空的停车区，无声一笑。

司楠在观察他，他也在观察司楠。

有限的几次接触，他已发现司楠远超年龄的隐忍克制。

她很少穿艳色鲜活的衣服，着装永远选择暗沉的黑白灰蓝、大地色系，款式简约而不强调曲线，仿佛将最美好鲜嫩的肉身封印进冷淡的铠甲。

她自己也许都未察觉，她将工作与生活区分得明明白白，边界感强得超乎寻常。

对他做深入跟踪采访，她的问题只限定在工作范围以内，并不试图了解他的私人生活，也并未借采访之便四处探听，自觉划分出"不可进入区域",绝不越界。

识趣得教人想要打破这种距离感啊……

按下内心喷薄欲出的念头,容见迟的眼神逐渐幽深。

容见迟刚到家,老友谢利轩的电话便打进来,声音通过智能家居语音交互系统劈头盖脸地传来:"大记者贴身采访你去了?"

容见迟脱西装的手一顿:"你从哪里听来的?"

他并未向外透露自己接受采访一事,本也不是什么值得大肆宣扬的事。

谢利轩在那头哈哈笑:"倒没人同我说,恰好在小护士的社交圈看到罢了。"

小麦?容见迟继续脱去西装:"确有此事。"

"那麻烦你从中牵线搭桥,给我个机会,请大记者吃顿便饭吧!"谢利轩也不兜圈子,"上次我听信一面之词,把人家赶出去,一直没有机会正式向她道歉。"

容见迟失笑:"行,我知道了。但司楠肯不肯赴约饮你这杯和头酒,全凭她的意愿。"

"拜托!"谢利轩痛快地挂断电话。

容见迟取出手机,打开社交软件,长指轻滑,翻至小麦的社交圈,瞥了一眼。

小麦重度依赖社交网络,万事都要分享至社交圈,晒花晒草晒宠物晒美食,每天中午晒她所带的盒饭是工作日雷打不动的习惯。

今天小麦在分享日常之外,另多一则"希望能和司小姐成为朋友"的动态,配图是司楠静静坐在接待区沙发上翻阅心理学期刊的侧面照,金发低马尾,白衬衫灰毛衣黑长裤平底鞋,一个侧影,看不见她脸上的表情,但通过画面能感受到她身上散发出的沉静力量。

成为朋友?

小麦恐怕要失望了。

看起来客气从容的司记者,并不是一个容易敞开心扉的人。

但新的一天因此更令人期待，不是吗？

容见迟放下手机，走进洗手间，解开袖扣，随手扔在盥洗台上，摘下眼镜，搁在一旁，随后慢条斯理地卷起衣袖，将双手置于感应水头之下，仔仔细细地洗手，每个指缝都不放过。

待他洗干净手，抽出手巾擦拭双手，缓缓直身望向镜中人，镜中人面无表情地回望他，明亮的镜灯照得他周身通明，仿佛沐在圣洁的光里，但镜中人眼中翻涌的情绪，仿若来自无边的黑暗。

他轻轻敛睫，静息片刻，再扬睫时，眼中已一派清朗。

等他戴回眼镜，便又是光风霁月的容见迟。

早晨八点半，司楠将车驶进文创产业社区门禁处时，在转弯道口堵足十分钟，她车前车后缺乏耐心的司机已开始频频按喇叭催促。

一旁车道上有司机半开车窗探出头去，一边张望一边大声自言自语："阿爹啦娘啦！碰到赤佬了！平时鬼影都没几条，今朝怎么堵得阿爸都不认得？！"

好不容易车辆缓缓前行数米，又塞住一动不动，该司机手又伸出车窗，猛拍车顶："啥情况？！门口保安落马桶里啦？"

司楠被这位大哥粗俗得明明白白的风格逗笑，感觉连堵车的时间都没那么难熬。

等司楠的车终于缓缓蹭到社区正门，才恍然明白今日何以堵得连"阿爸都不认得"——平时能识别临时车牌的门禁系统，今天改为只识别系统已登记车牌，所以未登记车牌都需要办理访客证明才予以放行，因而大大降低车辆通过效率。

暴躁大哥车头别在司楠车前，一边抢先一步开进社区，一边不住问站在门口的保安："今朝管得严格，有大人物来啊？"

保安仿佛同他颇熟，凑近车窗，略略压低声音："出事了！"

司楠听个正着，记者的新闻直觉令她竖起耳朵。

果然暴躁大哥好奇："什么事？"

保安做一个抹脖子的动作。

大哥发出抽气声，还想再问，后头有车主鸣笛催促，大哥只好加速驶开。

司楠意外于自己的车已被录入系统，相当顺利地便驶入社区。

昨日幽谧安静的文创产业社区今日笼罩在一片躁动不安又阴沉压抑的气氛当中，车越往内开越缓慢拥堵。

终于，司楠在人工湖前的岔路口看到堵点，人工湖前的草地、步道、车道上里三层外三层地围满了人，车道上还停着三辆警车、一辆救护车和两辆社区保安开的电动巡逻车，将原本还算宽敞的车道堵了个水泄不通。

前车缓慢地从挨挨挤挤的人群后方小心翼翼地驶过，间或还有车主停下来张望，通过效率低得令人发指。

司楠在岔路口右转，将车开到附近的一处停车区，稍加思索，下车落锁，反身往人工湖方向走去。

有人在司楠身后叫住她："司小姐。"

司楠顿足，回头，看见穿一身烟灰色冷淡严谨德式西服的容见迟，他骑一辆黑色二十八寸老爷脚踏车，缓缓从心理咨询工作室的方向而来，慢慢骑到她身边，左脚点地，停住脚踏车。

"要去人工湖？"他问。

司楠点点头："听说出了事。"

容见迟朝脚踏车后座撇撇头："上来吧，我载你去。"

司楠想一想，便不同他客气，一蹬脚，侧身跳上后座，左手抓住后座外缘的金属架。

"坐好了？"

"嗯。"

容见迟重新踩动脚踏车。

司楠坐在后座上，略觉新奇。

她只在幼年时坐过父亲的脚踏车后座，然而也没坐过几回。

司先生总是忙，上山下海，长久都见不着一次。

待她长大，自己学会骑车，更加没有机会坐别人的脚踏车后座。

这个角度，她能看见容见迟乌黑浓密的头发，看见他宽阔挺拔的肩背，看见他修长劲瘦的腰身，和冷淡西服下坚实的肌肉在骑行中蕴藏的蓬勃力量。

速度带起的风从她发尾脸颊拂过，阳光驱散薄雾，蔚蓝的天空下树影婆娑，空气中充满深秋才有的冷香，世界美好得仿佛一幅电影画卷。

倘若风中没有夹杂"死人了""自杀吧"这样的低语就更完美了，司楠想。

容见迟将脚踏车停在距离人工湖百米开外的行道树下，锁了车，招呼司楠随他走。

他护着司楠，一路说着"抱歉""麻烦让一让"，分开层层叠叠的围观人群，沿观水平台的楼梯缓缓而下，艰难地靠近警方拉起的警戒线。

警戒线外的围观者大多是上午还未开始训练的练习生，司楠一路挤进来，耳朵里飘进不少对话。

"听说是表演三期的练习生。"一名高个子男孩对同伴说。

"好像因为获得出演偶像剧配角的机会，反而被孤立了。"同伴叹一口气。

"她本来性格就比较内向吧？"两人身旁的娇小女生问。

"昨天中午还被几个同期练习生故意推搡掉进水里，湿淋淋地回去又被选管斥责……"高挑的短发女孩说起昨天发生的落水事件。

"这么惨？所以想不开了吗？"高个子男孩诧异。

是昨天那个落水的练习生？司楠回头看了容见迟一眼。

站在她身后的容见迟朝她摇摇头。

两人站在警戒线外，隔着一段距离，只能勉强看清楚人工湖中央一艘平日用以打捞漂浮物和投喂饵料的电瓶船上，有人趴伏在船舷边，伸手往水面取捞取漂浮在水中的物体。

当物体被从水中牵拉至船上，船身明显向一边倾侧，岸上的围观群众中发出一阵"终于捞上来了"的议论。

电瓶船缓缓朝岸边驶来时，在岸上维持秩序的警察从对讲机中接收到信息，开始和保安将围观群众驱离。

"该上班的上班，该上课的上课，散了吧！"

"有需要会向你们进行询问，到时候还请大家配合调查。"

围观者渐次散去，仍留在警戒线外的，只有发现人工湖浮尸的报警人、演艺公司训练班的负责人和选管，以及几名练习生。

司楠的眼角余光仿佛在散去的人群中看见一抹熟悉的身影，转头望去，却并未找到那张记忆深处的脸，遂回过头来。

负责维持秩序的警察睇了驻足不去的容见迟和司楠一眼。

容见迟微笑，招呼不远处正要从电瓶船上下来的法医："连医生。"

见他认识法医，警察便移开了目光。

站在船舷上的年轻女法医闻声朝岸上望一望，有些诧异："容医生？"

"我的工作室就在附近。"容见迟解释。

"这么巧。"连法医点点头。

她穿着白色法医防护服，拒绝了岸上警察的搀扶，利落地从船舷跳到岸上。她身后两名同样身穿防护服的警察用担架抬着滴滴答答不住滴水的尸体下了船。

死者身上覆有一张白布，覆盖住整个身体与头面，只一双早已僵冷的手从狭窄的担架两侧露了出来，皮肤苍白肿胀，指间青紫，黑色长发仿佛一蓬水草，在担架一头荡来荡去。

担架一上岸，就被平放在观水平台上，法医蹲在担架旁，掀开覆盖尸体的白布，检查死者的口鼻，一旁的法医助理在各个角度拍照，以免在后续移动尸体的过程当中有所遗漏。

虽然法医的动作格外谨慎，白布掀开的角度小之又小，但死者被冰凉湖水浸泡得肿胀青紫的面孔，仍不免暴露出一角来。

仍留在警戒线外的几个练习生里有人发出一声低叫，软软栽倒在同伴身上，引起一阵骚动。

容见迟上前查看晕倒的练习生。

娇小的女生秀眉紧锁,面色苍白,眼球颤动,手脚微微抽搐。

容见迟右手三指搭在女生手腕上片刻后收回,问她的同伴:"她早晨可吃过饭?"

同伴摇摇头:"她要保持身材,不肯吃早饭,只吃了半个苹果。"

"胡闹!"一边帮忙维持现场秩序的保安轻斥。

"可能是低血糖导致的晕厥,赶紧送她去医务室,给她注射葡萄糖。"容见迟帮高个子男生将娇小女生背在背上,"不要贸然喂她喝糖水,容易造成咳呛窒息。"

几个孩子白着脸回训练班去了。

"我们也回去吧。"容见迟对司楠说。

"不问问发生了什么?"司楠职业病发作。

"案件在侦办过程当中,一般不会向侦查员以外的人透露案件信息。"容见迟率先走上台阶。

"你不好奇?"司楠跟在他身后。

"好奇。"容见迟坦然承认。

因为好奇,所以当小麦八卦说社区群里有人现场直播人工湖打捞溺亡死者时,他才牵出老爷脚踏车过来一看。

"但我想知道的,都已经有了答案。"他走到停放脚踏车的景观树旁,漫不经心道。

司楠露出震惊的表情。

容见迟被司楠脸上毫不掩饰的神情逗笑,一边弯腰开锁,一边为司楠解惑:"死者是演艺训练班练习生。"

司楠点头,通过几个小孩的表现和对话可以肯定这一点。

"从她尸体被水浸泡导致的肿胀程度可以大致推测她落水的时间,法医在初步检查她的头面口鼻时,能看出鼻腔有泥沙异物,口腔有水,耳道出血,基本可以断定为溺水死亡。"容见迟跨上脚踏车,容色平静地说。

144

司楠冲他拱手，表示佩服。

"所以没有我们什么事是吗？"司楠不可谓不失望。

容见迟侧身拍一拍脚踏车后座："回去了，上午还有预约。"

司楠跳上脚踏车后座，内心略感遗憾。

发生在身边的死亡事件，第一手社会新闻素材，然而，她的任务是跟踪采访容见迟。

司楠取出手机，提供消息给师兄王砝，至于社会版是否采用新闻素材，则已非她的关心范围。

司楠本以为这桩发生在文创产业社区里的溺亡事件同她浑身不搭界，不料下午临近下班时，做完一期申江社区活动中心刑满释放人员的心理疏导，散场的当口，容见迟接到一通电话，蓦然改变了整件事的走向。

结束通话，容见迟整理棕色油蜡皮工作包，问司楠："可愿意陪我加个班？君禾演艺训练班临时加了一场团体心理辅导。"

一起来的助理已先行下班，司楠因为采访工作没有立刻离去，便被抓了壮丁。

"有没有加班费？"司楠不介意加班。

"请你吃湖畔餐厅的蟹粉料理。"容见迟与司楠走出申江社区活动中心。

"那还等什么？"司楠素手一挥，"走吧！"

两人驱车一前一后回到文创社区。

早间的拥塞已彻底散尽，人们来来去去，生活照样继续，只有人工湖畔拉着的警戒线证实曾有一条生命在此地悄无声息地黯然逝去。

司楠坐在餐厅靠窗的位置等餐的时候，已在手机里刷到耸动的热点新闻词条：明日之星意外陨落，是自杀还是意外？

相比传统媒体电子版面克制的寥寥数语，自媒体简直掀起了一场狂欢。

从落水女孩的姓名、年龄、身高、体重，至她从小到大的演艺经历和取得的不俗成就,事无巨细点滴不漏,配以她生前青春貌美的艺术照片和死亡现场虽然模糊但触目惊心的陈尸照,吸足群众的眼球。

司楠很难不去想昨天午餐时遇见的落水女孩在回去后究竟有怎样的遭遇,才使得一条年轻的生命以如此的方式告别人世。

是世界太疯狂,还是生命太脆弱?

这顿晚餐,司楠吃得异常沉默。

饭后,司楠陪容见迟回工作室,取了团体心理辅导需要的工具包,一人手捧一只小箱子,往演艺训练班去。

深秋的傍晚,凉风徐徐,沉默在两人之间拉扯出莫名的张力。

社区内的路灯渐次亮起,两人的身影在暖黄色灯光的照射下,拉长缩短,缩短拉长,从光明隐入昏暗,又从昏暗步入光明。

当司楠驻足演艺训练班所在楼栋之下,回首来路,那漫漫长路,也仿佛因容见迟的陪伴,而显得不那么迢遥冷清。

演艺训练班选管已等候在门口,刷门禁请两人入内。

整栋楼内此时灯火通明,时间仿佛还停留在白昼,站在空旷的中庭侧耳倾听,隐约能听见幽深长廊左右两侧不同训练室里充满野心与憧憬的年轻人废寝忘食的练习声。

容见迟目不斜视,司楠则做出新奇的样子,左顾右盼。

选管略微加快脚步,引两人走向电梯:"需要做心理辅导的几个孩子都在二楼,这边走。"又低声向容见迟介绍情况,"早晨出事的孩子姚瑶,是她们这一期里前景比较被看好的,和她同寝室的还有三名女生,也颇具星相。公司把她们安排在同一寝室,是希望激发她们的竞争欲,给出更好的作品……"

容见迟似笑非笑地睨选管一眼,她的声音便不由自主地低下去,到底还是惋惜:"公司半年前安排姚瑶接演一部偶像剧女三号,戏份不多,胜在人设讨巧。只要播出,大红大紫我不敢打包票,但青春可人的形象受欢迎是肯定的。"

"命运弄人。"司楠适时搭茬。

选管重重点头:"可不就是!公司为重点培养姚瑶几人,付出了大量心血。电视剧后期制作完成,眼看播放在即,却出了这档事……警察上午找和姚瑶同寝室的甄珍几个人了解情况,确知姚瑶溺亡后,甄珍一直以泪洗面、茶饭不思,路露和祢米的心情也很低落。演艺班另外几个共情能力比较强的孩子的情绪也受到影响。"

容见迟点点头:"对青少年来说,长期学习生活在一起的同伴意外去世,确实易造成创伤后应激障碍。"

选管将二人引至一间休息室前:"所以公司紧急安排了团体心理辅导,请您来为他们进行心理疏导。"

她伸手轻敲磨砂玻璃门,然后推开门,侧身请容见迟与司楠入内:"容医生,麻烦您了!"

休息室宽敞明亮,七八个孩子三三两两坐在靠墙摆放的沙发上,其中一个娇小的长发女孩埋在短发女孩肩膀上低泣,短发女孩垂头耐心劝解,其他人的表情或怅然或无助或冷淡。

"在哭的是甄珍,安抚她的是路露,祢米不愿接受团体心理辅导,所以没有来。另外几个是平时同她们比较要好、受事件影响比较严重的孩子。"选管低声交代情况。

容见迟认真聆听后轻轻颔首,与司楠一前一后进入休息室,放下箱子,转身去取了沙发上多余的靠垫,数出十个来,信手扔在休息室中间的空地上,围成一圈。

他一边俯身调整靠垫之间的间距,一边曼声自我介绍:"我姓容,容见迟,大家礼貌客气点叫我容医生、容老师,随意些喊容叔叔、容大哥,也无妨。这是我的助手,叫她小楠姐姐好了。"

"怎么你是叔叔,我就是姐姐,岂不是小了你一辈?我很吃亏啊!"司楠英眉一扬,借玩笑缓解室内沉滞的气氛。

果然有孩子闻言轻轻笑了一下,打破了他们无人理睬的局面。

容见迟顺势招呼这几个孩子:"来,我们面对面,围成一圈。"

他以身作则,单手解开西装纽扣,拎一拎西裤中缝线,就着沙发靠垫席地而坐,屈起双腿,双手微微抱膝,假意埋怨:"这姿势实在为难我这把老骨头。"

"是为难你的裤子吧?"司楠学他的样子在他旁边的垫子上坐了下来,毫不留情地嗤笑。

"不要戳穿我啊。"容见迟捂一捂胸口。

孩子们被两人这一来一往引得陆续从沙发上围坐到他们身边,哭得不能自已的甄珍也在路露的劝说下坐了过来。

团体心理辅导全员到齐。

容见迟并没有刻意提起姚瑶的离世如何令人心痛,他只是平静地向几个孩子表达了对于他们失去了与之共同学习生活的同伴的遗憾!

他生得英俊非常,声音低沉浑厚,讲话不疾不徐,并不高高在上地说教,几乎立刻便将所有人的注意力都引至他的身上,连啜泣不已的甄珍都不由自主地停止哭泣,红着眼睛靠在路露肩膀上,直愣愣地望着他。

"我相信,姚瑶一定在你们心中留下过开心与欢笑的记忆,一如你们在她生命中留下过印记。纪念朋友的方式,有许许多多,让我们一起,把对她的爱通过自己的方式传递给她。"

容见迟起身,捧过带来的箱子,示意司楠与他一起分发道具。

每个孩子都分得一个白色垫板,正反两面各夹着一张淡绿色卡纸、一张天蓝色卡纸,以及一支黑色中性笔。

"请大家把记忆中关于姚瑶的美好与闪光点,写在绿色卡纸上。"容见迟坐回靠垫上,"然后大声读出来,将你想对她说却还来不及说的话,尽情说出来。"

孩子们纷纷低头,在卡纸上奋笔疾书。

对姚瑶身亡反应最强烈、理应有许多话要写的甄珍,她下意识地啃咬记号笔尾端,发呆。

容见迟与司楠交换了一个心照不宣的眼神。

一道生活学习的小伙伴忽然离世,给这些十八岁的孩子带来巨大的冲击与伤悲,他们既震惊又困惑,人生原来可以如此短暂,生命的终结如此突如其来,而生活竟然痛苦如斯。

死亡是否意味着解脱？生命究竟意味着什么？该怎样面对压力与痛苦甚至绝望的情绪？没人为他们解答这些疑问。

无助皆来自无解。

他们需要以此来完成对逝去同伴的哀悼，宣泄内心强烈的痛苦情绪。

最先写完的是一个皮肤黝黑但五官深邃英俊的男孩，他从地上一跃而起，捧着卡纸的手微微颤抖而不自知。

他说，他来自农村，自小没人管，学习不好，早早辍学到城市里打工，在新地广场分发小广告时被演艺公司的星探挖掘，进入训练班。同期训练生大多是城里人，甚或富裕人家的孩子，他们瞧不起他，嫌他打扮老土，讲话带有浓重的乡音，齐齐孤立他。

"可姚瑶从未嫌弃过我！"男孩深邃得有些忧郁的眼里透出点点水光，"她没有嘲笑我'n''l'不分，自由活动时间，悄悄纠正我的口音。我的手足每到冬天会生冻疮，溃烂流脓，可怖异常。舍友找宿管吵着要换寝室，姚瑶知道以后，煮了一冬一夏的柚子皮水给我，教我怎么用来擦手擦脚，防止冻疮……"

男孩定定地注视自己的双手，有片刻哽咽："我还没来得及好好感谢她对我的帮助……"

他再说不下去，捏紧卡纸，坐回靠垫上。

司楠抽出几张面巾纸，默默递给男孩，他接在手里说了声"谢谢"，随后埋头在纸巾当中，肩膀耸动，无声哭泣。

在孩子们的心目当中，姚瑶的美好品质大同小异，她心地善良，乐于助人，无私奉献，完美得全不似真人。

只有短发的路露口中的姚瑶，才真实又可爱。

路露说："姚瑶其实最爱赖床，休息日恨不能一觉从早睡到晚，喜欢吃甜食，总拿巧克力和糖果诱惑我们这些心智不坚定的小伙伴，在宿管、选管眼皮子底下，偷偷吃一颗甜美的糖果，幸福得教人想要流泪……"

她望向甄珍，视线却透过甄珍，落在不知名的地方。

"明明,大家是竞争关系,但她始终很努力地想和我们成为朋友。"路露到底流露出一丝情绪来,低喃,"这个傻瓜啊!"

她的话不知哪里触动了在此环节一直扮锯嘴葫芦的甄珍,甄珍忽然将卡纸捧在胸前,整个人向前倾伏,趴在地上,放声痛哭,一边哭,一边喃喃自语:"我应该发现她不对劲……大家排挤她、孤立她……她一天比一天沉默……我明明可以阻止她……"

坐在休息室角落里努力减少自身存在感的选管大惊,站起身来,试图上前。

容见迟朝后伸出一只手,轻轻一挥,示意她不要插手,然后与司楠静静地等待孩子们从失控的情绪中缓缓恢复。

容见迟并不评价他们的表现,只在所有人情绪都稳定下来后,才轻轻道:"和刚才相同的规则,把一切关于姚瑶的不那么愉快的记忆,写在天蓝色卡纸上。"他注意到几个孩子脸上迟疑为难的颜色,"不必读出来,不用告诉任何人,写下来,团成一团也好,撕碎也罢,然后用力把它扔出去,有多远,扔多远。"

写罢,扔了,将那些负面情绪、那些愧疚与自责通通抛开,向记忆中曾经鲜活的同伴,做最后的告别。

团体心理辅导结束,几个孩子慢慢平复情绪,与容见迟和司楠告别,在宿管的带领下离去。

甄珍靠着路露的肩膀落在最后,经过容见迟身边时,美丽柔弱的女孩欲言又止,嘴唇几番微微翕动,最终只敛睫沉默,走出这间见证她痛哭与崩溃的瞬间的休息室,留下一个耐人寻味的瘦弱背影。

容见迟招呼司楠一起收拾扔着满地纸团、纸屑的休息室,选管上前拦住他们:"怎么好意思让两位打扫,等一下会有清洁工前来收拾。"

"麻烦您了。"容见迟也不与她客气,整理自己带来的工具,放回箱子里。

司楠注意到选管格外留意被撕碎、抛掷的蓝色卡纸,寸步不离,眼睛一眨不眨地监视他们，防止他们将天蓝色卡纸碎片夹带出去，不由得哂笑。

选管客客气气地将两人原路送至楼下，双手奉上两只再寻常不过的大红封："辛苦两位，这是小小心意，今晚发生的事，还请两位切莫外传。"

容见迟推拒："不必，收了贵司的诊金，我自会遵守医疗保密原则。"

选管有些许为难地看向司楠，司楠微笑："我听老板的。"又小声安抚觉得没能完成老板交代事项的选管，"为辅导对象保守秘密是心理咨询师最起码的职业道德，贵司大可不必为此额外付费。"

倒令人觉得他们心虚。

选管讪讪地收回手。

容见迟与司楠相伴走出楼栋，在门口与一名肩挎相机包进门的摄影师擦肩而过。

晚风拂过，气流交错，两人抬眼错身的刹那，摄影师脚步微顿，诧异至极："司楠？"

手捧小箱子半垂着头略微落后容见迟半步以至于被遮挡住前方视线的司楠蓦然抬起头来。

早晨人工湖边她眼角的余光里那抹熟悉的背影原来并非她的错觉。

"纪赟。"司楠站在容见迟身侧，冲眼前最熟悉的陌生人颔首。

纪赟的目色隐隐怀疑："来采访？"

不晓得为什么，司楠只觉得此情此景分外引人发噱，要忍一忍，才没有在这一刻笑出声来，甚至还心平气和同他寒暄一句："我正对容医生进行跟踪采访。"

纪赟狐疑地上下打量容见迟，见他俩捧的箱子里装着花花绿绿的彩色卡纸、各色减压玩具等，确实不像是记者前来采访娱乐圈突发新闻的样子，紧绷的态度才略有缓和。

"训练班刚出事，外头大批记者试图混进来，由不得我不

151

多想。"

纪赟转而细细端详司楠,见她染一头黄灿灿的金发,意态从容,穿牙白衬衫搭灰色开司米外套,配黑色吸烟裤,优雅干练,全无一点颓色,仿佛过得还不错,又看容见迟戴在手腕上的一块腕表足有七位数之巨,想来有些背景,便对司楠挤出一点客套的微笑:"有空一起吃顿饭吧?"

"走了。"容见迟不耐烦听两人无效社交,招呼司楠,阔步继续向前。

"有空再说吧。"司楠匆匆对纪赟颔首道别,跟上容见迟。

走出两盏路灯的距离,容见迟才放缓脚步,睨一眼跟在他身侧的司楠:"熟人?"

"前男友。"司楠耸肩。

"不愉快的分手。"他几乎可以肯定。

刚才那人生得眉目周正,然而目光并不清正,面对司楠,连说一句俗套的"好久不见"都吝啬,态度既防备又忌惮,颇为矛盾,怎么看都不像好聚好散。

司楠"哈"了一声,并未因被看透而觉得受冒犯:"岂止不愉快!"

但司楠无意细数往事,只颠一颠手中的箱子:"姚瑶的溺亡,似乎并不简单。"

"作为记者的直觉?"容见迟淡声问。

司楠用下巴点一点箱子里的白色硬纸垫板:"不,是甄珍和选管的反应。"

放置多个隐藏摄像头的休息室里欲言又止的甄珍和连一片碎纸屑都不允许他们带走的选管,很难不让人多想。

"警方会对死因进行调查,不要做多余的动作。"容见迟再次提醒。

"知道了。"司楠泄气。

两人一前一后走入秋夜里,并不知道在演艺训练班大厅之中,纪赟声色俱厉地呵斥选管："如此敏感的时期，你们怎么不调查清楚进出人员的背景，放记者进来？！"

回到心理咨询工作室，容见迟进办公室整理当日团体心理辅导记录，在全情投入案头工作前，交代司楠："我还有些收尾工作，司小姐不用留下来一起熬时间，早些回去吧。"

司楠也不同他客气，与他道别，驱车回家，在路上发讯息向师兄报平安。

王砳的电话随即打进来。

"可方便说话？"他声音里带着紧张与严肃。

"方便。"

"好。"王砳不与司楠绕圈子，单刀直入，"君禾演艺训练班练习生溺亡一事，你不要沾手。柳亦羣是君禾第二大股东，纪赟的摄影工作室也挂在君禾名下。"

司楠苦笑："师兄你来迟一步，我稍早已遇见纪赟。"

"是我的疏忽。"王砳在电话彼端沉默一息，随后轻喟，"没注意容医生的心理咨询工作室，注册地与实际工作地址有出入。"

那一片与其他建在市郊或者老厂坊走廉价租金亲民路线的文创产业园不同，定位为中心城区黄金地段高端文创产业社区，依托周边数所顶级高等学府，着力打造吸引全世界优秀人才的文化创意产业基地。

将心理咨询工作室开在其中，非财大气粗不能为。

司楠哪里不懂师兄的言外之意？

她轻笑："师兄放心，我不会主动找事。"

我不去就山，但山会不会来就我，则很难说。

"你还笑得出来！"王砳在彼端担心得捶胸。

反观司楠，心平气和。

"不然如何？"

彻夜辗转难眠，大把大把脱发，不断自责，感觉被生活所抛弃，反复自问"我究竟做错了什么"?

最艰难的时光已经过去,人生除死无大碍,还有什么不能面对?

王砥在那头倏忽一笑:"也对。你尽管安心采访容医生,其他有我。"

他可是王砥啊!

以一支笔写尽人世美丑善恶冷暖的王砥!

奈何树欲静而风不止,司楠不去找事,事情偏偏撞上来。

演艺训练班只为几个受姚瑶溺亡一事影响甚深的孩子做了一次团体心理辅导,再未预约第二次,好像只消一回,孩子们心口上的伤便可不药而愈,不留一丝痕迹。

容见迟面上虽然不露声色,但不知为何,司楠直觉他心情不佳。

她两次见他手指轻叩桌面,面无表情地望着面前的一块空白硬纸垫板。

小麦同她嘀咕:"容医生大概碰到棘手的问题,最近咖啡喝得比平常都多,一罐巴拿马翡翠庄园的瑰夏不过几天工夫就喝掉近半。上一回他咖啡当水喝,还是……"

司楠托腮等她的下文,小麦却似意识到什么,猛然收声,起身收拾规整前台上的物品,又低头看表:"我该去关紫外线消毒灯了。"

全能前台接待小麦负责心理咨询室每天所需的紫外线消毒事宜,严格按规定每日消杀。

这些繁杂琐碎又机械枯燥的事,小麦数年如一日一丝不苟地精确执行,不叫苦、不叫累,令司楠对她大为佩服。

小麦本人倒不以为意:"为有心理问题而前来求诊的来访者创造良好舒适的环境,是我的本职工作呀。"

圆脸邻家女孩似的小麦发自肺腑地认为她所作所为仅仅出于工作需要,并不如何高尚和值得夸赞,唯其如此,才更教司楠肃然起敬。

如今这浮夸浮躁的社会,肯潜心做事又不夸夸其谈,实在是不可多得的品质,连她那些总在司楠面前有意无意显示和容见迟有多熟悉亲近的小毛病和小动作，都显得无伤大雅起来。

司楠朝小麦逃也似的背影微笑。

上午十点，容见迟接待了一位新来访者。

来访者是一位少女，由母亲陪同。

母女二人穿着打扮优雅低调，似一对姐妹花，母亲戴山茶花珍珠项链，女儿脖颈里挂着一条皮蜡绳，上头缀一颗方糖钻石吊坠，进门齐齐摘下墨镜，见司楠坐在接待区沙发上，母女俩微微朝司楠颔首，看得出来家境优渥且家教良好。

"预约容医生上午十点。"贵妇对小麦道。

小麦引二人至咨询室，交由容见迟接待，进行初次心理咨询。

返回前台，小麦朝一旁的司楠比画了一下手腕。

司楠轻轻点头，她也注意到了。

少女生得极秀美，气质清冷，但面色苍白憔悴，左手手腕隐隐露出一圈纱布，分明曾有过割腕的动作，而与她同来的母亲虽然强装镇定，但神情难掩焦愁忧虑，显然女儿的问题教她一筹莫展。

五十分钟初次咨询完毕，母女二人并未逗留，低调离去。

容见迟面色凝重地自咨询室内走出，目不斜视地走向办公室。

稍早结束咨询的少女，姓祢。

所填写的基本资料显示，患者叫祢宝珠。

祢宝珠自述近两周睡眠质量不佳，睡醒后头疼欲裂，有一天醒来睡衣上沾染大片红色污渍，被她误以为是血迹，吓得魂不附体，以至于好几天不敢入睡，最近一周发展到以利器割伤手腕来防止自己睡着，精神状态每况愈下。

一旁的祢夫人替女儿补充："宝宝从小爱好绘画，家里有一间独属于她的画室，平时从来不允许我们随意进出。发现她早起身上染有不明污渍后，外子立刻着人在家中安装了监控摄像头，当晚就录到她半夜离开卧室，进入画室的画面。外子与我尊重女儿的隐私，未得她同意，卧室、画室中没有监控装置，所以并未录下任何画室内的画面，因而也不知道她整晚在画室里究竟做些什么。"

祢宝珠茫然又痛苦："我不记得……"

女孩的表情不似作假。

容见迟边做记录边问："在此以前，可有失眠、梦呓等类似的情形发生？"

"我睡得一直很好。"祢宝珠想一想，说。

"宝宝从小睡觉像头小猪，叫也叫不醒。"忧虑的祢夫人露出一丝笑意，转瞬即逝。

饱受睡眠障碍困扰的少女祢宝珠，听见母亲在英俊的医生面前说自己睡得像头小猪，也不由得暂时抛开梦游的烦恼，羞恼嗔怪："姆妈！"

"好好好，是我错了，我不说了。"祢夫人立刻向女儿道歉。

母女关系异常和谐，母亲并不高高在上，女儿也不骄纵蛮横，可以排除亲子关系紧张造成的睡眠障碍，容见迟想。

"家族中可有睡眠障碍、梦游症病史？"容见迟进一步问。

祢夫人摇头，十分肯定地说："外子与我家中三代都没有类似病史。"

"最近生活中是否经历过重大变故？"容见迟继续问。

祢姓并非常见姓氏，十分冷僻，容见迟几乎立刻联想到君禾演艺训练班拒绝参加团体心理辅导的祢米。

他不相信这是巧合。

果然祢宝珠稍稍犹疑，伸手轻轻啃啮拇指指甲，半晌才微微点头。

"一周前，我失去了要好的朋友。"少女轻轻低下头去，露出一截白得耀眼的颈项，似一只受了伤的白天鹅，美丽而脆弱。

"梦游症始于两周前。"容见迟循循善诱，引导祢宝珠吐露心声，"当时发生了什么事情？"

祢宝珠侧头皱眉，努力回忆："柳老师带制片人到表演班为电影选角，瑶瑶获得试镜的机会，引得同期几个练习生心生嫉妒。柳老师和制片人走后,她们同瑶瑶大吵一架。"

"还记得她们吵架的内容吗?"

"她们……她们……"祢宝珠捧住头,拼命摇晃,"我不记得她们吵了什么……她们说了很多难听的话,瑶瑶一直哭、一直哭……"

祢夫人心疼地倾身抱住女儿:"宝宝乖,想不起来就想不起来,没有人会怪你!"

容见迟看一眼倒在母亲肩膀上的祢宝珠,顺势安慰她:"想不起来也没关系,人类的记忆非常神奇,遗忘恰恰是大脑的自我保护机制,说明她们之间的争执对你来说是极其糟糕的回忆,你的大脑为了保护你,而选择将其忘记。"

"可瑶瑶是我的好友,我不应该忘记和她有关的事……"祢宝珠十分自责。

"容医生,您看宝珠的情况,如何是好?"祢夫人拥住女儿,满眼痛惜之色,忍不住问。

给祢夫人一个少安毋躁的眼神,容见迟看向依偎在母亲身边茫然无助的祢宝珠:"宝珠自己想要接受心理咨询吗?"

祢宝珠犹豫地抬眼望向母亲。

容见迟当即明白,少女本人因梦游症困扰,已失去判断能力,毫无主张,由父母提出寻求心理咨询师的帮助,她与父母对咨询过程和效果的预期可能截然不同。

初次咨询的五十分钟转瞬即逝,容见迟的内心波澜微起。

祢夫人希望女儿能彻底放下不愉快的回忆,以摆脱梦游症的困扰,而祢宝珠的想法却与母亲背道而驰,她更希望在记忆迷宫中找到那条通往痛苦之门的正确道路,找回被大脑压抑屏蔽的糟糕回忆,以此真正与逝去的姚瑶道别。

"方便的话,下次咨询,宝珠可以将近两周的画作一起带来吗?"结束咨询,临别时,容见迟问祢氏母女。

祢宝珠乖巧地点点头,祢夫人自然没有不答应的。

司楠目送脊背挺直如芭蕾舞者的两母女戴上墨镜自侧门离去，忍不住回头问面色微凝的容见迟："前来进行心理咨询的少年少女，仿佛有点多？"

跟在容见迟身边一旬时间，光她亲眼所见，就有一头绿毛的别扭少年、准备冲刺高考的孪生姐妹、父母有钱有势但自觉不受重视的富豪独女，以及演艺训练班那一群孩子和今天与母亲同来的优雅冷清少女。

沉思中的容见迟倏地扬睫，望向站起身准备跟他回办公室研究可公开病例的司楠，因她的敏锐，冷然的眼里浮起一点莫名的笑意来。

将持在手中的记录本负在身后，他淡淡微笑："比起若干年前，父母动辄因儿女性取向与众不同或者沉迷游戏不能自拔，便将自家身娇肉贵的孩子送往军事化管理戒瘾学校接受棍棒教育和电击治疗，现如今的家长开明了许多，更愿意大把花钱接受心理咨询。"

司楠侧头仔细回忆，不得不承认："好像的确如此。"

七年前师兄王砝曾冒死卧底所谓军事化管理的网瘾戒除学校，做过一篇关于戒瘾学校的深度调查报告，直言这些学校简直是教育毒瘤，每一所以"棍棒"和"电击"为手段的学校，都仿佛在一遍又一遍验证着斯坦福监狱实验——环境可以逐渐改变一个人的性格，而情境可以立刻改变一个人的行为——一个也许仅仅是痴迷游戏并对父母没那么顺从的孩子，终将被这样的学校折磨得麻木而冷漠。

小麦看不懂容见迟与司楠的眉眼官司，笑吟吟打断两人之间的张力，问："容医生，司小姐，中午需要为你们订餐吗？"

容见迟摆摆手："不用。"

他和司楠自然而然形成默契，中午无事，便一起步行至湖畔餐厅吃饭，饭后散步回来，稍事休息，再开始下午的工作。

然而这注定是不平静的一天。

他们步行至人工湖畔时，是午间人群外出用餐的高峰，正撞见一对中年男女拉着白色横幅，上书"无良演艺训练班还我女儿姚瑶命来"几个血红的大字,在湖边观水平台上哭天抢地,身旁两个陪伴他们的年轻人一边直播,一边大声高呼"君禾演艺训练班一手遮天掩盖妹妹姚瑶死亡的真相""剥削姚瑶的无良演艺公司和霸凌姚瑶的练习生都是杀人凶手",有设法混进来的媒体全程摄影录像,文创社区的保安想上前阻拦,又被姚瑶父母寻死觅活的架势和现场的媒体镇得束手束脚,周围一圈围观看客指指点点,场面混乱。

姚母一条腿跨在观水平台栏杆上,一手扯着白底红字的横幅,声嘶力竭地哭诉:"我的姚瑶才十八岁!十八岁!就这么不明不白地死了,君禾方面一句解释都没有,至今避而不见!我们就这一个女儿,我们不要他们的臭钱!我和她爸爸只想要一个真相!姚瑶究竟是为什么死的?!"

姚父四十岁出头,但已是满头灰发,双眼红得几乎要滴出血来,只强忍着不教自己痛哭出声:"今天是我女儿的头七,她离开我们已经整整七天……"

君禾演艺训练班负责人闻讯,带着训练班的工作人员匆匆赶来,一方面叫保安将媒体请出社区,一方面好声好气地与姚瑶的家人商量:"有什么事,我们到公司里谈,在外头又吵又闹的,影响大家午休吃饭,多不好!"

"我们就是要叫所有人都看看清楚,你们君禾演艺训练班有多么无良心黑,才会逼得姚瑶妹妹走投无路只能求死!"高举手机做直播的年轻人毫不退让。

君禾的负责人面皮一抖,又不好当众发怒,只能好声好气地商量:"姚先生、姚太太,无论你们有什么诉求,我们都先坐下来好好谈,如何?"

负责人口舌便利,姿态又低到尘埃里去,到底还是将姚家一行四人劝得收起横幅,跟着他们去了演艺训练班。

司楠看得轻声一叹:"去了训练班,他们一点胜算也无。"

那吃人不吐骨头的地方埋葬了多少年轻人的青春与梦想?

花钱进训练班,高强度训练,低分成收入,尔虞我诈钩心斗角的同期生和统共也没多少的出道名额,小火靠捧大火靠命的星途,绝大多数少年少女都在其间浪费自己宝贵的青春并最终折戟沉沙,泯然于众。

形成这样一条以剥削追寻明星梦想的年轻人而获取巨额回报的产业链条的资本,无权无势普通如姚瑶家人,怎会是他们的对手?

一场注定无果的纷扰看得两人无心用餐,索性到社区内露天餐车区排队各买一条蜂蜜芥末龙虾卷,坐在午间阳光正好的花园里,边吃边聊。

"警方已出公告,确认姚瑶是跳湖自杀,不幸溺亡,君禾方面大概率出于人道主义角度进行一定的赔偿,但不会承认己方负有责任。"了解资本运作方式的容见迟几乎可以预见事件的走向和结局。

司楠咬一大口热量爆棚的龙虾卷,用力嚼嚼嚼,压下心头的邪火,才说:"被霸凌——这一点存疑——自杀的姚瑶、明显对姚瑶的死心怀愧疚自责的甄珍、不愿接受团体心理辅导却前来寻求心理咨询的祢米……一切都指向一个结论——姚瑶的死,绝非自杀那么简单。"

容见迟微微挑眉:"祢米?"

出于对患者隐私的保护,他并未向司楠提起今天来访者的姓名,也绝口未提自己关于祢宝珠很可能就是祢米的推测。

司楠回他一个挑眉的动作,三两口将剩下的龙虾卷塞进嘴里,吮净沾在手指上的蜂蜜芥末酱,然后拿食指、中指比比自己的双眼:"我有眼睛,也在观察。虽然上午只在接待区短暂见过一面,但你的这位年轻患者与君禾演艺训练班大厅里不断滚动播放的优秀练习生视频里的祢米是同一个人,而且……"

司楠轻哂,接过容见迟递来的擦手巾细细擦拭手指:"我听见小麦称呼她们为'祢夫人''祢小姐',很难相信两者之间毫无关联,仅仅是一个巧合。"

司楠垂下眼睑,更何况君禾还有柳亦辇和纪赟之流蛇鼠一窝的货色。

容见迟没有否认司楠的推断。

司楠见状了然地微笑，从长椅上起身："回去了。"

容见迟跟在她身后："你不问？"

"我答应过师兄，不沾手此事。"司楠略带遗憾地说。

"忍得住？"容见迟很是不信。

"我的工作是采访你。"司楠信手接住一片景观树上飘落的心形树叶，将叶柄捏在指间旋转，"不能主次不分。"

"这么乖。"容见迟轻笑，胸腔震动。

司楠被他笑得耳根微麻："不要用'乖'这个字，很容易引起我的逆反心理。"

容见迟以拳捣唇，笑不可抑："好。"

两人一前一后返回工作室，小麦的眼神在容见迟与司楠身上来回巡视，觉得两人之间的气氛有些奇怪。

司楠朝小麦友好地微笑，递上一杯从旁边咖啡馆带回来的生椰拿铁，然后进容见迟划给她使用的临时办公室，翻开经由患者本人同意公开的病案记录本，仔细研读。

病例甲是一位刑满释放人员，刚成年那一天，与劣友进酒吧喝酒感受成年人的快乐与刺激，酒后失智，与另一伙社会闲杂人士在酒吧外发生冲突，由言语辱骂最后升级为持械斗殴，混乱中几个年轻气盛的愣头小子重伤两人、轻伤一人、损毁财物若干，最后顶格判处十年有期徒刑。

甲服满十年刑期，一年未减，教司楠感叹他无论是做人还是做囚犯，都没有任何表现出色之处。

甲两年前出狱，已满二十八岁的他完全无法跟上日新月异的社会的步伐，更令他难以重新融入社会的是，父母嫌弃他给他们丢了脸，早早搬了家，亲友通通避他如蛇蝎，他无处可去，流浪街头，状态之差，可想而知。

容轩心理咨询工作室当时已与申江社区活动中心建立合作关系，

在接到社区志愿者求助后,容见迟前往救助站,为他提供心理咨询。

从容见迟写下的厚厚一本记录本,可见他当时付出多少时间与精力在这位患者身上。但一切付出都有回报,甲成功摆脱对新生活的恐惧与自卑,没有继续沉沦于负面情绪,而是接受社区的就业服务安排,完成职业技能培训,成为一位优秀的西点师,并带领与他有相同遭遇的刑满释放人员共同创业。甲如今已在本埠拥有三家连锁网红西饼屋,收入可观,个人生活也幸福美满。

当容见迟打电话给他,就是否愿意接受记者采访征询他的意见时,他一点抵触也无地痛快应承,声音明快爽朗得不可思议。

司楠当时就想,这大抵就是心理咨询服务的意义所在吧?

将深陷在阴郁自卑、自我厌弃、低落消沉的世界里的人,从那团越挣扎越桎梏的泥沼中拯救出来,重回现实世界。

司楠看病案记录看得入迷,临近下班,容见迟敲她的门,身长玉立,站在门口问:"周五下班可有空?谢利轩想请你吃饭,就他听信片面之词做出错误判断向你道歉。"

司楠合上手边的记录本,想一想,并不拿乔:"有人请吃饭,一定是有空的。"

当时不是不生气的,但人总要学会消化不良情绪,没必要同自己过不去。

容见迟闻言点头:"那我回复他,到时一起过去。"

"是否需要化妆穿晚礼服乘南瓜马车?"司楠起身将病案记录本还给容见迟,调侃地问。

他接过记录本夹在身侧:"不,不需要。他平时再低调不过,并不是个张扬跋扈的人。"

司楠似笑非笑地瞥他一眼。

听人一句话就把她赶出夜店,还不够张扬跋扈?

容见迟清清喉咙,无法替老友辩驳。

司楠揣上手机拎过背包,准备下班。

容见迟侧身,等她出门,伸手替她拉上临时办公室的门。

司楠为他滴水不漏的绅士风度感到由衷叹服。

开门、拉椅子、伸手虚扶、走在女性外侧……一切做得如此自然无伪，却又不含一丝感情色彩。

她的眼神在室内柔和的暖光里清澈得一望即明，容见迟微微垂睫，有些无奈地微笑："上回的事他确实做得不妥，一顿饭不够赔礼道歉的话，教他多请几顿，几时你消了气，几时算数。"

司楠见好就收，这事同容见迟有什么相干呢？

两人一路向外，司楠在接待区难得遇见容见迟的两名同事，一男一女两位心理咨询师的打扮与容见迟如出一辙，优雅利落充满精英范儿，见了她微笑点头维持一个礼貌的距离。

"司小姐今天的采访结束了？"

"司小姐明天见。"

司楠与他们道别，走出工作室。

身后容见迟与两位同事低声讨论起心理援助的工作事宜来，低沉的声音带着令人信服的力量。

在迈出一方院子的刹那，秋日的夕阳隐入地平线之下，余晖散尽，夜色袭来，司楠鬼使神差地回头望向灯火通明的工作室。

容见迟与两位同事站在明光熠熠的门厅内，三人鼎足而立，神色郑重，细细交谈，周身仿佛笼罩在一片旁人无法介入的气场中，充满令人感到陌生的距离感。

这一刻，司楠深深意识到，作为受访者，容见迟展示给她的，仅仅是他真正工作中最毛羽鳞鬣的一面罢了，而促使他成为一名心理医生的深层动力，她还远远未曾探寻到。

周末来临之际，司楠在午饭时收到一条来自陌生号码的短信。

司楠一边饮一口刚送上来香味扑鼻的虫草花炖淮山排骨汤，一边轻触手机屏幕，点开查看。

发件人以一副熟稔口吻写道："楠楠，许久未见，今晚可有空赏光一叙？晚六时于麟园恭候芳驾。"

163

落款一个"赟"字。

纪赟令人酸倒大牙的文艺范儿看得司楠一激灵，好端端一盅虫草花炖淮山排骨汤喝到嘴里顿觉油腻，不由得放下汤匙，将汤盅微微推开。

"不合胃口？"坐在她对面同样喝汤的容见迟撩眼望向司楠。

走哪儿跟哪儿对他进行深入跟踪采访的司楠是他近期固定的饭搭子，半个月工夫，司楠的口味他已然了如指掌，似此时此刻将一盅暖融融的老火靓汤推开的动作，实在不似司楠的性格。

司楠苦笑："被讨厌的人恶心到了而已。"

容见迟被她的直白逗笑："何必为讨厌的人而影响自己的食欲？你的不开心，无非是破坏了自己的心情，亏待了自己的胃，是对自己的惩罚，于对方又有什么损失？"

他顿一顿，司楠求知若渴的眼神便直直投了过来，他将司楠推开的汤盅又推回她手边："先喝完它。"

司楠瞪他一眼，他也不恼，只管微笑，喝自己的汤。

见他一副坚定不移的模样，司楠只得重新拿起汤匙，埋头喝汤。

许是容见迟的话起了作用，抑或是不可辜负美味，司楠看到短信后那点如鲠在喉的腻歪一点点褪去，舌尖再度感受到虫草花的鲜、淮山药的绵甜和精选黑毛猪肋排的香，交织成令人身心愉悦的清甜鲜美滋味。

当司楠喝光一盅排骨汤，再度放下汤匙时，容见迟也正慢条斯理地拿小毛巾擦嘴。

"好喝吗？"他放下毛巾问。

"好喝。"司楠真心实意地觉得。

"看——"容见迟微笑，"其实讨厌的人根本不重要，不该因他影响你享受美食。"

司楠大力点头，有道理，无法反驳。

容见迟摘下被热烫蒸出些许雾气的眼镜，看向坐在他对面，沐在阳光中的司楠。

"无论令你讨厌的人，出于什么目的联系你，你所需要给出的反应，都应该是'我不清楚你的打算，我可能会满足你的要求，但不是现在'。"

他声音冷静，冷静得近乎冷酷。

司楠听得一愣，不由得回望，视线倏忽落入缺少眼镜这层伪装的容见迟沉冷幽深的眼里。

那是一双幽冷深沉如同深潭的眼，一双沉静水面之下仿佛深藏着随时可能将人拖拽向深渊漩流的眼。

雾气消散，容见迟将眼镜戴回鼻梁，微笑着靠回餐厅宽厚舒适的餐椅里，蕴藏在眼眸深处的危险旋涡也随之潜得无影无踪，仿佛只是司楠的错觉。

司楠怔了一息，才找回自己的声音："这不是精神控制吗？"

容见迟招手叫服务员撤去汤盅："并不是精神控制，只是延迟满足。"

对上司楠好奇不解的眼神，他如传道授业解惑的师者，低语："轻而易举便能得到的东西，往往不被珍惜，爱恨皆是。只有延迟满足对方的需求，对方才会更渴望与更重视你的存在。"

司楠微微垂睫，随即扬睫："你刚才坚持让我先喝完汤，也是延迟满足。"

容见迟没有说话，但他眼底的嘉许说明一切。

司楠轻哼一声，然而无疑，纪赟带来的坏心情已然退潮般尽数散去。

下午容见迟有一场设在消防中队的心理辅导讲座，为消防员进行心理解压。

司楠作为同行助手坐在小礼堂的最后一排，前方是消防中队全体指战员，统一理着清一色的圆寸发型，个个肩宽背阔，健壮英挺。

教她意外的是，容见迟处于充满阳刚之气的消防员之间，竟然丝毫不显瘦弱斯文，倒像是激发出他隐于内心深处的强悍气质，有种势均力敌的感觉。

容见迟并不说什么佶屈聱牙艰涩难懂的专业术语，只拣通俗易懂的内容与案例，通过游戏互动引导消防指战员们发泄负面情绪，获得情感支持。

小礼堂内气氛热烈，可惜不能拍照，司楠颇感遗憾。

三小时讲座在与消防员们交流、沟通、测评中转瞬即逝。

现场效果良好，消防中队指导员在与容见迟道别时表示，希望能进一步固化成果，将心理辅导讲座融入消防指战员们的生活日常，以及时、专业地解决消防员们经历条件严酷的救援任务后的心理问题。

容见迟欣然答允与消防中队进行合作，双方握手，愉快告别。

"想不到消防员的负面心理情绪如此之重。"司楠上车后，对容见迟说。

"消防员所承受的心理压力，是常人无法想象的。"容见迟发动引擎，"我见过年轻消防员因为在地震中没能救出被掩埋的遇难者而自责崩溃，最后不得不退出消防员行列；也见过在熊熊烈火燃烧的火场逆行却因为自身工作的危险性，始终无法维持一段稳定且良好的感情关系而失落的消防员。"

他转动方向盘，将车驶出消防站："他们的工作性质导致他们承受着远超常人想象的巨大压力。不大肆宣扬，不代表他们能自我消解负面情绪。"

司楠注视他英俊的侧颜："身为心理医生，要接收为数甚巨的负能量，你要如何化解负面情绪？"

容见迟闻言笑起来："我以为你不会问。"

"其实我早想问这个问题。"司楠坦陈。

她一直告诫自己要专业，不应将重点放在受访者的私人领域和感情生活，但好奇心一旦生成，总会在某个时刻突破理智，冒出头来。

"我嘛——"容见迟想一想，"入行的时候，我的老师就同我说，做心理医生，最忌过度共情。'热心，但不可热情；冷静，但不可冷血'，这是我的老师教会我最重要的一点。"

瞥见司楠欲言又止的表情，他轻推眼镜："容轩的心理咨询师每月心理咨询时间不超过一百小时，正是为了防止咨询师长期浸淫于不健康的心理情境而对自身造成伤害。"

他将车开得四平八稳："以及，我与几个同行有个自己的互助小组，时不时小聚，偶尔小酌，顺便开吐槽大会。"

司楠想象那画面："一定很刺激。"

"何止刺激。"容见迟眼尾微挑，带出一丝风流。

"可以带我一起去吗？"司楠请求。

"可以。"容见迟毫不犹豫，"大概率会受到热烈欢迎及强势围观，他们会使出十八般武艺剖析你的内心，甚至尝试催眠，引导你说出内心深处的秘密渴望。"

"真的？"司楠大为震撼。

她脸上的表情大抵取悦了他，容见迟低笑，胸腔震动，仿佛大提琴箱体共鸣，低沉浑厚悦耳："骗你的。"

司楠在扑上去捶他一把与撇脸不睬他之间犹豫一秒，考虑到行车安全，选择了后者，引得容见迟又是一声低笑。

自市中心出来，驱车一小时，容见迟将车子驶进申江最负盛名的古镇。

傍晚的水乡古镇已上了灯，一条贯穿古镇的小河两岸枕水人家人声依稀，有景区里负责接载游客的乌篷船摇摇晃晃地划破平静的水面，慢悠悠荡进水乡的炊烟里。

外来车辆不得驶入景区，但容见迟的雅黑色总裁车畅行无阻地通过与古镇风情格格不入的车禁系统，驶上一条专为车辆进出铺设的青石板车道，在古老繁华的小镇绕行片刻，最终停在一座黛瓦白墙的明清建筑前。

司楠下车，站在老式宅院大门前，抬头仰望门楣上头黑底金漆上书斗大的"麒园"两字的匾额，微微蹙眉。

容见迟锁了车，走向司楠，伴着她往里去。

迈过门槛时,他指一指门旁镶着的铜牌:"此间是清代章姓富商的私宅,富商过世后,两个儿子分家,自园子中间砌了一道墙,将章宅一分为二,这边是麒园,那边是麟园。麒园如今是会员制会所,招待亲朋好友和与老板有密切合作的商业伙伴,隔壁麟园对大众开放,只是生意实在太好,一座难求。"

司楠在心里"呵"一声,当初恨不能同她老死不相往来的纪赟约她到麟园吃饭一举,不是不微妙的。

她又将视线投向神情淡定如常的容见迟,性情难以捉摸又行事低调的谢大少请她至麒园摆和头酒,更耐人寻味。

有穿白色斜襟衣衫、阔腿黑裤的女侍应上前接待他们:"容先生、司小姐,晚上好。"

容见迟朝迎上来的女侍应点点头:"老谢可到了?"

女侍应闻得"老谢"两字,眉眼动都未动一下:"谢先生已等候两位多时,请随我来。"

两人跟在侍应身后,穿过天井往后去。

容见迟低声对司楠说:"我们比他来得迟,可给他寻到借口,一进门必要叫我们自罚三杯。"

"谢大少这么接地气?"司楠低声回问。

"他信奉今朝有酒今朝醉,人生当及时行乐。"容见迟在渐深渐沉的暮色里露出一丝缅怀过往的笑来,"他就是这副现开销的脾气,有火当场就发,有错也愿意立刻道歉。"

司楠侧眼看他:"你们仿佛很熟的样子。"

容见迟微笑,没有否认。

女侍应将两人引至二进院子正堂仰德堂,纤纤素手轻敲楠木浮雕挡板格栅门,随后推门延手:"容先生、司小姐,里边请。"

栽歪在四出头官帽椅里把玩打火机的谢利轩站起身来,上前与容见迟把臂拍肩,将容见迟的肩背拍得砰砰响。

"容总,来得这么慢,今天无论如何,也得罚酒三杯!"他放开容见迟的手臂,说道。

容见迟捂一捂胸口:"你铁砂掌功夫见长,我受了内伤,饮不得酒。"

"去你的!"谢利轩挥拳捶他的手臂,"我哪打得过你?!"

容见迟笑一笑,回捶他一拳。

两人说话间的工夫,手上来回拆了两招。

司楠将他们的互动全看在眼里。

容见迟与鼎鼎有名的谢大少,关系竟然密切到熟不拘礼的程度。

招呼完容见迟,谢利轩朝司楠拱手:"司小姐莅临,令仰德堂蓬荜生辉!"

他今日穿烟灰色开司米开衫,配解开两粒纽扣的铁锈红色衬衫,褪去那晚在Untouch里颓靡的性感,带了些雅痞意味。

且他本就生得英俊,又着意客气,态度谦和,很难不教人心生好感,连被他驱逐过一回的司楠都忍不住在心里暗道一声"罪过",到底还是回以一笑。

谢利轩请司楠入座,招手叫候在门外的女侍应上水上菜。

"今日由我做东,略备薄酒小菜,宴请司小姐同我的好兄弟容总,一方面是想当面郑重向司小姐为我当日的莽撞行为道歉,一方面是希望能交司小姐你这位朋友。"谢利轩取过酒杯,倒满温好的黄酒,"当日我偏信一面之词,行事有欠妥当,是我的不是。我自罚一杯,司小姐随意。"

司楠来不及制止,他已一口气喝光一杯黄酒,嘴里说:"司小姐若不原谅我,我就再罚一杯,直到司小姐原谅我为止。"

司楠觑一眼袖手旁观的容见迟,以眼神问:你不管?

容见迟微笑耸肩:随他去。

司楠到底还是心软,在谢利轩喝干第二杯酒,正打算倒第三杯的时候,出言阻止:"谢先生,从前种种,譬如昨日死,过去的就让它都过去吧。"

不然还能怎样?

并非她有多大度,只不过事情根源不在谢利轩,迁怒他人,只是无能的表现罢了。

谢利轩闻言手上倒酒的动作一顿，随即向酒杯中注酒："司小姐为人豁达，心胸宽广，佩服！你是容总的朋友，自然就是我的朋友！来来来！今晚我们不醉不归！"

观他大有三个人里不喝倒一个不罢休的架势，容见迟终于使眼风给老友："可以了，少喝几杯。"

有容见迟发话搭梯子，谢利轩顺势朝司楠一笑，招呼她："麒园新请了位国宴总厨，专做淮扬菜，最拿手的是做一桌不重样的蟹宴，司小姐尝尝看，合不合口味？"

他轻轻击掌，格栅门左右推开，菜色流水般送上桌来，服务员在一旁唱菜名：金斗菊花蟹、蟹黄富贵虾、蟹膏一盏雪、清蒸大闸蟹……

名字起得意头好，色香味形都是一绝，更有专人戴妥手套负责现场拆蟹，必不教尊贵的食客出现手抓嘴啃的狼狈一刻。

司楠连拿过一只大闸蟹享受笃悠悠拆蟹吃蟹的机会都无，只能眼睁睁看着面容姣好的女服务员娴雅沉静地躬身站在她身侧，剪蟹脚、揭蟹盖、剔蟹膏一气呵成，然后盛在蟹斗形状的小盏里，淋上一勺蟹醋，小心翼翼地奉到她跟前。

不想令服务员为难，司楠道一声"谢谢"，接过盛着满满蟹膏、蟹黄的小盏，拿过金色小勺，舀起来送进嘴里，舌尖接触到同桂花姜醋的酸与甜、香与辛完美融合在一处的蟹黄和蟹膏，绵密黏唇的丰腴鲜甜在味蕾迸射开来的一刹那，司楠闭上眼睛，轻轻太息。

有钱人的穷奢极欲不是没有道理。

好吃到令人哭泣，幸福到令人堕落。

"喜欢的话，叫厨房再上一例。"谢利轩懒洋洋地靠在椅子里，对司楠说。

司楠摆摆手，她实在不习惯叫同她年纪差不多的女孩子站在她旁边服侍她吃蟹，再好吃的蟹也不行，且这一桌蟹宴吃下去，今晚的蛋白质与胆固醇齐齐超标，未来一周都得吃素，想一想便觉得未来七天日子难熬。

容见迟被司楠眼里毫不掩饰的纠结煎熬之色逗笑:"当这是一顿欺骗餐,心理负担会不会轻一点?"

司楠搛一筷子芦笋炒蟹脚吃:"有道理。"

"明天午餐我们可以走到社区外头去,衡山别墅旁边有不少小而精的餐厅。"容见迟为司楠斟一杯姜茶,意态再自然不过。

司楠心动。

文创社区内的餐厅,在容见迟推荐下,她已吃了一个遍,确实可以换地图了。

谢利轩的视线在两人身上来回巡视,良久,替自己倒一杯黄酒,轻酌慢饮:"作为铁到可以同穿一条裤子的老友,我很好奇,生活乏善可陈,除了工作还是工作的容总,同司小姐是怎么认识的?他板着一张脸的时候,连我见了心里都打鼓,司小姐倒好像一点也不怵他。"

司楠闻言一愣,略微回想片刻,记忆中并没有找到他板起脸来的画面。

"我和他……"司楠看一眼坐在她左手一侧的容见迟,火车站初见那晚他冷静淡漠的脸浮现于脑海,"算是不打不相识吧。"

"哦?"谢利轩颇感兴趣地坐正身体。

司楠看容见迟笑吟吟地面向她侧坐在官帽椅上,一条手臂横在官帽椅的搭脑上,并没有阻止谢利轩探听详情的意思,还有什么不懂的?遂将两人在火车站混乱中的初见简单说了一遍,最后一摊手:"就如此戏剧性地认识了。"

谢利轩听得哈哈直笑,隔着桌子伸手点一点容见迟:"司楠,我同你说!我一直好奇,容总将来的女朋友同他在一起,能否保有丝毫个人隐私?因为实在是不经意地一抬眉一转眼,他都辨别得出来你的言行是否异于平常,无伤大雅的善意谎言他也看得明明白白,多无趣?!"

"工作以外,我并不会时刻观察仔细入微。"容见迟朝老友举一举茶杯,"且有些表情与行为不必懂,心理学也看得明白。"

司楠其实也对谢大少的这个问题充满探究欲,但既然容见迟再度重申他在生活中并不随时随地运用他的心理学专业技能,她便不会继续追根究底。

谢利轩连喝几杯,即便是度数不算太高的温黄酒,此时也带了些醺然酒意。他将酒杯倒扣,按在桌面上,整个人倾向容见迟,一手攀住容见迟的手臂:"那你晓得我和容总是如何认识的吗?"

司楠做洗耳恭听状。

跋扈的富豪之子与低调的心理医生之间的友谊,她不是不好奇的。

谢利轩拍拍容见迟的上臂:"我和他是过命的交情!容总如果需要,我可以把全部身家都给他!楠楠你要报道容总,一定得好好采访我一回!"

司楠闻言不由得望向整晚都对谢利轩无限纵容的容见迟,挑眉。

容见迟的反应是倒一杯姜茶,推到谢利轩面前。

谢大少端起茶杯,一口气喝了半杯,脸颊泛红:"要不是容总,我老早就死了!"

司楠真切地露出意外之色,盖因谢利轩和容见迟眼底皆有一抹痛色。

"我!"谢利轩拍拍自己的胸口,又拍打容见迟的臂膀,"他!十九年前,要不是他拼了命地救我,我已经死在绑匪的后备厢里。"

司楠倏忽转眸,对上容见迟幽邃直如深潭的眼,他没有闪避,甚至淡淡地朝她微笑。

这一刻,司楠确信谢利轩所说并非酒后胡言乱语,而是确有其事。

司楠不由自主地在记忆中搜寻。

十九年前,她尚在上幼儿园,容见迟与谢利轩应该还在读小学。

作为记者,她对谢氏及谢利轩有所了解,但也仅限于媒体公开的新闻报道和一些可信度成疑的坊间传闻,以及新媒体时代社交软件上所透露的片鳞半爪,其中并没有谢利轩少时曾遭绑架的报道。

但——

这也解释了为什么作为国内顶级富豪谢家的独子,在各投资领域颇有建树的谢利轩却很少出现在媒体面前,甚至找不到一张属于他的正面照片。

"我欠容总的,这辈子都还不清……"谢利轩倒在容见迟肩膀上。

"当年的事,不存在谁欠谁。"容见迟冷静如常,伸出手去按住谢利轩还要继续倒酒的手,"你今晚已经喝得够多,不要再喝了。"

谢利轩略作挣扎,没能挣脱,也就作罢,只嘴上仍不忘对司楠嘀咕:"那后备厢又黑又臭……我哮喘发作,喘不过气来,意识模糊但心里无比清楚自己要无声无息地死在那里……"

他眼神失焦,透过司楠,落在虚空里。

容见迟无声叹息,抽出自己的手用力挟住谢利轩的手臂:"没事了,一切都已过去,我们现在不是好好的?走吧,我扶你去休息。"

他声音低沉和缓,似带有镇定人心的魔力,谢利轩安安静静地被他扶往西厢,中途并无挣扎反抗。

容见迟将谢利轩送进专司待客休息的厢房,替他脱鞋盖被,留一盏暖黄色的夜灯,正打算退出去,谢利轩的声音在他身后幽幽传来:"阿迟,不要走……不要丢下我……"

容见迟脚步一顿:"我不走,我就在外头客堂,你安心休息。"

他走出厢房,细细地合拢楠木格栅门,随后朝庭院深处勾勾手:"保护好他。"

他的声音散逸在空气中。

容见迟回到正堂,面对一桌残羹冷炙,他和司楠皆已失去胃口,遂叫服务员将杯盘碗盏都收了,两人移步偏厅喝茶。

他与司楠各据罗汉床一隅,中间炕几上燃着线香,一股清冷的木樨香随着香烟缭绕飘散弥漫开来。

"放他一个人,不要紧?"司楠隔着小茶炉咕嘟嘟氤氲蒸腾的水汽,问。

容见迟淡然微笑:"你怎会以为他是一个人?"

司楠先是一愣,随后恍然大悟。

是啊,谢利轩怎会是一个人?!

经过那一遭,即便他没有深居简出,恐怕谢家也将他保护得滴水不漏,寻常人根本近不了他的身。

"当时绑架就发生在国庆假期之后,每年到国庆前后,他心里都不痛快。"容见迟向司楠解释老友的失态,"酗酒、玩各种极限运动、沉湎肉体的欢愉……能试的,都试过了。"

但是没有用。

即使伤口表面已经愈合,内里却千疮百孔,溃烂腐败,无药可医。

"你呢?"司楠直直望进他的眼里。

容见迟闻言,垂睫,伸手替自己沏一盏正山小种红茶。

事情发生以后,谁心里痛快过?

"绑匪至今还未落网。"他半隐在弥蒙水雾后,"而二十年追诉期将届,每一个受此案波及的人的内心,恐怕都无法平静。"

容见迟转头看向偏厅窗外浸没在沉沉夜色里的庭树:"当年初出茅庐和师父一道负责调查这起绑架案的费队、受害人家属、利和我,都在等待绑匪落网伏诛的那一天的到来。也许直到那一天真正来临,我们的内心才能获得真正的平静。"

司楠的视线不由自主地落在容见迟脸上。

他英挺的脸上此时此刻一丝表情也无,仿佛一尊精致的泥木雕塑,冷淡地俯瞰红尘,视苍生如无物。

司楠觉得,相识至今,她终于透过容见迟无可挑剔的都市精英面具,窥见一角他隐于温雅表相之下的真实,但又从无一刻似此时,难过于自己触到的真相碎片。

她声音微涩:"你选择成为心理医生,是想帮助谢利轩?"

容见迟闻言回眸，嘴角勾起一点点笑："初衷并没有你想的这么伟大。我只不过是想弄明白，人性，究竟是像《荀子·性恶》所言'人之初，性本恶'，还是如《三字经》所云'人之初，性本善'？究竟是环境所致，抑或人性使然，促生恶念，进而引发罪行？"

司楠注视他静水深澜般的双眼，思及他每周前往申江社区活动中心为刑满释放人员进行心理辅导，那时他的内心是否能做到平静无波？

容见迟却没有给她继续思考与追问的机会："我先送你回家。"

"不用管谢……"司楠意外。

此情此景，她以为容见迟不会丢下谢利轩不管。

"他喝完酒，发泄过，一觉睡醒就又是活蹦乱跳的一条好汉，不必我寸步不离地守着他。"容见迟不以为意，"他要是一睁眼就看见我的一张大脸，那才惊悚。走吧，送完你我再回来。"

有些伤恸，无人可以分担，只能夜深人静，剖开皮肉，独自舔舐。

他形容的场面过于生动，令司楠失笑，但还是拒绝了他的好意。

"时间还早，我打车回家也很方便，你不用送我。"

见容见迟还要坚持，她便伸手指指西厢的方向："你答应过他，不会走，不会丢下他。"

容见迟深望司楠一眼。

这一眼似有千言万语，终成一默。

司楠挽了包，与他告辞。

"周一见。"

"周一见。"他送她到麒园门口，"到家发消息给我。"

"好。"司楠跨过麒园的门槛，走进古镇浓于墨色的夜里。

走出老远，她轻轻回头。

他仍一动不动地站在麒园门内，身形渊渟岳峙挺拔如松，却又清冷孤寒寂寞如斯。

司楠忍下转身奔向他的冲动，朝他挥挥手，继续走向秋夜。

回到家将近十点，司楠先向容见迟报了平安，随后发消息问师兄王砝："现在方便通话吗？"

王砝的电话随即拨进来。

"有事？"

"师兄，你知道容见迟和谢利轩十九年前曾经一同遭到绑架吗？"司楠开门见山地问。

王砝在彼端愕然一息，谢氏独子谢利轩？

"你哪儿来的消息？"

"容、谢本人。"司楠并不隐瞒消息来源。

王砝自记忆中搜寻十九年前关于绑架案的新闻，片刻以后回道："就我回忆，没有丝毫印象，很可能当年谢家做了低调处理，媒体并未大肆报道。"

司楠低应一声，她想也是。

"司楠。"电话那一头的王砝压低声音，郑而重之地提醒，"师兄是过来人，你听我一句劝，工作是工作，生活是生活，万勿将私人感情带入工作中，对你没有任何好处。客观、理性地面对采访对象，不要做出个人情感同价值判断。"

师兄的告诫引得司楠一声苦笑："师兄，我省得。"

"知道就好，赶紧睡！"挂断电话前，王砝又追了一句，"不要忘记每天的采写日志。"

心情沉重如司楠，也免不了笑叹："这就是做领导的格局吗？"

师兄妹二人互道晚安，结束通话。

司楠洗漱上床，思来想去，私信"包打听"管知时："管先生，明天中午可有空？我想邀您共进午餐，聊表感谢。司楠。"

管知时几乎秒回："中午有约，请我喝下午茶吧。花园饭店，下午两点半。"

司楠回以一个"好的"的表情，将手机调成静音模式，放得远远的，熄灯入睡。

司楠知道自己堕入梦境。

梦里大雾弥漫，让她仿佛置身静寂岭，不辨方向，不知今昔。

雾气涌动如有实质，从她身边流过，挟裹着她，将她带往梦境深处，无法挣脱。

她在浓雾中艰难前行，想要找到脱离梦境通往现实的出口。

四面八方传来杂沓的声响，司楠侧耳倾听，试图分清声音的来源。

倏忽有人低声太息，轻唤她的名字：

司楠……

司楠猛地睁开眼睛，自梦中醒来。

她撑起身体，伸长手臂，摸过手机一看，已是上午九点。

数字提醒显示有大量未读消息，司楠一边趿鞋进浴室刷牙，一边低头查看消息。

同学会提前一个月开始在群里接龙预热圣诞聚会并且重点提到了她；自外婆去世便再也不曾联系过的舅舅发来短信告知表哥元旦举行婚礼，人可以缺席，但礼不能不到；纪赟因她爽约由失望到暴躁最终化为沮丧的数条语音；一条谢利轩添加她为好友的申请……

世界如此玄幻，司楠吐掉嘴里的牙膏泡沫，想。

两年前，在圈内掌握话语权的柳亦辇放话抵制一切有她参与的采访，随后由他的粉丝掀起针对她的网络暴力狂潮，彼时没有同学试图为她发声，人人明哲保身，三缄其口。

司楠一直想不明白，究竟是自己做人太失败，还是在权势面前，每个人都是无足轻重的蝼蚁？

两年过去，她终于走出沉沦的泥沼，重拾一支笔，以深度调查记者的身份重回一线，而那些与她划清界限的同学，如无事人般，向她发出了聚会的邀请。

而外婆还在世时就已对她不闻不问的舅舅一家，司楠不恨他们，毕竟三代同堂，五口人挤在一间小小石库门房间里，亲妈尚且嫌她碍眼，更何况是外甥女？但司楠也不关心他们，随礼两百块司楠都觉得多余。

至于纪赟——

司楠以冷水扑面,洗去最后一点惺忪的睡意。

两年前,在锦绣前程和脆弱得不堪一击的感情面前,他毫不犹豫地选择了前者,以至于分手分得那样难看,他转头成立个人摄影工作室,挂靠在柳亦犟的公司旗下,足以证明三年恋情抵不过现实的重拳。

司楠无意探究纪赟两年后忽然约她一见的真实目的,因她并不打算满足他相约一叙的请求。

洗漱完毕,司楠换衣服下楼,在小区门口的点心店里吃一碗热腾腾的老鸭粉丝汤,搭配两只婴儿拳头大的牛肉煎包,照例听两个中年爷叔吹嘘股票与基金大赚、女儿女婿送来的燕窝甲鱼吃也吃不光、老婆同小姐妹一道出门旅游……生活在他们彼此的讲述里充满了热闹的富贵浮华。

吃过早饭,司楠搭车前往市立图书馆,在阅览室借一台电脑,开始查找十九年前国庆之后关于儿童绑架案的新闻。

十九年前网络尚不发达,新闻报道载体仍以报刊、电视为主,多亏市立图书馆馆藏旧报纸已悉数做了数字化处理,检索查找翻阅起来较之从前方便快捷得多。

通过关键词,司楠很快在十九年前的《申江晨报》《申江晚报》《申江法治日报》等几份报纸上搜索到关于九岁男童遭到绑架并被杀害的新闻报道,因案件性质恶劣,警方悬赏十万元征集有关犯罪嫌疑人的线索。

司楠在电脑前呆坐良久。

当年被绑架的,不止容见迟与谢利轩?

他们是怎样在绑匪的魔爪下逃出生天的?

被杀害的男童又是谁?

司楠只觉得背脊传来彻骨的寒意。

虽然新闻只得寥寥数语,并未对案件细节详加说明,但一条幼小生命的消逝和当年十万元的巨额悬赏，可以想见绑匪手段之残忍。

司楠付费将几条相关新闻打印收妥，走出图书馆，坐在馆外广场边供游人休憩的长椅上，遥遥注视广场上成群的白鸽悠闲散步。

有家长带着幼儿手捧粟米追着鸽群喂食，孩童犹犹豫豫地伸出双手，摊在鸽子的尖喙前，又爱又怕，但最终喜爱战胜恐惧，蹲在鸽群中间，小脸带笑，嘴里"咕咕咕"的，稚趣可爱。

司楠就这样一动不动地坐在那里，任正午时分的阳光由顶至踵，将她笼罩其中，晒得头皮都发烫，才略略觉得驱散了些滞重的寒意。

到了饭点，司楠随便寻了一爿小店，点一份店里的招牌猪油渣菜饭，老板热情地送了她一小碗黄豆猪骨汤。

司楠没想到这食客寥寥的小馆子，一碗猪油渣菜饭做得竟然意外好吃，米饭软而不烂，香肠肥而不腻，咸肉瘦而不柴，青菜碧绿生青，猪油渣又香又脆，富含油脂特有的香味，搭配猪骨汤里炖得酥烂入味的黄豆，一下子将她自低落不已的情绪当中拯救出来。

下午两点半，司楠走入花园饭店时，心情已然平静无波。

管知时同样守时，两人几乎前后脚被领位员带至花园中风景最佳的位置。

花园饭店顾名思义，开在申江最著名的花园之中，百年前曾是一位犹太商人送给他的中国妻子的礼物。百年之后，这座曾经代表身份地位与恒久不变的爱情的花园，几经易手，如今落在一家私人投资管理公司的手里。

花园还是那座花园，只是物是人非，从前不对外开放的园子被改造成顶级餐厅，餐桌错落有致地摆放在花园各处，支上巨大洁白的遮阳伞，成为既能观赏美景，又能享受美食的一处打卡胜地。

城中的热恋男女、网络红人、文艺青年纷纷前来朝圣，任何时候都一位难求。

管知时朝司楠点点头，拉开铺有软垫的藤椅，整个人埋坐进去，伸手招呼服务员的同时问司楠："有没有什么忌口？"

179

司楠微笑:"都可以。"

中午的一碗猪油渣菜饭落肚,她这会儿还不饿。

"下午茶双人套餐,另加一份蝴蝶酥和咸淇淋,谢谢!"管知时对服务员说。

待服务员走开,他挽起袖口,替自己倒一杯柠檬水,端起牛饮半杯,才长长舒出一口气来:"这几天忙得脚不点地,今天连午饭都顾不上吃。有时真想撂挑子不干,不伺候了!"

司楠细细打量他,果然他眼底黢黑,显然最近睡眠质量不佳。

"忙,可见生意兴隆。"司楠轻声调侃。

"谁说不是?"管知时大方承认,"要不是有钱赚,谁爱给'巨婴'擦屁股?"

下午茶点心很快盛在三层甜品盘里送上来,另有梅森蓝洋葱茶壶装的锡兰红茶和一盏淡奶一道送上桌。

司楠岿然不动,管知时微微诧异:"司小姐不拍照发社交圈?"

此时此地他们身边的食客,享用下午茶前,没有不掏出手机拍照的。有两桌围了三五个穿着打扮入时的年轻女郎,挨个排队选取最佳角度,对着桌面上花与树的光影之下的甜品不停拍照,如拍摄博物馆里的艺术品般虔诚。

司楠摇摇头。

当她经历过海啸一样排山倒海近乎灭顶的网络暴力后,仍保留手机里的社交软件,只不过是因为工作需要,但她早已不再分享关于自己的动态,不愿以此博取眼球获得关注。

管知时微笑:"那我不客气了。"

他取过茶杯,注入红茶,又倒入淡奶,推至司楠跟前,又如法炮制为自己冲泡一杯奶茶,用小小银茶匙搅拌均匀,轻啜一口,然后发出心满意足的叹息。

"我第一次来花园饭店,还在给当时的老板开车。当时刚从文旅学院导游专业毕业,既是他的司机,又是他的翻译。"他放下茶杯,拈起一块咸淇淋,送入口中,"老板是个英国老头,永远穿精致剪裁的定制西装,头发梳得一丝不苟。他待我十分客气,走到哪里把我带到哪里。跟着他一年,我长了很多见识,也意识到如果我不放手一搏,那我所能取得的最高成就,也不过是给大老板开车而已。"

司楠相信他的经历必定比他三言两语轻轻带过的精彩百倍,但那又是另外一个故事了,遂朝他举一举茶杯,敬这个以司机兼翻译起步一路奋斗成如今日进斗金的顾问公司老板的男人。

"所以——"管知时再啜一口奶茶,"司小姐今日相约,又是为了什么事?"

司楠不由得放下手里的茶杯,为管知时的敏锐而轻轻拊掌,也不同他兜圈子:"我想向管先生打听一桩旧案。"

管知时明明白白地讲价:"我按时收费,超过三十分钟以一小时计,费用不菲。"

"应当的。"司楠本也没打算从他这里空手套白狼。

"说吧。"管知时大抵是真的饿,又拿起一块蝴蝶酥,一掰为二,送一半进嘴里。

"请问管先生是否知道……"司楠略做停顿,到底还是问,"十九年前,涉及谢氏谢大公子的那桩绑架案?"

正半垂着眼去端茶杯的管知时猛地扬睫,入座以来一直笑眯眯看起来再好脾气不过的样子彻底收了起来,目光锐利地在司楠脸上扫过。

他端起茶杯,微呷一口,随后靠向藤椅椅背:"确定?"

司楠点点头。

开弓没有回头箭,问都问了,不必改口。

"行。"管知时放下茶杯,双手交叠搭在腰腹,黑框眼镜后的双眼轻合,在记忆中搜寻。

当他再度睁开眼,亲切温文的表象褪去,露出其精明冷静的内核。

他的顾问生意做起来,也不过是近十年的事罢了,但作为一个合格的"包打听",往前追溯三五十年的旧事,也不在话下,何况是涉及本埠顶级富豪世家的秘密。

"你知道谢氏是做什么起家的吗？"管知时并不立刻为司楠答疑解惑，反而提问。

司楠想一想，谢氏产业所涉甚广，大到地产房产、影视娱乐，小到餐饮酒店、商场超市，俱有谢氏身影，她还真不晓得谢氏以何起家。

管知时推一推鼻梁上的眼镜："谢氏与港城船运大王有千丝万缕的关系，谢利轩的母亲是如今船王的表妹。"

司楠"啊"了一声，有钱人与有钱人沾亲带故，自成一个世界。

"改革开放之初，船王一家有心为内地沿海城市的开发开放建设添砖加瓦，借其航海运输便利优势，与谢氏成立进出口贸易公司，将大宗商品运进运出，成功为谢氏发家致富挣得第一桶金。"

他不过只言片语，司楠却能想象得到在当时那个让一部分人先富起来的商机遍地的时代，谢氏在最初的十年里野蛮且顽强生长的惊心动魄。

"谢氏在赚得第一桶金后，恰遇进一步深化城镇住房制度改革、加快住房建设政策出台，福利化分房逐步取消，住宅商品化正式进入普罗大众的生活。时任申江市长还为此特意前往新加坡等国进行考察，最后研究决定借鉴并引进了现有的公积金制度，使得住房制度改革平稳落地。"管知时饮一口奶茶，"谢氏在公积金制度出台前，明晰地意识到住宅商品化的不可动摇性，因而注资成立房地产公司，赶上房地产热的东风，建了第一批商品房和别墅，将谢氏的商业版图进一步扩大，资产惊人。"

谢氏的根基在进出口贸易与房地产，之后的影视娱乐、商场酒店无非是锦上添花的小打小闹，是赚是赔都损伤不到谢氏的根本。

一个快速崛起、赚得盆满钵满的家族，很难不教人眼红。

"偏偏彼时又正逢工人下岗潮……"管知时轻叹。

悲剧的酿成，往往只因时代排山倒海的浪潮下不为人注意的一件小事。

"说到这桩旧案，又不得不提到容氏。"管知时意味深长地看了司楠一眼。

容氏？司楠回望管知时。

"是我所知的那个容氏吗？"

"是，就是你所知的那个容氏。"管知时肯定，"是那个拥有数个家电品牌、生产大中小各类型家电、千家万户必然会有一件甚至数件他家生产的电器用品的容氏。"

电光石火间司楠恍然大悟其中的关窍。

管知时似嗔非嗔地白了司楠一眼："你贴身采访容见迟，不会不知道他是容氏的公子吧？"

司楠苦笑："我所做的功课，只有他的学历与工作经历，并未做家庭背景调查。"

她一心一意只想深入了解心理咨询行业和心理医生的工作，并未关注容见的家庭和感情生活。

倘使她关心财经版块，可能也早就发现其中的联系。

"那你又是否知道——"管知时倾身向前，拿起茶杯，凑近唇边，"容见迟曾有位孪生兄长。"

阳光正好的午后，司楠听见自己的牙关咔地一响，一丝寒意缓缓爬上脊背，一点点蔓延至四肢百骸。

管知时说"曾"。

司楠伸手去端茶杯，发现自己的手抖得不成样子，只得收回手。

管知时就着茶杯，再饮一口，随后一声叹息。

"其时谢利轩、容见鲲、容见迟三人同时遭到绑架，谢、容两家并没有第一时间报警，而是根据绑匪的要求支付了巨额赎金，可最终只得谢利轩与容见迟平安归来，容见鲲惨遭撕票。其中的详情，外界不得而知，谢、容两家联手做了低调处理，新闻报道也并没有提及受害者姓名。此事发生以后，本城不少富豪将子女送往国外留学，以策安全。这就是我所知的，十九年前旧案的全部。"

司楠想起昨晚全程看似冷静自持的容见迟和喝得酩酊大醉的谢利

轩,无端泛起一丝心疼。

虽然自绑架案中侥幸生还,但他们从未真正走出此事的阴影,无论容见迟,还是谢利轩,至今还被"幸存者内疚"所困扰折磨,无法挣脱。

这一刻,司楠不得不承认,师兄说得对,她不该对采访对象产生工作以外的好奇,她越过了那条线,再难退回。

司楠与管知时相对无言良久,直到管知时看一眼腕表,朝司楠微笑,站起身来:"下午茶时间结束,我后头还有事待办。"

"百忙之中还来打扰您,抱歉。"司楠起身与管知时握手,"您这次的收费……"

管知时放开司楠的手:"能为司小姐提供帮助,是我的荣幸。且这也不是什么新鲜热辣的消息,不过是一件旧闻而已。"

"这怎么行?"司楠才不信天上会掉馅饼,尤其是管知时这样的老狐狸。

老狐狸管知时笑容略深:"司小姐不妨当欠我一次,将来我有需要你帮助的时候,望你不吝伸出援手。"

啊,原来在这里等她,司楠苦笑,钱债好偿,人情难还。

但司楠还是爽爽气气地应承下来:"一定。"

管知时摆摆手,潇洒离去,留下司楠在花园饭店里独坐,面对人走茶凉的圆桌,一时忧思重重。

新的一周,一场冷雨席卷城市。

司楠收了伞走进工作室,小麦已守在前台,笑眯眯地同她打招呼:"司小姐,早!"

容见迟随后走进门来,如常问小麦上午有几个预约,又朝司楠颔首:"来了?"

小麦翻看预约记录,回复他有两个预约。

容见迟将黑色雨伞插在门口的伞架上,拎着工作包阔步往办公室去,与任何一个工作日无异,只是司楠望着他的背影,深深知道,她再也无法单纯地以工作眼光看待容见迟。

上午第一个预约的患者仍是绿毛少年。

他伞也不撑，淋得浑身湿漉漉地跑进来，接过小麦递来的毛巾草草擦了擦身上的水，照例往咨询室的沙发里一瘫，并不立刻敞开心扉，总要东拉西扯到将近结束时，才肯稍稍吐露一点心声，承认意识到自己的所作所为并不成熟冷静，被少年意气与怒气所左右，有时仅仅为了激怒父母而做出不理智的冲动决定。

他说再遇见类似情形，他会从一数到十，问问自己是否还是那么生气，是否还想冲上去同人打架。

结束咨询前，容见迟向他提出小小的建议："既然你已意识到问题所在，那么，是否愿意尝试做出改变？"

"应该怎样改变？"少年不是不迷茫的。

他小时候也被亲友师长称赞玉雪聪明，也被寄予厚望，但不知何时何故，就同父母的寄望背道而驰，不复从前。

容见迟并不对他做出任何评判："试试在内心想象一面镜子，观察镜子里的自己，有哪些是为激怒父母而做出的决定，然后慢慢来，不必多，先尝试改变一点，并观察这样的改变，会不会令你觉得难以接受。"

绿毛少年双手揣在卫衣兜里，自咨询室晃出来，经过接待区看见司楠坐在沙发上手捧平板电脑在挑选采访西饼屋老板小唐所拍摄的照片，便贱兮兮地扑过去，伏在沙发背上："美女姐姐！你真不是容医生的女朋友？我次次来，都看你坐在这里，不觉得无聊吗？"

司楠无奈地按灭平板电脑屏幕："真的不是。"

少年瞥了一眼嘴唇微翕想要出声但在司楠否认后又忍了下来的小麦，嘿嘿一笑，继续趴在司楠身后的沙发背上："姐姐要是觉得无聊的话，来看我的演出吧！我和同学组了个四人乐队，周末在滨江文创市集首演。"

司楠被少年声音里的得意引得微笑起来："你在乐队什么

位置?"

少年站直身体,双手从卫衣口袋里掏出来,在身前做弹拨划动状:"主唱兼节奏吉他手!"

司楠侧身看他无实物表演,拱手道:"厉害!"

少年竭力邀请,眼里带着些期待与雀跃:"美女姐姐!来嘛!来看我们演出!"

司楠还没来得及答复他,祢夫人与祢宝珠母女到了。

母女两人依然穿得似对姐妹花,只是祢夫人的项链由珍珠山茶花换成了镶钻豹子头,两母女气色不佳,祢宝珠的神情看起来比上一回更加委顿,像一枝因缺水将要枯萎的花。

绿毛少年的目光一下子为忧郁的秀丽少女所吸引,微微张着嘴,浑然忘记自己刚刚才对美女姐姐献过殷勤。

祢夫人目下无尘,眼里只有小麦:"约了容医生十点。"

距离十点还有五分钟,小麦点点头:"两位请稍候。"

祢氏母女身后,跟进来一位中年司机,左右手各提一个画幅四十一寸左右的画框。

绿毛少年凑到祢宝珠身边:"喂,你也来看心理医生?"

祢宝珠轻轻扬睫睨他一眼,咬着嘴唇点点头。

"你有什么问题?"少年也不走了,"我是无法控制自己的情绪,你呢?"

"我……"

祢宝珠刚要答话,祢夫人描摹精致的眼一扫,柔声召唤:"宝珠,磨磨蹭蹭做什么?快来!"

祢宝珠只得略带歉意地朝少年微微颔首,然后快步走到母亲身边,由小麦领着往咨询室去了。

绿毛少年将双手插回卫衣兜内,不忘对司楠说:"姐姐记得来看我们演出啊!"

随后吹着口哨冒雨扬长而去。

司楠看得深觉有趣。

祢夫人爱女心切是真，但控制欲强到令人发指也是真，穿着打扮、坐卧行止悉数牢牢掌控，难为少女祢宝珠一点也没露出叛逆的意思来。

绿毛少年与祢宝珠的际遇完全相反，父母始终缺席，从未陪同他一道前来进行咨询，深信有心理咨询师即可，他们无须付出任何关心与努力。

也不知道哪一款家长更教孩子反感。

咨询室内，容见迟接待了祢氏母女。

祢夫人指一指带进来的画框："容医生，这是宝宝最近两周的画作。"

容见迟起身，走向靠在墙边套着防水防尘罩的画框，转头征求祢宝珠的意见："宝珠，可否打开来看看？"

祢宝珠抿一抿嘴唇，最后几不可察地点头。

容见迟这才弯腰揭开防尘套，露出其下画作的真颜。

他微微退开一点距离，细细欣赏祢宝珠的画作。

少女有着惊人的艺术天赋，两幅画虽然用色一冷一热截然相反，但画面上深深浅浅的颜色交织成浓浓淡淡的雾，轻浅如薄纱，厚重似山岳，而浓雾之后，半隐半现着一双眼，仿佛透过画布，望进人的灵魂深处。

画面里的雾中之眼太富有侵略性，祢宝珠下意识偎进母亲怀里。

容见迟察觉她的反应，拉下防尘套，将两幅画原样罩好，坐回沙发里。

"上次回去以后，还梦游吗？"他缓声问。

祢宝珠眨眨眼睛，没有否认。

她备受梦游症困扰，一片黢黑的眼底骗不了人。

"仍在梦游时作画？"

祢宝珠打开随身斜挎的老花侧包，取出一本速写本，递给容见迟："最近的画都在里面。"

容见迟接过速写本，翻开。

这想必是祢宝珠日常信手涂鸦用的本子，零零碎碎画着很多内容，练功房里手扶把杆的舞者、窗外站在树枝上的麻雀、年轻英俊男孩的侧脸、哀鸣濒死的天鹅，还有——

漂浮在湖面上的尸体。

容见迟的瞳孔不由自主地微微一扩。

他合上速写本，问："可以将你的画作和速写本留给我吗？"

祢宝珠侧头，露出不解的表情。

"我有一位同事，对绘画心理学极有研究，能透过画作深入了解个体潜意识，也许能从中寻找到导致宝珠梦游的症结所在。"容见迟向祢氏母女解释道，"请放心，我不会透露宝珠的信息。"

只能要找到造成女儿梦游的肇因并根治，祢夫人并不在乎女儿没有署名的画作被拿去解读，遂垂头问女儿："宝宝，你说呢？"

"我没有意见。"祢宝珠乖巧地回答。

容见迟朝她露出鼓励的微笑，又问她饮食和作息是否规律，日常是否有健身的习惯。

祢夫人握住女儿的手："她从小喜欢美术，虽然因为家里同娱乐圈沾点关系进了演艺训练班，但到底还是更爱画画，常常在画室里一坐就是半天，几乎很少运动。"

祢宝珠有些害羞地承认："我不喜欢运动。"

容见迟笑起来："不喜欢运动不是什么大问题，假如你愿意，可以在饭后适当散步，甚至做广播操也可以。"

祢宝珠被他逗笑，露出两颗小虎牙，娟秀的五官一下子变得生动可爱起来。

"睡眠行走——也就是梦游，是一种很常见的睡眠障碍，不良的生活习惯或者巨大的压力都有可能导致梦游。找到并消除诱因，便可以减少甚至根除发作。"容见迟根据祢夫人的诉求，提出建议，"宝珠不必刻意更改自己的饮食与作息，只要在三餐后增加十到二十分钟的散步时间，暂时也无须服用任何药物。"

他又对祢宝珠说："宝珠仍然希望想起关于好朋友瑶瑶的

事吗？"

祢宝珠迟疑一息，还是点了点头。

她不愿瑶瑶永远躺在冰冷的回忆中不再被人想起。

"人类的大脑非常神奇。"容见迟向少女解释大脑的工作机制，"你以为自己忘记了的细节，其实都藏在你的脑海深处，有时候需要一个声音、一种气味、一幅画面来触发你的记忆。所以不要着急，我们只是还没有找到能触发你记忆的正确的中介性联系。"

"我该怎么做？"

"该怎样就怎样。"容见迟打趣看起来乖顺无比的少女，"趁妈妈最近对你百依百顺，向她提些无理要求试试。"

祢宝珠眼睛一亮："可以染头发吗？"

祢夫人好气又好笑地拧一拧女儿的鼻尖："只可以尝试一次性的。"

容见迟收了玩笑："用自己最擅长的方式去回忆与纪念好朋友吧。"

祢宝珠重重点头。

送走祢氏母女，容见迟摘下眼镜，捏一捏眉心。

连续两场咨询，不是不累的。

心理卫生协会建议每月面询不超过一百小时，也是基于对心理咨询师自身精神承受能力和健康的考量，避免过度消耗精神导致情绪低落，以至于影响求助者的咨询效果。

心那么累，容见迟还是不由自主地被祢宝珠带来的画作所吸引。

这两幅她在梦游时完成的作品仿佛有种魔力，令人想要探寻迷雾后的真相。

做完咨询病案记录，容见迟结束上午的工作，招呼司楠："走，带你去衡山别墅觅食。"

"来了！"司楠揣上手机拿上伞，跟上他。

小麦站在前台内，望着两人相偕走出工作室的背影，微微垮下肩膀。

两位咨询师助理准备外出用餐，笑着问她："小麦要不要同我们一起？"

小麦摇摇头："你们去吧，我带了饭。"

也许是她敏感，容见迟与司楠之间突如其来的旁人水泼不进的紧密联系感让她分外焦虑，就好像曾经独属于她的亲密关系遭到外力破坏，再也难以恢复到从前的模样。

司楠来之前，容见迟也偶尔外出午餐，但大多时候都是由她负责替他订餐，送到工作室，大家围坐在休息室里，边吃饭边吐槽工作中的烦心事，这已成为容轩心理咨询工作室的一种办公室文化。

但自从司楠来了以后，她已经许久没有同容医生一起吃午餐了。

小麦分不清自己内心的感受，究竟是多年与之共事的老板被人分去了注意力导致的失落，还是暗暗喜欢的人终于将视线投在一个明确的异性身上而引发的嫉妒。

也许两者兼而有之吧，小麦想。

走出文创社区的司楠并不知道小麦百转千回的心绪，她的注意力悉数被守在外头的媒体吸引。

她答应了师兄不沾手此事，但很难不关注事件的后续发展。

君禾演艺训练班练习生溺亡的新闻热度还未消散，姚瑶父母在各平台控诉君禾演艺训练班害死女儿的图文与视频高挂热搜排行榜前几名，仍有不少媒体日夜蹲守，试图拍摄姚瑶父母与君禾工作人员对峙的画面。

柳亦辜作为君禾第二大股东，又是演艺名人，在事件发生后，他本人虽未出面，但名下的工作室第一时间发文称对于练习生的意外身亡表示遗憾，会全力配合警方调查，也愿意为痛失爱女的姚家父母提供一切必要的帮助云云，言辞之诚恳，很难教人挑出毛病，反而赢得了大量粉丝与路人的好感。

这终将是场实力悬殊的较量，没有任何背景的平头老百姓与手握钱势的资本之间关于一个年轻生命逝去的真相的较量。

媒体的嗅觉何其灵敏?

多少次艺人的公关文稿最后在事实面前沦为贻笑大方的笑柄,司楠想。

忽然走在她外侧的容见迟伸手兜住她的肩膀,在她错愕间栽向他时,顺势将她的脸按在自己的胸前。

"嗯?"司楠的面孔半埋在容见迟的胸口,一边被他挟裹着向前走去,一边闷声发出疑问。

"记者的镜头扫过来了。"他的气息拂在她的头顶,"不要停,继续走。"

容见迟将手中的黑色大伞倾向司楠,自己泰半身体都暴露在细密的秋雨里,走出老远,才轻轻放开司楠的肩膀:"失礼了。"

司楠在她橙黄色的雨伞下,侧头看他。

"你与君禾的柳亦羣之间曾有龃龉,敏感时期,万一拍到你出入文创社区,容易被有心人利用,拿你做文章,通过诋毁你转移媒体的注意力。"容见迟低声解释。

司楠嘴角含了一丝苦笑:"谢谢!倒让我感受了一回明星躲避狗仔镜头的刺激。"

"不客气。"容见迟护着司楠避开一辆逆向行驶在人行道上的助动车。

司楠垂睫看一眼他虚扶在她腰侧的手。

他手指细长,干净有力,一如他本人。

司楠回想起无论是火车站的初见,还是后来的每一次巧遇与相见,他好像,从来都以一种保护的姿态,面对一切。

可是,谁来保护他呢?

在他身心疲惫时、在他情绪低落时,又有谁守护他的左右?

司楠不知道,并无端地为此感到难过。

他们并肩穿过落满黄叶的小街,经过静静矗立在雨中的衡山别墅,走到别墅对面的小马路上。

容见迟指一指一家门口排着长队的小吃店:"这家的铁锅生煎和鸭血粉丝汤是附近一绝,从来不接外卖生意,每天卖光即止,日日早中晚爆排半小时起。"

司楠看一眼食客们撑着伞低头玩手机安心排队的盛景,叹为观止。

"这么好吃?!"

"他家的生煎皮子以老面发酵,开口朝上,用铸铁小锅,八个生煎一锅,现做现卖,每一锅都面暄底脆,咬下去汤汁迸射,有一种独有的面香。"容见迟引着司楠经过点心店,"慕名而来的食客与回头客络绎不绝。"

"不在他家吃?"司楠回头看渐行渐远的点心店招牌。

"下雨,户外排队湿答答的,下回天气好带你吃。"容见迟一指勾住司楠的雨伞伞柄,将她拉向一旁的弄堂,"今天带你吃一家只有老饕才晓得的馆子。"

他带她去到巷子深处一家私房粤菜馆,吃老板拿手的低温葱姜油浸龙趸鱼和干炒牛河。

小小一爿私房菜馆,从老板、厨师、小工到跑堂俱是粤人,店里粤调四起,教人仿佛置身粤地,烟火气十足。

老板光头戴金链,举手投足满是江湖气息,看到容见迟收伞进门,迎上来与他打招呼:"稀客!稀客!什么风把容生吹了来?容生大驾光临,小店蓬荜生辉!"

一转眼看见他身侧的司楠,老板伸手一摸光头:"这位是?"

"这是我朋友阿楠。"容见迟为两人做介绍,"这是老板阿强。"

老板阿强笑声山响:"欢迎阿楠姐!快请里边坐。容生和阿楠姐今天来得巧,店里刚进了两条龙趸鱼,给两位做一条吧?"

低温葱姜油浸龙趸鱼去了中间一根脊骨,摊开来在温热的葱姜油中浸熟,盛在鱼盘里,淋上一大勺蒜蓉豉汁,香气四溢。撅起一筷子鱼肉送进嘴里,嫩得入口即化,鱼肉纤维间浸润了葱姜的香气,甜而不腥，嫩而不散，美味至极。

司楠吃得两眼放光。

店里的干炒牛河与甜汤也甚得司楠之心，她连连夸赞，阿强见状颇有成就感地伸手在光头上来回摩挲。

吃了午饭出来，外头雨势渐停，两人在蒙蒙细雨中散步回文创社区。

司楠笑言："阿强看起来一身草莽气，想不到竟烧得一手好菜。"

容见迟略带奇异地看向司楠："你的直觉，一向如此精准？"

"嗯？"司楠不明所以。

"阿强年轻时是过江龙，学人做古惑仔，不到四十岁落到妻离子散的地步，心灰意冷，回来也找不到称心的工作，所幸凭借一手过得去的厨艺，带着几个一样前途迷茫的手下，开了粤菜餐厅，倒也把生意做起来了。这间私房粤菜馆纯粹是他招待熟客用的。"容见迟对司楠说。

司楠脸上露出"这是我能听的吗"的神色，引得容见迟轻笑。

"阿强不是我的病人，这也不是什么秘密。"

阿强生意最红火的时候，本地美食节目曾去探店，他指着总店墙上悬挂的与港城明星的合照，把一个古惑仔金盆洗手的故事说得绘声绘色。

"你怎会认识阿强？"司楠问。

过江龙古惑仔似乎与容见迟是两个世界的人，完全不应该有交集。

容见迟闻此一问，只是浓眉微挑，并不回答。

司楠却在他短暂的笑容里捕捉到什么，脑海中灵光闪过。

发生在十九年前至今尚未擒获真凶的绑架勒索案、心理医生职业、与警方合作、对刑满释放人员做心理疏导、同三教九流不同寻常的往来……所有零散的碎片汇到一处——

"你、你们，从未放弃寻找当年的真凶！"司楠脱口而出。

容见迟没有否认,甚至还善解人意地补充:"当年曾重金悬赏线索,这悬赏至今有效。阿强南渡过江又回来,听人聊起旧事,在道上托人寻到利和我,说起他在港城听过的一则传闻。"

秋风挟着细雨斜斜打在伞面上,发出窸窸窣窣的轻响,空气里浸润了湿冷的味道。

容见迟的声音仿佛秋雨,不疾不徐,却透出一股缠绵入骨的冷意。

"阿强说,当年他想学电影里的过江龙成就一番事业,结果到了地头发现自己连古惑仔都不如,三餐不继的时候,听几个同样过江来的人讲江湖八卦,说起有人在内地干了一票大买卖,手拿巨款到港城、澳城享受,挥金如土。"

司楠不怀疑阿强的说辞的可信度,他要是胡诌,以谢家在本埠的势力,叫他餐厅开不下去不过是动动嘴的事罢了。

"警方跟进了这条线索,派当年专案组的成员前往港城、澳城调查核实。可惜……"容见迟极目远眺,城市氤氲在秋日的雨雾当中,一如他此刻的心情,"中间隔着十五年时光,当年那些赌场、酒吧不是早已经歇业就是已换了东家,找不到多少真凭实据,只有一家澳城赌场的叠码仔回忆说当年确实有两个内地去的豪客,花钱大手大脚,深受欢迎。有一回赢了钱,喝太多说漏了嘴,提起过他们的钱来路不正。但酒醒以后,两人迅速绝迹港、澳两城,再未出现。"

司楠盯着伞尖一滴将落未落的水珠。

澳城叠码仔的回忆印证了阿强提供的线索。

但要找到将近二十年前销声匿迹的人,无异于大海捞针。

大抵她的表情太过凝重,容见迟反而微笑:"没关系,利和我,很有耐心。"

司楠在他身上看不到太过煎熬的痕迹,可不知为何,她仿佛能透过眼前这个永远着装精致冷淡自持的容见迟,看见十九年前那个和谢利轩一道蜷缩在汽车后备厢里的小男孩。

他的孪生哥哥在绑架案中被杀害,一同被绑架的谢利轩命悬一线，痛失爱子的父母哭天抢地，处理案件的警察来来去去，为能抓获凶犯争分夺秒，几乎安然无恙归来的孩子一遍又一遍回忆被绑架的经历，重复，再重复，不断重复他能记得的每一个细节，没人注意他的内心逐渐荒凉。

她眼前的画面如此鲜明，鲜明得令她窒息。

忽然一只手越过伞面，在她的头顶揉了揉。

这是一个超越人际交往边界的动作，但这个动作如此之轻，如此之温柔，教司楠的鼻尖蓦地一酸。

"我们快回去吧，下午还有很重要的事。"容见迟收回手，插进裤袋里，轻而又轻地拢住自己的手心。

两人返回工作室，容见迟取了祢宝珠的两幅画作装进黑色运动型多用途车的后备厢里，载着司楠经由过江隧道，驶向申江以东那片繁华热闹的摩天大楼林立的金融区。

容见迟带司楠到著名的滨江美术馆旁边一家艺术品拍卖行的鉴定工作室。

接待两人的是一位年逾花甲精神矍铄的女士，她请两人至鉴定室外的观察间自监控器全程观看画作检查过程。

工作人员戴着手套、身穿铅衣，摘去画作上的防尘套，小心翼翼地将祢宝珠的画作平放在工作台上，用X光对画作进行扫描。

一直站在电脑前观察画作情况的头发灰白的女士忽而低低"咦"了一声，转身对容见迟笑道："你带来的这两幅画，很有意思啊。"

司楠凑近电脑显示屏，屏幕上明明暗暗的线条令人看不出个所以然来。

灰发女士显然也意识到了这一点，伸手描摹屏幕上不同明暗的线条，向司楠解释原理："X光对绘画作品上不同质地颜料的穿透性不同，由此颜料的颜色、厚度、画布的密度等也会呈现在X光片中。上层的颜料和底层的草稿通过X光扫描会呈现出明暗不同的图像。经常看X光底片，就能分辨哪些线条是表层作品，哪些是底层草稿。"

她指给司楠看："许多绘画大师的名作之下，都隐藏着另一幅作品，如凡·高，如伦勃朗，而这两幅作品下，同样隐藏着故事。"

司楠颇感好奇："像我这样纯然的外行，完全看不出其中奥妙的人怎么办？"

灰发女士微笑："稍后通过电脑计算，可以将上层图案与底层草稿分离，得出两幅截然不同的画作来。"

司楠发出赞叹，转而问容见迟："你是意识到这两幅画内有乾坤，所以带它们来进行检查？"

"我哪有未卜先知的能力？"容见迟的眉宇自见到电脑屏幕上呈现的画中画时起，便一直没有舒展过。

当祢宝珠的两幅画作悉数扫描完毕，经过专业计算机软件计算分离后，两幅雾中之眼下的画作最终出现在电脑显示器上时，在场所有人的表情都变得凝重起来。

祢宝珠的绘画天赋毋庸置疑，正因为她的绘画技巧太好太惟妙惟肖，因而两幅藏在画作之下的草图才愈加显得触目惊心。

两幅画出自同一视角下的两个不同场景，一幅画里，一个身材高大的男子攫住一个少女的颈背向她嘴里灌酒，两人身边围着一群面目模糊的男人；另一幅画里，面目模糊的男人纷纷向少女伸出魔爪，而一开始灌酒的男人站在一旁把臂旁观，少女侧过脸来，露出哀求与无助的表情，眼里落下泪来。

少女的脸赫然是溺水而亡的姚瑶，而画中唯一面目清晰的男人竟然是——

灰发女士犹疑地问："小容，这两幅画是哪里来的？"

容见迟摇摇头："抱歉，吴女士，画作来源我不方便向您透露。"

思及他的工作性质，灰发女士并没有追问，只点点头，将X光成像的数字底片和经电脑软件计算分离的画面存入U盘交给他："这两幅画，恐怕没那么简单，需妥善处理才好。"

容见迟接过U盘："我知道，谢谢您的提醒。"

灰发女士摆摆手,"这件事,你还有得忙,快去吧!"

容见迟与司楠取回画作同灰发女士告辞出来,两人在车里对坐无言良久,容见迟倏忽发动引擎:"我准备报警。"

作为心理医生,发现有人疑似遭遇不法侵害,他有责任立即报警处理。

"我和你一起去。"司楠毫不犹豫道。

从刑侦总队值班室报案出来,司楠和容见迟坐在接待区的长椅上,内心起伏不定。

司楠短短一个月内几进几出派出所和刑侦队,前几回颇觉无奈,这一回却有着难以名状的深沉愤怒。

一队出警的刑警脚步匆忙地走过大厅,足音在挑高的大堂内荡起回声,仿佛一下又一下敲在人的心上。

报案及进行笔录的过程当中,随在容见迟身侧的司楠一直隐忍克制内心翻腾的怒火,直到这一刻,沸腾翻涌如喷发在即的火山般的怒气终于忍无可忍地爆发。

"他们还是不是人?!"她咬牙切齿地低问。

容见迟无法回答。

司楠缓缓握紧搁在大腿上的手,整个人紧绷到浑身颤抖:"我当时,如果再勇敢一点,就好了。"

再勇敢一点,不被流言蜚语和侮辱谩骂击垮,坚持将自己的遭遇公之于众,是否两年后的今天,一条年轻的生命就不会带着满腔憾恨逝去?

容见迟伸手,按住司楠的手背,阻止她继续自责。

"冷静,司楠,冷静。"他将司楠的手拢在自己的手心里,"跟着我一起呼——吸——呼——吸——"

他引着司楠,慢慢平复情绪。

颤抖和紧绷一点点褪去。

"看着我,司楠。"他用左手食指抵住司楠的下巴,微微用力抬起她的脸,"你比自己所认为的还要勇敢,发生在姚瑶身上的悲剧,不是你的错。"

有刑警大步流星地从他们身边经过,又倒退着走回来:"噫?容医生,司记者!"

费永年夹着一只文件袋站在两人跟前,笑眯眯地调侃:"跑我们刑侦总队约会来了?"

容见迟收回手,与司楠起身,朝值班室的方向扬一扬下巴:"来报案。"

面上带笑的老好人费永年神色一正,一边招手叫两人跟上他,一边问:"怎么事?"

容见迟向他讲述大致的经过,费永年阔步走进值班室,调取两人稍早填写的报案材料和询问笔录,一目十行快速浏览后交还值班民警:"加快审查速度,尽快立案,已固定的物证尽快送到楼下法医实验室做进一步检验。"

随后又带着两人从值班室出来,对异常沉默的司楠说:"此事非同一般,影响可大可小,立案前及案件办理过程当中,希望司记者能恪守自己的职业操守。"

司楠不作声,只是点点头。

她的心情明显很差。

费永年拍拍容见迟的肩膀:"劝劝她,不要因为他人的恶而惩罚自己。"

说罢一扬手,箭步离去。

容见迟与司相偕离开刑侦总队。

回程时司楠靠在车窗上,一言不发。

容见迟瞥一眼神色怏怏的司楠,戴上蓝牙耳机,拨打电话,问电话另一头:"在哪里?"

彼端回了一句,他交代:"我同司楠过来吃饭。"

结束短暂的通话,他掉转车头,将车驶向另一条过江隧道。

直到窗外的风景由都市繁华忙碌的傍晚街景变为冷然幽长的隧道，司楠才猛然省悟："这不是回去的路。"

"带你去吃饭。"

司楠将额角抵在弥漫着一层水汽的车窗上："我没胃口。"

看见祢宝珠那两幅画作之下的画中画后，司楠的内心便一直处于煎熬当中，似有一双无形的手，狠狠拧住她的心脏，不断拉扯、撕扭，教她痛不可当。即便容见迟说她已经足够勇敢，可她还是被心头那股无力感拖拽着坠向痛苦的深渊。

容见迟无声地叹息。

他将车开进一处滨江别墅，铸铁大门开启又合拢，将门内门外分隔成两个世界。

门外是秋色将尽的喧嚣繁华都市，门内是临近冬日仍花木扶疏的深静幽园。

有黑脸黑耳的马里努阿牧羊犬听见车胎轧过青石车道的声音，甩着舌头狂奔而来，围着车身转悠。

情绪低落如司楠，在看见车外身强体壮肌肉遒劲的大狗猛然扑到车窗上朝车内低喑时，也免不了下意识地向容见迟身边缩了缩。

容见迟轻笑，气息拂过司楠的颈背，惹得司楠回头，望进他的眼里。

他的眼睛里带着一丝隐忍的笑意："吓到你了？"

心绪不佳的司楠瞪他。

他按开安全带："我去骂它。"

容见迟下了车，啪啪拈动响指，马里努阿犬听见指令，原地蹲坐下来。

他走过去，俯身伸手抚摸狗头，揉了揉大狗的下巴，随后拎住它颈后的项圈，将它领开，轻声训斥："塞泊鲁斯，不要吓到客人！"

大狗"呜"了一声低下头去。

容见迟指示大狗原地不许动，这才返回车边，拉开车门，伸手引司楠下车："来吧，它知道错了。"

"这么听话？"这条以地狱三头犬为名的牧羊犬乖觉得令司楠深感诧异。

"塞泊鲁斯是退役警犬，拥有绝对的警惕性和服从性。"容见迟向司楠解释，"它刚才只是闻到陌生气味而做出了警戒反应。"

他伸出手臂，护着司楠走过两旁树枝横斜伸展的清幽小径，走向矗立在花园中心的别墅。

现代简约风格的偌大别墅内仿佛空无一人，然而司楠相信，只要她稍有异动，就会有一队人从她视线的盲区里扑出来将她按倒在地。

司楠并不想享受"特殊"待遇，所以静静跟在容见迟身侧，穿过开放式门厅，经由盘旋而上的楼梯，直往二楼起居室。

走进起居室，迎面一片二百七十度景观落地玻璃窗直入眼帘，教司楠一时间忘却一切烦恼，快步走到窗前，极目远眺。

窗外，是秋色连绵的江景，一公里外江对岸的万国建筑群在夜色里如同披上一层金色的华衣，与水中迤逦的倒影遥遥相对，让人如同置身真实与梦幻、过去与未来的交界处。

司楠屏住呼吸，感受极致的美景对视觉与心灵的冲击。

"若你喜欢，欢迎常来。"

身后，传来谢利轩的声音。

司楠转身循声望去，谢利轩从连通起居室的另一道门内走出来，朝坐在沙发里信手取过茶几上的财经杂志翻看的容见迟扬一扬手，又对她微微颔首。

"刚起床？"容见迟注意到他略显凌乱的发型。

谢利轩懒洋洋地靠在及胸高的书柜上："半夜跨洋视频会议，紧接着上午一场马拉松式长会，下午稍微补了一觉。"

他说得漫不经心，司楠却恍然记起他并不是坐拥祖产挥霍无度的花花公子，而是谢氏商业帝国的唯一继承人，是年纪轻轻已被业界誉为商业鬼才的谢利轩。

"赚钱没有尽头，身体要紧。"容见迟放下从茶几上信手拿起来的财经杂志，对老友道。

谢利轩瞥他一眼："这话你也好意思对我说？"

两人的眼风飞来扫去一回合，谢利轩败下阵来："是是是，我错了。"

又转向司楠："楠楠，你看他烦不烦？他对你是否也管头管脚？"

司楠骇笑，连连摆手："不不不，我们只是采访与被采访的关系！"

谢利轩闻言抛给她一个"你看我信不信"的眼神，并朝容见迟意味深长地微笑，招呼司楠与他一道向外走去："老容突然袭击，说要同你过来吃饭，时间仓促，厨师只来得及置一桌家常便饭，见谅见谅！"

他领着司楠走出起居室，容见迟起身跟在他们身后，三人搭乘电梯，直达楼下的餐厅。

黑色火山岩板长桌上摆着一只水晶玻璃花瓶，里头插着一捧花朵累累的嫩粉色的反季节芍药，霎时将风格简约冷淡的餐厅点缀得明快鲜活起来。

待三人落座，白衣黑裤训练有素的阿姨开始上菜。

卤水拼盘、潮州冻蟹、白灼明虾、清蒸石斑、普宁豆瓣酱炒空心菜、松茸花胶鸡汤……谢利口中的"一桌家常便饭"，丰盛得教司楠重新审视和定义"家常便饭"四个字。

心情奇差的司楠埋头苦吃，容见迟与谢利轩对视，交换心照不宣的眼神。

被美食抚慰了的司楠在反沙芋头送上来的间隙，捕捉到容见迟与谢利轩交谈中"投入产出""季度报表"之类的术语，终于抬眼看向低声交谈中的两人。

谢利轩是英俊的，他的英俊锋芒毕露，锐利近乎邪气。

容见迟也是英俊的，只是他的英俊温和内敛，在不经意的瞬间，才偶露峥嵘。

真奇怪，司楠想，是相似的背景，抑或是共同的经历，使得这两

201

个性格看似截然不同的男人，在某一时刻惊人相似，一样疏离，一样冷淡。

只不过，谢利轩懒于掩饰，而容见迟掩饰得几近完美罢了。

察觉到司楠的视线，两个男人停下交谈，一双幽邃、一双深冷的眼齐齐望向她，随即，那些沉冷的情绪自两人的眼里消散。

谢利轩扯开铺垫在膝盖上的餐巾，扔在一旁的桌面上，一手撑着下巴，一手将银质筷架在手指间翻来覆去地把玩："楠楠，我上回可是毫无保留地把我和老容的过去，能说的、不能说的，老底都交代了。"

司楠放下筷子，伸手在嘴唇边做一个拉拉链扔钥匙的动作。

比硬币大不了多少的筷架在谢利轩的指间消失又出现："吉罗说人所面对的最困难的三件事是：保守秘密、忘掉所受的创伤和充分利用余暇。可我一向认为，要想教一个人保守另一个人的秘密，其实并没有想象中那么难。"

司楠做洗耳恭听状。

"你已听过我和老容从未公之于众的秘密过往，作为交换……"谢利轩歪着头，狡黠一笑，"可以告诉我，柳亦羣同你之间，究竟有什么过节吗？"

司楠闻言一愣，不由得看向容见迟。

这算不算强买强卖？你不管管他？司楠以眼神问。

你觉得我管得住他？容见迟耸耸肩，以眼神回答。

司楠拿起水杯，喝一口沁凉微酸的柠檬水，轻哂一声，挑眼对上谢利轩似笑非笑的眼。

"也谈不上过节，不过是满腔热血的社会新鲜人，看不得阳光下的罪恶，却又无法撼动掌握话语权的资本单方面展开的一场舆论的围追与猎杀罢了。"

谢利轩微微倾身向前："说来听听。"

司楠默然片刻。

事情已然过去将近两年，可对她来说，一切鲜明得仿佛发生在昨日。

"吉罗说得对。"司楠低低道,"忘掉所受的创伤确实很难。"

司楠斟词酌句,谈及往事。

两年前,大学毕业初出茅庐的她,被分在《申江晨报》娱乐版做见习记者,跟随前辈跑片场、发布会、娱乐现场进行新闻采写。前辈对她照顾有加,并不支使她干脏活累活,毫不藏私,她自前辈身上获益良多。

前辈认为她可以独当一面后,主编交给她的第一个独立任务,就是独家专访梅开二度的影帝柳亦辇。

她为此做了大量前期准备工作,观看柳亦辇自出道以来参演过的所有作品,深深为他的演技所折服。

采访根据柳亦辇经纪人的要求,安排在一家私密雅致的茶舍内进行。

茶舍在采访当天做了清场,只余柳亦辇和他的团队,前来进行采访的司楠以及报社摄影师——司楠当时的男朋友纪赟,以及茶舍内现场烹茶的茶艺师。

采访本身十分顺利,柳亦辇颜值傲人,家世出众,背靠雄厚的资本,出道即巅峰,始终站在娱乐圈金字塔的塔尖上。他本人相当健谈,从第一部电影的青涩暗恋谈到最新一部电影在造型上的"毁容"尝试……

倘使采访到此为止,那么之后的一切也不会发生。

然而世上从来没有"早知道"。

在采访将近结束,纪赟已经收拾好摄影器材,司楠按停录音设备取下话筒,准备起身向柳亦辇告辞时,他的经纪人极力邀请他们共进晚餐。

司楠有心拒绝,想尽快赶回报社写稿,纪赟却对她说盛情难却,不过是吃一顿饭而已,耽误不了时间。

司楠知道,纪赟觉得在报社为各版面拍摄照片于他而言是屈才,他不过是将报社视为跳板,希望借此结识有影响力的时尚人士,进而成为在时尚界拥有一席之地的摄影师。

正因为她了解纪赟的野心,所有才答允了共进晚餐的邀请。

事情自那一刻开始脱轨。

年轻的茶娘最后奉上一盘水果并送上账单,柳亦辇恰巧站起身来,两人正正撞了个满怀,茶娘手上托盘里的水果悉数扣在柳亦辇的胸口,玫瑰色的火龙果、金黄色的凯特芒、翠绿色的猕猴桃……将他价值五位数的白衬衫染得色彩斑斓。

经纪人在一旁跳脚,质问女孩子长没长眼睛。

茶舍老板听见响动过来劈头盖脸地斥责茶娘毛手毛脚,一边向柳亦辇道歉,一边当场将吓得双眼含泪的女孩辞退。

"你不会傻呵呵地替她求情吧?"谢利轩忍不住问。

司楠苦笑:"不,我没有替她求情。"

她没有第一时间开口替看起来瘦瘦小小的茶娘求情,因为纪赟在她身后拉了她一把。

等一行人走出茶社,准备上车前往餐厅时,面孔稚嫩的茶娘从里头追了出来,那么小的个头,凭一股蛮力挤到柳亦辇跟前,扯住他的衣袖,几乎要当场给他跪下来。

女孩子说:"我高中没毕业就辍学出来打工,家里还有弟弟妹妹要靠她挣钱供他们读书,要是失去这份工作,弟弟也许不会受多大影响,但妹妹肯定没法继续上学了,大哥你帮我求求老板,不要辞退我!"

柳亦辇没来得及作声,经纪人倒先看不下去,低低呵斥:"拉拉扯扯像什么样子?!快放手!"

见女孩泫然欲泣就要跪倒当场的模样,经纪人没好气地把她和柳亦辇往保姆车上一推:"有什么话上车说吧!"

经纪人当着司楠的面拉上保姆车的门,回身客客气气地对她和纪赟报了餐厅地址,自己转头上了另一辆商务车。

"一开始,我没觉出其中的不对来。可是保姆车车门掩上的一刹那,我看见……"司楠伸手取过长桌上放着的长颈玻璃水壶,为面前的杯子续上半杯柠檬水,轻啜一口,"我看见一只男人的手,反握住她的手,拇指在她手背上来回摩挲抚摸……"

彼时彼刻,司楠蓦然惊觉,那并不是一个成年人对弱小者的怜惜,而是一个男人对女人的爱抚。

司楠满眼骇色,转头去看与她并肩而立的纪赟,纪赟却伸手按住她的肩膀,将视线投向别处。

当天的晚餐安排在一处私密性绝佳的私人会馆内,包房依山傍水,进进出出的服务员个个生得眉目如画年轻娇俏,纪赟整晚与柳亦羣的经纪人推杯换盏,酒过三巡已与对方称兄道弟,对方答应为他牵线搭桥,介绍他为柳亦羣的某个男装品牌服饰的广告硬照拍摄掌镜。

席上的气氛热闹欢快,司楠却与这热闹格格不入。

她只觉得如坐针毡。

那被辞退了的茶娘也被带来一起吃饭,经纪人的说辞是因她的无心之失,害得她丢了工作,古道热肠的柳亦羣于心不忍,所以带她来会所,等吃完饭介绍她到会所打工。

"想不到柳大影帝倒有一副慈善心肠。"谢利轩冷哼。

容见迟的眼一点点锋锐起来。

司楠伸出手指沿着水杯边缘轻轻描摹。

自始至终,柳亦羣对小茶娘,并没有什么出格的言语,只不过将手臂横搭在她身后的椅背上,倾身夹菜或者后撤靠坐的时候,指尖偶尔扫过女孩子纤细单薄的颈侧,若有似无地流连。

"我看着他带女孩子提前离席,兜揽着她薄瘦如纸片一般的后背,将她带往幽尽不知处的走廊深处,俯身在她耳边低语……"司楠苦笑,"也许是我疑心生暗鬼,总觉得她一去,等待她的绝不是什么美好的未来,可我一点证据也无。"

尽管毫无证据,司楠还是将自己的疑虑告诉了前辈和主编,也将自己的所见所闻尽量还原成文字。

正是这篇最终未能发表的采访,后来被柳亦羣团队诬为"求爱不成,因爱生恨,妄图摧毁他职业生涯的不实报道",引得柳亦羣数量庞大的粉丝和不明真相的路人以及趁机从中谋取利益的各色人等群起而攻之，将一盆又一盆脏水往司楠的身上泼，最后甚至发展到向报社寄递血书和动物尸体。

压垮司楠的最后一根稻草，并不是网络暴力的狂欢和纪赟向她提出分手，或是报社前辈背刺她一刀向柳亦羣团队透露她未发表的稿件，而是她试图帮助的女孩寻到报社来，在接待室里哭着求她不要把事情闹大，如果被大众所知，她就没有活路了。

当初那个从茶舍里追出来求柳亦羣高抬贵手的怯生生的小茶娘，那天穿着高奢品牌连衣裙，挽一只价格六位数的稀有皮手袋，眼睛里满是对物欲横流的世界的贪婪。

谢利轩唏嘘："好心没好报。"

"是，好心没好报。"司楠承认。

历经半年网络暴力，接受一年心理治疗，她慢慢走出那段晦暗到每天都觉得生无可恋的时期。重新回到工作岗位时，曾经手把手教她的娱乐版前辈已然另谋高就，前男友纪赟辞职成立个人工作室，已是时尚界崭露头角的新锐摄影师。

物是人非。

"倒确实没有柳亦羣的绯闻见诸报端。"谢利轩的手指轻叩桌面，"与他合作过的女明星个个对他赞不绝口，称他有绅士风度，每每与异性合影，都双手插袋，从不揩油。私下接触，也不肯让伴游女郎近身，我还当他有多洁身自好。"

"君禾里你的股份占比多少？抓紧时间同他进行切割，趁早抽身。"容见迟不便多说什么，只提点老友。

"好好好，听你的！"谢利轩痛快地答应，"最近君禾确系多事之秋，一会儿是练习生溺亡，一会儿又是练习生行为怪异退班。"

"行为怪异？"容见迟问。

"喏。"谢利轩手朝别墅后头江对面的方向指了指，"祢华集团的董事长祢冼华的掌上明珠想要出道，托了我送大小姐到训练班做练习生，前段时间忽然开始梦游，把宿管吓得半死，祢冼华立刻把女儿接回家去，办了退班。"

司楠与容见迟闻言对视一眼。

一切因果，皆有迹可循。

次日，费永年与卫青空联袂而来。

两人皆身着便服，但身上自有一股执法者的硬朗英气，看得小麦微微愣神。

"请问两位可有预约？"

费永年同卫青空齐齐向小麦出示证件。

"容见迟在不在？"

"容医生正在做心理咨询，还有二十分钟结束。"面对刑警，小麦略显拘谨，"两位……"

"没关系，我们可以等。"费永年大手一挥，大马金刀地往旁边的接待区沙发上一坐。

卫青空踱开几步，观察工作室的内外环境。

司楠从她的临时办公室出来，正看见卫青空负着双手凑近欣赏挂在走廊墙壁上的患者涂鸦，两人视线相遇，卫青空朝她微笑："司小姐，又见面了。"

司楠了然："卫警官来找容见迟？"

卫青空点点头："司小姐对容医生的采访还未结束？"

两人交换一个心照不宣的眼神，一起走回接待区。

费永年看到司楠同样没有露出意外的神色，老好人甚至还同她客套了两句："司记者上回写的夜场舞者的文章我看了，写得很好很好！"

难为她能忍得住，一字不提黄、季、田三人遇害一案，对同样在夜场做舞者的"安妮"也只字未提。

"郑元堂的案件不日将要开庭，司记者有兴趣的话，不妨申请旁听。"

"这么快？"司楠意外。

"一方面是证据确凿，一方面……"卫青空代师父向司楠解释，"有人施压。"

"原来如此。"司楠恍然。

坊间风传黄夫人痛失爱子，已经发疯，四处找人，务必要教凶手为儿子偿命。

此案司楠可谓从头关注到尾，甚至还在其中起到了至关重要的作用，从法理角度，黄、季、田是受害者无疑，但从情理而言，司楠丝毫不同情他们。从某种角度来说，黄夫人对儿子的溺爱、对恶行的纵容，何尝不是这场血腥悲剧的另一个推手？

在座的三人一时默然，直到容见迟结束上午的咨询，走出咨询室。

被请入办公室，关上门，费永年便开门见山，说明来意。

报案的立案审查期限一般是七日以内，但容见迟所报案件性质恶劣，所涉人员身份敏感，刑侦大队对此予以高度重视，启动快速审查流程，将两幅画作连夜送往实验室进行检查，得出的结论与容见迟报案材料中所填写的内容一致，决定予以立案调查。

容见迟接过立案告知书，只觉这一张薄纸似有泰山之重，沉沉地压在心头。

"现在，容医生能否告知提供这两幅画作的患者的具体信息？"卫青空问。

出于对来访者个人隐私的保护，容见迟在不能确定是否能立案时，只向警方提供了最低暴露范围内的信息，并未提及真实的姓名住址。

获知祢宝珠的详细信息后，费永年一边拍拍卫青空的肩膀，一边招呼容见迟："事不宜迟，一起走一趟吧。画里的女孩溺亡至今已半月有余，目击者的记忆会随着时间的推移而被越来越多的外界因素所'污染'，以至于产生偏差。所以我们对她的问询越快越好。"

拉开办公室的门往外走的同时，费永年眼角的余光注意到司楠一同起身，不由得微微扬眉问容见迟："怎么，协助警方办案，司记者也要跟着你?"

费永年一身经年累月经办刑事案件形成的威压感扑面而来,容见迟似无所觉,迎着他的视线一笑:"她进行深度追踪采访,工作时间几乎一直同我在一起,在这件事上,她所知的并不比我少。"

费永年见他无所谓,一想到他少年时的经历,现在他几乎一成不变的生活里总算又多一个朋友,到底也没拦着他,只例行公事地关照司楠:"未侦破审结的案件……"

司楠做一个"我懂"的表情。

费永年便随她去了。

祢氏别墅,祢夫人在阿姨上楼通知有两位警察、一位医生和其助理登门拜访时,有一瞬间的错愕与茫然,旋即收拾心情,下楼接待访客。

她表面维持的雍容平静在看到容见迟后,化为齑粉。

"容医生?!"

女儿的心理医生连同警察一起上门,其背后的寓意——

祢夫人不敢想,也不能想,她下意识往楼上瞥了一眼。

祢宝珠穿着柔软舒适的粉蓝色睡衣睡裤,赤着脚站在楼梯口,懵然无知地朝下张望。

"宝宝,怎么鞋子都不穿就跑出来?当心着凉,快回房间去!"祢夫人扬声招呼保姆去照看女儿,回过头来对客人们解释,"她昨天睡得实在晚,现在才起床。"

又将一行四人往旁边的花厅里请,宾主落座,心神不宁的祢夫人强装镇定,吩咐阿姨上茶。

"容医生,这是怎么一回事?"

祢夫人问容见迟。

"女士,事情是这样的——"没有人愿意将最坏的可能告知一个母亲,但费永年还是试图请祢夫人同意让祢宝珠下来协助警方调查。

祢夫人的情绪在听见"姚瑶""溺亡""目击"几个关键词后

开始失控，保养得宜的一双贵妇手死死揪住垂在胸口的珍珠项链，当"猥亵"等字眼传入她的耳中，她再也无法保持镇定，双手绞紧，珠链绷断，拇指大的圆润紫珍珠噼里啪啦落了一地，滚得到处都是。

她似一无所觉，抖着手去摸一旁边几上的电话，按错两回数字键才将电话拨出去。

"冼华！冼华！"祢夫人未语泪先流，"你快回来！警察来了！他们说宝宝……宝宝她……"

那头的一家之主祢先生不晓得说了些什么，祢夫人哽咽着点点头，挂断电话。

"几位请稍等。"

她不待四人反应，径直起身，上楼去了。

费永年睇一眼八风吹不动似的卫青空与见惯不怪的容见迟，朝司楠苦笑。

"司记者看见了吧，我们警察办案，全不像影视剧里演得那么威风。"

司楠理解地点点头。

打工人又有谁是不辛苦的？

一家之主祢冼华来得不可谓不快，即便如此，花厅里的四人也枯坐干等了近一小时。

与祢冼华同来的还有医生及律师。

祢冼华一进门，连招呼都不及同人打，便带着医生直奔楼上而去，留下律师应对费永年和卫青空。

"鉴于祢宝珠小姐的情况，我受祢冼华先生委托，在祢宝珠小姐接受警方问询时全程在场。"律师客客气气地递上名片，"趁祢先生与夫人去与宝珠小姐进行沟通，费队、卫警官，可否先介绍一下案情？"

费永年与卫青空对视一眼。

在得知可能的目击证人是祢冼华的女儿后，他们已然料到这场问询可能不会太顺利，果然。

"两周前,君禾演艺训练班的练习生姚瑶溺亡。"卫青空开口,向律师简单介绍案情。

中年律师颔首,示意他继续往下说。

"祢宝珠在进行心理咨询过程当中提供的两幅画作经技术检验,其背后的画中画显示,她可能目睹了姚瑶生前曾遭受侵害,因此我们想请她协助调查。"

"什么画?"律师眉心一动。

"柯律师,你知道规定。"费永年淡淡道。

律师立刻耸肩摊手,表示不会越界。

等律师大致了解情况后,祢宝珠也在父母的陪同下来到楼下的花厅。

祢氏夫妇两人俱是如释重负的神情,只有祢宝珠,一张精致的小脸苍白得一丝血色也无,紧紧贴着母亲祢夫人坐在沙发里,仿佛风一吹就要倒下,一双眼却格外勇敢坚强:"警察叔叔,你们想知道什么,尽管问,只要我知道的,我一定告诉你们。"

费永年放柔面部表情,声音尽其所能地和蔼:"你认识姚瑶吗?"

祢宝珠点点头:"认识,她和我是表演班同期生。"

"姚瑶生前,你和她关系紧密吗?"

祢宝珠摇摇头:"算不上特别紧密,我们虽然住在同一间宿舍里,但除了在一起上专业课,其他时间她有很多公司安排的活动,而我又额外要上绘画课,所以真正私下相处的时候并不多。"

祢宝珠舔舔嘴唇,祢夫人连忙倒水递给女儿。

她接过水杯,捧在手里:"但姚瑶待人赤忱,在大家都为了出道而全力以赴,甚至不惜在背后诋毁、做小动作的时候,她却愿意伸出手去帮助别人……她是我在表演班里为数不多的朋友之一。"

"姚瑶生前,是否表现出过异常?"

费永年的问题一出,所有人都将视线投向祢宝珠。

花一样年纪的少女眉头紧锁,回忆片刻:"瑶瑶……因为被挑中

211

出演偶像剧，训练班里有些嫉妒的声音……她为此偷偷哭过。"

见她蹙眉，祢夫人满眼疼惜地将女儿的手合在掌心里。

"出事前，瑶瑶再一次获得电影选角的试镜机会，她们为此和瑶瑶发生剧烈争吵，话说得很难听。"祢宝珠回忆到这一节，便再想不起更多细节，一如她做心理咨询时的情形。

费永年见状，并不强迫她继续回忆，只是从随身携带的公文包里取出两张打印出来的画作，递给祢宝珠，"你还记得自己画的这两幅画吗？"

律师在祢先生的眼神示意下伸手接过画作，饶是身经百战的资深律师如他，也不由得脸色一肃，低头与祢先生耳语。

祢冼华沉吟一息，转而对女儿说："宝宝，接下来的问题，你如果不想回答，我们随时可以叫停。"

在商界呼风唤雨的祢冼华，对妻女竟是一腔铁汉柔情，倒教费永年有些刮目相看。

祢宝珠闻言点点头，接过打印纸，摊在膝头，垂目看去。

迅即，少女的脸色便由苍白转为惨白。

良久，她抬眼望向坐在费永年左侧沙发上的容见迟："容医生，这是我画的吗？"

面对祢宝珠疑惑而凄惶的眼神，容见迟轻缓且郑重地点了点头。

在场所有人，只要还有眼睛，还有良知，就都看得出来，这两幅画绝非出自"少女情怀总是诗"的祢宝珠的臆想。

臆想绝画不出那些面目模糊的憧憧黑影，画不出姚瑶被攫住颈背灌酒的细节，更不可能将背靠资本、备受吹捧的双料影帝柳亦辇明明白白清清楚楚地画进去。

祢先生、祢夫人深知女儿的绘画功底，而容见迟则仔细翻看过祢宝珠带去的速写本，对祢宝珠信手拈来的人物涂鸦印象深刻，三人都只需一眼，便能确定这两幅画确然出自祢宝珠之手。

"可是我——"祢宝珠捧住自己的头，"可是我没有一点印象……"

她失眠、梦游，夜半起床游荡到画室，整夜在画室作画而不自知，早起发现身上沾满红色的液体，吓得一家人魂不附体，这才发现她梦游中绘制了大幅画作。

谁也不知道在她浓雾弥漫的画作之下，藏着令人惊心的秘密，直到容见迟将两幅雾中之眼送去进行X光检查。

祢宝珠摇头，以拳头敲击额角："我想不起来……为什么我想不起来……"

"没关心，宝宝，想不起来就想不起来。"祢夫人环住女儿，几乎要落下泪来。

她是不易受孕的体质，千祈万求，十月怀胎，终于得了这么个女儿，宝贝得跟眼珠子似的，从来要星星不给月亮。女儿一时心血来潮想进娱乐圈追星，家里就给她铺路，送她进演艺训练班玩票，要是将来出道又觉得无趣，再送出国去读书深造也无妨。

可谁能料到，有谢氏娱乐背书的君禾演艺训练班，竟藏污纳垢至此？！

一想到女儿在他们夫妻看不见的地方可能遇到侵害，她就心如刀割。

祢冼华见女儿情绪不稳，腾地起身，沉着脸对费永年四人做送客状："我女儿目前不宜继续接受问询，几位也看到了，请吧！"

费永年轻叹一声，随之站起身来，做最后的争取："祢先生，我知道你爱女心切，但对令爱而言，只有想起事情发生的经过并将姚瑶的遭遇讲述出来，还死者一个公道，令作恶者接受法律的制裁，令爱才能真正放下这段不愉快的回忆。"

"不用说了！"祢冼华心意已决。

"祢先生。"在警方进行问询时一直保持沉默的容见迟终于开口，"请容我说一句。"

态度坚决的祢冼华睇他一眼，做出让步："你说。"

"我们为什么不问问宝珠本人的意见，她是否愿意回忆事情的经过？"容见迟音色低沉浑厚，有种令人信服的魔力。

213

迎着所有人的视线,祢宝珠眼里的表情由茫然无助一点点变得清澈坚强,她从母亲祢夫人的怀抱中脱身,朝容见迟微笑:"容医生,我不想被愧疚和梦游困扰余生,我希望能回忆起发生过的事,为瑶瑶——为我的朋友还原事件的真相。"

"宝宝……"祢夫人面露担忧。

"妈妈,我没事。"祢宝珠轻轻按住母亲的手背。

容见迟看向祢先生,在女儿恳求的目光注视下,祢先生妥协地点了点头:"去吧,放手去做吧。"

祢宝珠的嘴角露出一点点笑来。

"想要忘记不愉快的、痛苦的经历,是人类的本能。"容见迟向祢宝珠解释大脑工作机制,"它会自动甄别哪些经历无关紧要不会造成伤害,而哪些则是真正的痛苦与折磨,并将之从记忆中删除。但这个工作机制偶尔会有失灵的时候,使得我们无法应对发生的恐惧、焦虑、痛苦,就会造成创伤后应激障碍,一定概率可能引发梦游。"

祢夫人闻言不由自主地身体前倾:"这是不是意味着宝宝只要回忆起发生的事并彻底把它忘掉,梦游问题就能迎刃而解?"

"宝珠的情况有些复杂。"容见迟无法对急切的祢夫人打包票,"她的表层意识已经做出遗忘不堪经历的决定,但她的潜意识则不断在提醒她记起来、不要忘记,两种意识产生冲突,她无法处理这两种意识的冲突,从而导致她在梦游时遵从潜意识将她所目睹的一切画了下来,又被表层意识所支配,以浓雾覆盖底层的画作。"

"容医生,我该怎么做?"祢宝珠问。

"你可愿意接受催眠?"容见迟如是问。

"我愿意!"祢宝珠掷地有声地回答。

催眠地点选在祢宝珠日常休憩娱乐的小起居室,清新薄荷绿色调的房间内堆满十五六岁少女钟爱的卡通玩偶和毛绒玩具,挂着印象派大师画作的临摹品,一眼便知出自祢宝珠之手。

祢宝珠在母亲的陪同下走进她再熟悉不过的环境,半倚半靠在纱帘半遮半掩的飘窗前,双手交叠搭在腹部。

爱女心切的祢夫人即便担忧不已,也还是强忍焦虑,静静地坐到起居室一角的沙发里,安静地注视费永年与卫青空架设随身携带的录影装备。

容见迟拖一把祢宝珠日常作画时坐的橡木椅,解开西装纽扣,坐到与祢宝珠呈对角的位置。

少女有些不安地挪动双腿,将双脚叠在一处。

"不要紧张,放轻松。"容见迟的身体微微向后,靠在椅背上,与祢宝珠保持安全的心理距离,声音和缓低沉地引导,"现在,请闭上眼睛,将注意力集中到我的指令上来,关注和聆听我的每一句话,好吗?"

半躺在飘窗前的祢宝珠乖巧地点点头,缓缓闭上眼睛。

容见迟给她一些时间,适应暂时关闭视觉感应后,听觉的蓦然强烈感。

随后,他低声对少女说:"请想象这样一个情景——你的周围黑暗安静,只得你一个人,什么都看不到,什么也听不到,你能感觉到吗?"

祢宝珠微不可觉地颔首,容见迟继续道:"很好,在你前方三十米处,有两扇门缓缓打开,从中透出一道白光……"

他时刻关注宝珠:"感觉到了吗?"

得到少女肯定的反应后,容见迟的声音愈加低沉徐缓。

他以言语为向导,指引祢宝珠缓慢放松身心,在轻柔温暖的光束的包裹下,走过一条光之隧道,最终来到一间有着鲜花与镜子的房间里。

容见迟轻声问已进入催眠状态的祢宝珠:"你能感觉到草地上露水的湿气与鲜花的芬芳吗?"

"能……"祢宝珠的声音近乎低喃。

"非常好,现在请你慢慢走到房间里的镜子前,根据你绘制的画面,回望过去,追溯时光深处——你,正同谁在一起?"

"姚瑶、甄珍、路露。"双目紧闭的祢宝珠眉心微蹙,"还有……秦老师、柳老师、贝总……还有好多陌生人……"

坐在一角沙发上的祢夫人咬紧嘴唇,阻止自己发出声音。

"接下来发生了什么?"容见迟微微坐正身体。

"秦老师说公司安排了聚餐……带我们去参加应酬……"

小小少女内心深处已经确知,那不是学员之间普通的聚餐,那是有成年人在场的声色犬马的应酬。

祢宝珠催眠中的回溯,为在场所有人展现出一幅地狱般的景象。

君禾演艺训练班的选管在老板的授意下,带表演班几个外形出众的学员参加酒局,几杯酒落肚,有些人丑恶的嘴脸便再无掩饰。

路露爽直泼辣,甄珍懂得撒娇示弱,祢宝珠有深厚背景,只得姚瑶,同公司签了二十年合同,还未出道就已背了一身债,一点背景也无,生得美,人也文静,便被捉着灌酒。

那些充满隐喻与暗示的笑话,那些怎样闪躲也无法逃避的接触抚摸,那些眼睁睁看着发生的恶事……

"瑶瑶,不要喝!不要喝!"陷入催眠中的祢宝珠痛苦煎熬地左右晃动头部,眼角沁出泪来。

祢夫人腾地一下从沙发上站起身来,被费永年一个眼神定在原处。

"你做得很好。"容见迟轻声安抚祢宝珠,"现在,放轻松,一切都过去了,聚餐即将结束,告诉我你看到了什么?"

酒局将尽,有一个胖墩墩、笑眯眯的陌生人递了一杯果汁来,对祢宝珠说:"第一次参加聚餐,吓到了吧?不用怕,大家开玩笑而已,喝杯果汁,压压惊,以后多出来玩。"

被灌得醉醺醺的姚瑶跌跌撞撞地挨过来,一把抢走她手里的杯子,力道之大,泰半橙色液体打翻在她浅色外套的前襟上。

选管上前扶住走路都已歪歪扭扭的姚瑶,轻斥:"别耍酒疯,先去休息!"

祢宝珠最后的记忆停留在姚瑶被连挟带扶地带出包厢,柳老师和几个面目模糊的陌生人跟在她后头，柳老师从秦老师手里接过姚瑶，一把搂住她的肩膀。

容见迟将她从催眠中唤醒。

祢宝珠哭着扑进母亲祢夫人的怀抱："妈妈，是瑶瑶替我挡了那杯可能掺了东西的饮料！"

祢夫人心头大恸："放心，这些坏人爸爸妈妈一个都不会放过！"

"这只是孤证。"卫青空很不愿意这么说，但只得祢宝珠一人通过催眠回溯的证词，很难被采信。

"孤证？"祢宝珠双眼含泪，但整个人有种想起一切后的释然。

卫青空向她解释仅凭一条证据支持某个结论，那么这个结论是不可接受的"孤证不立"的法律常识后，祢宝珠垂睫良久，才抬眼望向母亲："我从宿舍带回来的那些衣物已经都清洗过了吗？"

祢夫人对家务事一概不知，打内线电话去问阿姨。

阿姨支支吾吾："宝珠回来后，我忙起来一时忘记洗了。"

"还没洗？！"祢夫人语调一扬。

"那两个箱子是夏末秋初的衣服，我想着放一放再洗也不要紧……"阿姨解释。

"妈妈。"祢宝珠听到衣服还未送洗，"让阿姨找一找，那件米白色贝伦西亚加的薄外套，前襟洒着果汁。"

几分钟后，阿姨小心翼翼地将胸前有橙色污渍的针织薄外套挂在衣架上，拎到楼上来，敲开小起居室的门，问："夫人，是这件吗？"

祢宝珠探头看了一眼，确定无疑："就是这件。"

费永年、卫青空向祢氏夫妇告别，卫青空手里拎着一只鼓鼓囊囊的大牛皮纸袋，匆匆赶回队里去了。

祢冼华心系女儿宝珠，简单与容见迟寒暄几句："今日家里有事，不便招待，改日请你喝茶。"

容见迟点头表示理解："不必客气，家人要紧，我们先告辞了。"

他带着司楠从祢宅告辞出来，外头已是傍晚时分。

漫天红霞昭示着明天将会是一个适宜出门的晴天，然而两人无心欣赏大自然瑰丽壮阔的美景，只觉心头一片无言的沉重。

容见迟的车直开出老远，远得看不见祢氏那幢绿树掩映的豪宅，司楠才轻轻吁出一口浊气来，问："催眠还顺利吗？"

涉及案件调查，她不能打听具体的内容，只能问一声顺利与否。

"顺利。"容见迟降下车窗，将左手手肘搭在窗沿上，任晚风灌进车里，吹散他心头的沉郁。

"她往后——不会再梦游了吧？"司楠关心道。

她全程默不作声，尽量降低自己的存在感，一则因为警方正在办案，二则也是不希望由于自己在场，引起祢氏夫妻和祢宝珠的抗拒排斥，影响调查。

容见迟笑一笑："得观察一段时间，才能确定。"

司楠学他的样子，降下一半车窗，侧身半扒窗沿，由得晚风扑面："恶行所造成的那些伤害，永远也不会真正过去。"

伤口也许会愈合，但伤痛永久地在心灵上留下痕迹，夜半无人时，会隐隐作痛。

容见迟望一眼她的侧颜，逸出一声轻叹，换左手掌控方向盘，伸出右手摸了摸她的后脑勺。

"时间是最好的良药，一切终将被时间治愈。"

【未完待续】

MEMORY HOUSE